Detlef Brettschneider

Kurze Geschichten

Band acht

„Ohne Bücher auf der Welt wäre ich
längst verzweifelt."

Arthur Schopenhauer (22. Februar 1788
† 21. September 1860)*

Saalfeld, den 17.06.2022

Bibliografische Information der Deutschen Nationalbibliothek:

Die Deutsche Nationalbibliothek verzeichnet diese Publikation
In der Deutschen Nationalbibliografie; detaillierte bibliografische
Daten sind im Internet über http://dnb.dnb.de abrufbar.

Herstellung und Verlag:
BoD – Books on Demand, Norderstedt

ISBN 9783756228706

Kurze Geschichten

Inhaltsverzeichnis

Vorbemerkung

Einige meiner Freunde, die beinahe freiwillig meine bisherigen Bücher lesen mussten, sagten mir hin und wieder, dass meine Geschichten deutlich aus der Sicht eines Mannes geschrieben worden seien. Dazu kann ich nur bemerken: Stimmt! Ich bin nun mal ein Mann, oder etwas vorsichtiger ausgedrückt, männlichen Geschlechts. Das wirft dann doch für mich die Frage auf: Was ist eigentlich ein richtiger Mann? Wenn man, wie ich, nicht auf Anhieb die korrekte Antwort parat hat, dann guckt man einfach in das Internet. Dort habe ich folgenden Text gefunden:

Der ideale Mann ist ein hilfsbereiter Mann. Er weiß, was seine Freunde brauchen und versucht, immer für sie da zu sein. Sein Aussehen, sein Körper oder seine Kleidung sind dabei völlig egal. Auf das Innere kommt es an, auf das reine Herz.

Puh! Da habe ich ja noch einmal Glück gehabt. Wenn ich mir nämlich so meinen Körper und meine Kleidung betrachte, dann hatte ich in der Vergangenheit eigentlich etwas ganz anderes befürchtet. Aber mit dem Hinweis auf die obige Formulierung kann ich mich (als idealer Mann) einfach nur entschuldigen, dass meine Machwerke eben nicht aus der Sicht von Frauen oder aus der Sicht von Diversen geschrieben wurden. Zum Schluss noch eine kleine Randnotiz: Sie werden es kaum glauben, aber die von mir verfassten Kurzgeschichten können tatsächlich von allen Geschlechtern gelesen werden!

Sprache

Männer und Frauen sind gleichberechtigt. Der Staat fördert die tatsächliche Durchsetzung der Gleichberechtigung von Frauen und Männern und wirkt auf die Beseitigung bestehender Nachteile hin.

Kommt Ihnen das bekannt vor? Es handelt sich um den aktuell zweiten Satz von Artikel 3 des Grundgesetzes für die Bundesrepublik Deutschland. Und wie sieht die Realität aus? Nehmen wir doch bloß mal die deutsche Sprache. Es soll in diesen Zeiten angeblich politisch korrekt sein, wenn man an ein sogenanntes Maskulinum ein „*innen" anhängt. Aber wie sieht es mit femininen Begriffen aus? Da wird nichts angehängt. Ich bestehe meinerseits in dieser Sache ebenfalls auf Gleichberechtigung. Es sollte meiner Meinung nach genauso Pflicht sein, an weibliche Bezeichnungen ein „*ere" anzuhängen. Also darf es nicht einfach nur „die Zimmermädchen" heißen, sondern „die Zimmermädchen*ere". Auch sollte man beispielsweise nicht von Hebammen sprechen, sondern von Hebammen*ere. Ersatzworte wie Krankenpfleger oder Geburtshelfer gelten hier nicht, denn wenn man diese Begriffe verwenden will, müsste man korrekterweise von Krankenpfleger*innen sowie von Geburtshelfer*innen sprechen. Ähnliches gilt auch bei dem Wort Stewardessen. Ich bestehe zukünftig auf der Formulierung Stewardess*ere. Eine Erzählung, die sich immer strikt an diese „political correctness" in der deutschen Sprache halten würde, wäre bestimmt um

Einiges interessanter zu lesen. Als ich mit meinem Sohn darüber sprach, meinte er, man solle Maskulinum und Femininum einfach gänzlich streichen und nur noch das Neutrum verwenden. Diese Idee fand ich sogar noch besser als die meinige. Damit Sie sich ein konkretes Bild davon machen können, habe ich eine kleine Geschichte von Johann Peter Hebel in der entsprechenden Art umgeschrieben. Bitte führen Sie sich den Text langsam zu Gemüte, damit Sie nichts überlesen!

Das seltsame Rezept

Es macht sonst kein großes Spaß, wenn man ein Rezept in das Apotheke tragen muss; aber vor langen Jahren war es doch einmal sehr lustig. Da hielt ein Mann von einem entlegenen Hof eines Tages mit einem Wagen und zwei Ochsen vor dem Stadtapotheke. Sorgsam lud er ein großes Stubentür aus Tannenholz ab und trug es hinein. Das Apotheker machte große Augen und sagte: „Was wollt ihr da, gutes Freund, mit eurem Stubentür? Das Schreiner wohnt zwei Häuser weiter links". Darauf sagte das Mann: „Das Doktor ist bei meinem kranken Frau gewesen und hat ihm ein Medizin verordnen wollen. Im ganzen Haus war aber kein Feder, kein Tinte und kein Papier gewesen, nur ein Kreide. Da hat das Herr Doktor das Rezept an das Stubentür geschrieben, und nun soll das Herr Apotheker so gut sein und das Medizin kochen." Richtig so, wenn das Medizin nur gutgetan hat. Wohl dem, das sich in dem Not zu helfen weiß.

Mir gefällt's.

Mal wieder Erna

Meine Scheidung von Moni lag nun schon einige Jahre zurück. Ich war trotzdem immer noch Single. Als Privatdetektiv hat man nicht viele Gelegenheiten, andere Frauen kennenzulernen. Die einzige Frau, mit der ich inzwischen ausgegangen war, hieß Erna Singmann. Die Mistbiene hatte sich jedes Mal auf hinterhältige Weise ein Date mit mir erschlichen. Diese Nervensäge arbeitete nämlich auf dem Einwohnermeldeamt, und ich benötigte gelegentlich dringend ein paar Informationen über gewisse Personen. Das einzig Gute war, dass Erna jedes Mal, wenn wir zusammen essen waren, freiwillig bezahlte. Auf Deutsch gesagt, sie war scharf auf mich. Mich wunderte nur, dass die Frau trotz meiner deutlichen Ablehnung immer noch nicht aufgegeben hatte. Sie spielte mir Aprilscherze, beschaffte mir Fälle, oder jubelte mir ihren Bruder als Logiergast unter. Manchmal warf sie auch Theaterkarten in meinen Briefkasten, oder traktierte mich mit Anrufen. Zurzeit allerdings hatte ich lange nichts mehr von ihr gehört. Meine Hoffnung, dass dies auch weiterhin so bleiben würde, erwies sich leider als verfrüht.

Mein Bankkonto erinnerte mich daran, dass man ohne Reißverschluss und ohne Knöpfe die Hose nicht zumachen kann. Mit anderen Worten, ich konnte mal wieder keinen Knopf mein Eigen nennen. Zwar garantierte mir der Inhalt des Kühlschranks für einige Zeit das Überleben, aber irgendwann würde der auch mit meinem Konto übereinstimmen, also leer sein. Ich brauchte daher wieder einmal dringendst einen geldbringenden Fall. Das einzige, was ich noch zum Überfluss besaß, war guter, hochprozentiger Bourbon. Bei einer Internetauktion hatte ich mir zwanzig Flaschen ersteigert. Damals besaß mein Konto auch noch mehrere Zahlen linksseits vom Komma. Lang, lang ist's her. Also entkorkte ich eine Flasche, besser gesagt, ich schraubte sie auf, und spielte Dampfer mit Leck. Ich ließ mich langsam volllaufen. Als ich dann so abgefüllt war, dass ich wegen Explosionsgefahr vorsichtshalber nicht mehr über einem Zigarettenstummel ausatmen sollte, machte meine elektronische Türglocke Lärm. Ich wankte zur Tür. Nach dem Öffnen lächelte mich das liebreizende Gesicht der verhassten Erna an. Sie bemerkte natürlich sofort meinen Zustand: „Mein Gott, wie sehen denn deine Augen aus?" Die Antwort darauf entlehnte ich der US-amerikanischen Westernkomödie ‚Cat Ballou': „Die solltest du erstmal aus meiner Richtung sehen!" Meine satte Alkoholfahne ließ die Gute einen Schritt nach hinten ausführen. Diesen Umstand nutzte ich schamlos aus, um die Tür wieder zuzuschlagen. Erna konnte ich eben nicht besonders verknusen. Nicht einmal in betrunkenem Zustand.

Es gibt ein altes, russisches Sprichwort, das da lautet: ‚Ein Mann muss nur ein klein wenig hübscher aussehen, als ein Affe'. Bei meinem morgendlichen Blick in den Spiegel musste ich betrüblicherweise konstatieren, dass ich dieses Ziel höchstwahrscheinlich in den nächsten vierundzwanzig Stunden nicht erreichen würde. Mein

Frühstück bestand folgerichtig aus zwei Rollmöpsen, welche sich bis dato in meinem Kühlschrank ein Glas mit Essig und Zwiebeln geteilt hatten. Natürlich weiß ich, dass Alkohol kontraproduktiv für die Gesundheit ist, aber ein Privatdetektiv darf doch privat auch mal in einen depressiven Zustand verfallen. Und wer jetzt sagt, dass Alkohol keine Lösung ist, der hat auch völlig recht. Alkohol ist nämlich durchaus keine Lösung, sondern ein Destillat. Und außerdem betrinke ich mich ja nicht ständig, sondern teile mir den Bourbon ein. Es gibt auch Zeiten, da trinke ich gar keinen Alkohol. Wenn nämlich mein Bourbon alle ist, und ich kein Geld mehr habe, um neuen zu kaufen. Sei es, wie es sei, jedenfalls beschloss ich, lieber wieder ins Bett zu gehen und sicherheitshalber nicht in mein Büro zu fahren. Bei einer Verkehrskontrolle hätte es wahrscheinlich die Anzeige des Alkoholtesters explodieren lassen. Da ich meinen Führerschein aber noch weiterhin brauchte, zog ich mir die Decke über die Ohren und ließ den lieben Gott einen guten Mann sein. Gegen fünfzehn Uhr schlug mein Türgong an diesem Tag zum zweiten Mal an. Und da ich zum tausendsten Mal vergessen hatte die Lautstärke herunterzuregeln, kringelte es mich auf meiner Schlafstätte zusammen, wie die sprichwörtliche Spinne auf der heißen Herdplatte. Es dauerte eine geraume Weile, bis ich mich endlich aufgerappelt und meine Hose angezogen hatte. Als ich dann die Tür öffnete, war weit und breit niemand zu sehen. Ich tappte in die Küche und brühte mir erstmal einen Kaffee auf, als mein Handy klingelte. Es war Erna Singmann: „Wo bist du? Dein Büro ist verschlossen, und zu Hause

13

bei dir rührt sich auch nichts". Ich antwortete teilnahmslos: „Sie sprechen mit dem Anrufbeantworter von Levin Baer. Aus Stromspargründen muss das Gespräch jetzt unterbrochen werden!" Dann legte ich auf. Kurz darauf klingelte es erneut. Natürlich war es wieder Erna: „Ich weiß, dass du immer in Geldangelegenheiten etwas klamm bist. Wie wär's, wenn du mich heiratest? Wie du weißt, habe ich jede Menge Knete geerbt. Das reicht für uns beide dicke bis zur Rente. Du brauchtest nie wieder einen Fall zu bearbeiten. Was sagst du?" Etwas geladen antwortete ich: „Ich sage dazu jetzt nur, wer die Mitgift will, der muss auch das Gift mitnehmen. Nein danke!" Dann schaltete ich das Handy aus und verbrachte den Rest des Tages vor dem Fernseher.

Als ich am nächsten Tag im Büro saß, ging es mir schon wesentlich besser. Es fehlte nicht viel, und ich hätte beinahe gute Laune gehabt. Gegen vierzehn Uhr betrat ein Mann mein Heiligtum. Seine Kleidung schien nicht besonders teuer gewesen zu sein, sah aber aus, als hätte man alles vor knapp zwei Minuten akkurat gebügelt. Nachdem er Platz genommen hatte, begann er ohne Aufforderung loszusprudeln: „Vor annähernd einem Jahr hat meine Frau Selbstmord begangen. Jedenfalls ist das die offizielle Version. Ich glaube immer noch, dass sie ermordet wurde, obwohl sie zugedeckt auf dem Sofa lag. Übrigens wurde ich zu Anfang als Mörder verdächtigt, denn unsere Ehe war nicht mehr die beste. Außerdem hat man auch unseren Kater dabei getötet. Es war allgemein bekannt, dass ich das Tier nicht leiden konnte. Der war

so vollgefressen, dass wir sogar eine größere Katzenklappe in unsere Tür einbauen lassen mussten, sonst wäre
das Vieh stecken geblieben. Jetzt sind aber die Untersuchungen abgeschlossen und ich bin rehabilitiert, da ich
zum Todeszeitpunkt nachweislich auf meiner Arbeits-
stelle war. Außer meiner Frau und mir hatte keiner
Schlüssel zu unserer Wohnung, es wurden keinerlei Einbruchsspuren gefunden, und wir haben außen an unserer
Tür keine Klinke, sondern nur einen starren Knauf. Ohne
Schlüssel kommt keiner bei uns rein. Am Gasherd war
der Schlauch abgezogen worden, aber daran waren nur
die Fingerabdrücke meiner Gattin. Meine Frau wies auch
keine Spuren von einem Kampf oder irgendwelche Verletzungen auf. Man ist davon ausgegangen, falls meine
Frau von sich aus jemanden in die Wohnung hereinge-
lassen hätte, dann wäre ihr bestimmt die Manipulation
am Herd aufgefallen. Also wurde es als Suizid eingestuft.
Die Fenster waren nämlich auch alle fest verschlossen".
Ich zog die Stirn in Falten: „Was genau soll ich dabei
tun?" Er räusperte sich: „Na ja, auch wenn ich in letzter
Zeit mit meiner Frau nicht mehr so ganz glücklich war,
möchte ich doch, dass ihr Mörder gefunden wird. Meine
Arbeitskollegin meinte gestern, Sie könnten das". Ich
stutzte: „Und wer, bitte schön, ist Ihre Arbeitskollegin?"
Seine Antwort brachte schlagartig mein Blut in Wallung:
„Erna Singmann". Ich sprang auf: „Wenn Sie Erna her-
geschickt hat, dann können Sie gleich wieder gehen!" Er
war zutiefst erschrocken: „Um Himmels Willen nein,
Erna hat mich nicht geschickt. Ich habe nur auf Arbeit
herumgefragt, wer einen Privatdetektiv kennt. Das ist

alles". Noch etwas ungläubig nahm ich wieder Platz: „Wenn ich den Auftrag annehme, dann kostet Sie das zweihundert pro Tag, und ich muss zunächst Ihre Wohnung gründlich in Augenschein nehmen". Er war einverstanden.

Meine Hoffnung, etwas in der Wohnung zu entdecken, verflüssigte sich wie Butter in einer heißen Pfanne. Auch meine Idee, dass der Mörder durch den Keller gekommen sein könnte, zerplatzte wie eine schillernde Seifenblase. Es war ein Fertighaus, das man auf einer Betonplatte errichtet hatte. Es gab also keinen Keller. Während ich die Fenster inspizierte, bellte auf dem Nachbargrundstück ständig ein Hund. Ich fragte meinen Klienten, ob ihn das nicht nerven würde. Er meinte gelassen: „Das ist nur der Jack Russell von meinem Nachbarn. Der freut sich immer wie wild, wenn ihm sein Herrchen Kunststücke beibringt. Kommt aber nicht immer vor. Mich stört das nicht". Ich bewunderte ehrlich seine Ruhe. Dann untersuchte ich noch die Wohnungstür, fand aber auch hier keinerlei Einbruchsspuren. Entweder war es doch ein Selbstmord gewesen, oder die Frau hatte ihren Mörder persönlich ins Haus gelassen. Dann hätte sie aber die Manipulation am Gasherd irgendwie bemerken müssen. Ich verabschiedete mich von meinem Klienten, um erstmal gründlich nachzudenken.

Es stimmt, dass Fernsehen bildet. Zumindest bei mir. Da mir für meinen Fall bisher nichts Kluges eingefallen war, saß ich am Abend vor meinem Fernsehgerät und schaute

16

mir eine Episode einer älteren Krimiserie an. Dort konnte man sehen, dass jemand einen Hund abgerichtet hatte, welcher dann durch ein angelehntes Kellerfenster in ein Haus eindrang, um den Hahn an einem Gaskamin zu öffnen. Sofort kam mir der Hund des Nachbarn von meinem Klienten in den Sinn. Ich klappte meinen Laptop auf und suchte nach ‚Jack Russell‘. Ich erfuhr, dass ein Pfarrer namens Russell im Jahr 1819 seine erste rauhaarige Hündin namens Trump gekauft hatte, die als Stammmutter der Rasse gilt. Unter dem Artikel war das Bild so eines kleinen Jack Russell Terriers abgebildet. Und sofort war mir einiges klar. Ich musste wohl oder übel noch einmal zum Haus meines Klienten, um erneut die Tür zu untersuchen.

Die Hundehaare eines Jack Russell an der Katzenklappe reichten aus, um den Nachbarn zu belasten. Nach seinem Verhör wurde die Tote exhumiert, von der Gerichtsmedizin festgestellt, dass sie von dem Kerl schwanger gewesen war, und der Bursche wurde verhaftet. Es stellte sich heraus, dass er seinen Hund so abgerichtet hatte, dass dieser bei Abwesenheit der Frau durch die vergrößerte Katzenklappe ins Haus gelangt war, und daraufhin die Tür von innen öffnen konnte, indem er mit seiner Schnauze die Klinke herunterzog. Der Nachbar war daraufhin eingedrungen und hatte den Gasschlauch abgezogen. Als kurz darauf das Opfer nach Hause kam, bemerkte sie wahrscheinlich noch keinen Gasgeruch. Dann legte sie sich auf das Sofa und schlief ein, um nie wieder zu erwachen.

Mein Klient sah sehr verstört aus, als ich schreiend aus seiner Wohnung flüchtete. Dabei wollte er doch nur dankbar sein. Da ich den Fall gelöst und Erna mich empfohlen hatte, wollte er uns beiden ein gemeinsames Essen spendieren. Schade, dass ich nur einen Elektroherd besitze, ansonsten hätte ich auf der Stelle mittels Gas Selbstmord begangen.

Die zwei seltsamen Wörter

Papi, heißt es eigentlich Brecklebreck oder Bricklebrit?

Hä? Was heißt was?

Na Brecklebreck oder Bricklebrit?

Keine Ahnung, wovon du da redest.

Ich will doch nur wissen, wie es richtig heißt, Brecklebreck oder Bricklebrit!

Ich weiß immer noch nicht, was du im Grunde von mir willst. Wie kommst du denn auf solche Wörter?

Na unsere Lehrerin sagt Bricklebrit, und Mami hat immer Brecklebreck gesagt. Und was ist nun richtig?

Woher soll ich das wissen. Ich weiß ja noch nicht einmal, worum es hier eigentlich geht.

Ach Papi, hör doch mal zu! Es geht um Brecklebreck oder Bricklebrit.

Und wenn du es noch zehnmal sagst, ich weiß nicht, was du damit meinst.

Du sagst doch sonst auch immer, dass du über alles Bescheid weißt.

Sowas hab ich nie gesagt.

Doch! Als du dich neulich mit Mami gestritten hast, da hast du das ganz laut gesagt. Ich hab es bis in mein Kinderzimmer gehört.

Das war doch etwas ganz anderes. Mami hat, ohne mich zu fragen, Geld gespendet. Und ich habe es heraus bekommen.

Darf man denn kein Geld spenden?

Doch. Aber ich hätte es halt gern vorher gewusst.

Und hättest du dann Mami verboten zu spenden?

Natürlich nicht.

Dann ist es doch gleich, ob du es gewusst hast oder nicht. Warum musstet ihr dann streiten?

Warum, warum. Frag nicht so viel!

Aber du hast gesagt, ich soll viel fragen, damit ich etwas lerne.

Ok. Gut. Richtig. Du darfst natürlich fragen!

Dann sag mir bitte, ob es Brecklebreck oder Bricklebrit heißt!

Also Himmelkreuz … ich meine, woher kennst du diese Wörter?

Von der Lehrerin und von Mami. Die Lehrerin hat Bricklebrit gesagt, und Mami …

Brecklebreck. Ich weiß.

Wenn du es weißt, dann sag doch, was richtig ist!

Mensch Mädel, dass könnte ich doch nur, wenn ich den Zusammenhang kennen würde!

Zusammenhang? Ich kenne nur Vorhang. Vielleicht ist es ein Zusammenhang, wenn man zwei Vorhänge zusammenhängt?

Nein, nein! Mit Zusammenhang ist … äh … der Kontext gemeint.

Kontext?

Wie erkläre ich dir das jetzt am besten? Sagen wir mal so, es ist eine Beziehung. Also anstatt Zusammenhang kann man auch Kontext oder Beziehung sagen. Also Kontext und Beziehung ist das gleiche. Verstehst du?

Also hätte Mami auch Kontext sagen können, als sie von deiner Sekretärin gesprochen hat?

Bitte was? Das geht dich nichts an. Du sollst nicht immer lauschen, wenn sich Erwachsene unterhalten! Interessiere dich lieber für Dinge, die für Kinder gedacht sind!

Mache ich ja. Aber du sagst mir ja nicht, ob es Brecklebreck oder Bricklebrit heißt.

Jetzt werde ich aber gleich wahnsinnig! Wann und wo hat Mami Brecklebreck gesagt?

Nachdem ich ihr gesagt habe, dass die Lehrerin Bricklebrit gesagt hat.

Gleich schmiere ich dir eine! Wann hat deine Lehrerin das gesagt?

Hat sie gar nicht.

Bitte? Ich denke die Lehrerin hat Bricklebrit gesagt. Waren das nicht deine Worte?

Ich hab gesagt, **die** Lehrerin hat Bricklebrit gesagt. Aber nicht, dass es **meine** Lehrerin war. Es war die Aushilfslehrerin, weil Frau Müller krank ist.

Das ist mir doch völlig schnurz, welche Lehrerin das war! Also wann hat die Aushilfslehrerin Bricklebrit gesagt?

In der Schule.

Herrgott nochmal! Geht das nicht auch etwas genauer?

Im Unterricht.

Mädchen, du stehst kurz vor einer Ohrfeige. Was war das nun für ein Unterricht?

Kein richtiger. Weil die Frau Müller plötzlich ganz auf einmal kurzfristig krank geworden ist, hat die Aushilfslehrerin ein Märchen vorgelesen.

Jetzt kommen wir der Sache schon näher. Welches Märchen war denn das?

Tischlein deck dich.

Ja dann ist es klar. Es ist das Wort, das im Märchen vorkommt. Was war das doch gleich?

Bricklebrit.

Siehst du, dann ist eben Bricklebrit richtig.

Aber Mami hat gar nicht von Tischlein deck dich erzählt. Es ging um einen alten Zauberer, und der hat immer Brecklebreck gesagt. So als Zauberspruch.

Jetzt werde ich dann doch verrückt! Da hat doch das eine mit dem anderen gar nichts zu tun. Beides ist richtig. Warum fragst du nur so etwas Dummes?

Wegen der Schokolade.

Bitte? Was für eine Schokolade?

Die mir Mami versprochen hat, damit ich dich ablenke.

Moment! Moment! Wieso ablenken?

Damit Mami den Film sehen kann, und du nicht die blöde Sportschau einschaltest.

Frühstückseier

Die meisten Menschen setzen sich hin und wieder vor ihr Fernsehgerät, um sich informieren oder bespaßen zu lassen. Ein Privatdetektiv macht das auch nicht anders. Wenn ich nicht gerade wegen eines Falles unterwegs bin, sitze ich auch gelegentlich vor dem Flimmerkasten. Allerdings schränke ich meinen Fernsehkonsum immer und immer mehr ein. Das hat natürlich seinen Grund. Was mir da jedes Mal entgegen flimmert, kotzt mich langsam an. Gegen Pay-TV hat mein Bankkonto Einspruch eingelegt, und die Fernsehwerbung raubt mir den letzten Nerv. Da behauptet beispielsweise eine Frau, das eine Zahnbürste „alles" verändert hat. Aber bei mir hat sich da gar nichts geändert. Ich bin nach wie vor ziemlich hässlich im Gesicht, mein Konto macht mir auch immer noch vor, wie man schnell abnehmen kann, und mein kleines Auto braucht weiterhin Treibstoff. Da hätte ich wirklich mal eine Veränderung gebraucht. Was mich ebenfalls leicht verärgert, ist die Tatsache, dass es bei den verschiedensten Lotto-Werbungen scheinbar immer nur Gewinner gibt. Von den Millionen hoffnungsgetäuschter Einzahler wird nie berichtet. Und dann gibt es noch eine Werbung, in welcher mir erklärt wird, dass es neuerdings von einer bestimmten Firma waschbare Unterwäsche gibt. Was glauben denn diese Knallschoten, was ich bisher mit meinen Unterhosen gemacht habe? Jeden Abend verbrannt, oder was? Selbst wenn ich Filmchen aus dem Internet schaue, ploppt immer wieder Werbung auf. Langsam kommen mir wider Willen solche Gedanken, wie zum

Beispiel: Wenn Stiftung Warentest Vibratoren testet, ist da befriedigend besser als gut?

Samstagabend. Der Tag war ruhig, aber ich hatte noch eine traurige Aktion vor mir, nämlich den Schraubverschluss der letzten Flasche Wein zu öffnen. Traurig deshalb, weil es die letzte von hundert Flaschen war, die ich vor ungefähr drei Jahren als Honorar für einen bravourös gelösten Fall bekommen hatte. Eine Flasche später, während ich zweimal den Fernseher ein- und frustriert wieder ausgeschaltet hatte, besaß ich die nötige Bettschwere. Ich tappte in mein Badezimmer, natürlich barfuß. Ich gehe zuhause immer barfuß. Eine kleine Marotte von mir. Ebenfalls typisch für mich ist die Tatsache, dass ich etwas vergesslich bin. Also hatte ich vergessen, dass mir vor einigen Augenblicken der Flaschenverschluss vom Tisch gekullert war. Wenn ein metallener Schraubverschluss mit der Öffnung nach oben auf dem Boden liegt, und ein Tollpatsch barfüßig durch die Gegend stiefelt, dann weiß jeder halbwegs intelligente Mensch, was die Folge davon ist. Erstaunlicherweise blutete meine Fußsohle nur ganz wenig. Natürlich hatte ich kein Wundpflaster im Haus, aber ein vorsichtig angedrücktes Zellstofftaschentuch tat auch das Seine. Während ich mit der Zahnbürste meine Kauwerkzeuge malträtierte, vernahm ich plötzlich ein seltsames Geräusch. Ein unangenehmes Klirren. Zunächst dachte ich, dass ich mich vielleicht verhört hätte, jedoch als ich aus dem Bad zurückkam, glotzte mich mein Wohnzimmerfenster mit einem großen Loch an. In der Stube lag ein Stein, an welchen ein

Zettel mittels Paketschnur gebunden war. Ich beschloss meine Nacktheit mit einer Hose zu verschleiern, sowie aus Sicherheitsgründen Gummihandschuhe überzustreifen. Dann popelte ich den Zettel vom Stein herunter. Darauf stand in einer ungelenken Handschrift: „Das war noch nicht alles!" In meinem Hirn breitete sich eine Leere aus, die bestimmt gut und gerne bei Bedarf das gesamte Universum hätte ersetzen können. Keine Ahnung, was mein anonymer Freund von mir wollte. Kopfschüttelnd holte ich einen Karton aus der Abstellkammer, den ich mittels einer Schere von einem Seitenteil befreite. Ein paar Streifen Klebeband krallten die zugeschnittene Kartonage an meinem weidwunden Fenster fest. Stein, Schnur und Papier wanderten in eine Tüte. Am nächsten Tag würde ich in meinem Büro die Korpora in Ruhe untersuchen. Jetzt hieß es erstmal das Bett zu beehren, um mein unwissendes Hirn der Erholung zuzuführen.

Ich weiß nicht genau warum, aber wenn jemand über einen guten Spürsinn verfügt, dann sagt man gelegentlich, er hätte ein feines Näschen. Und meine Nase sagte mir, dass der Werfer des fenstervernichtenden Wurfgeschosses irgendwie mit Hühnern zu tun haben musste. Eine anhaftende Substanz erinnerte mich mit ihrem Geruch deutlich an meine Kindertage. Damals musste ich meinem Vater immer bei periodisch anberaumten Reinigungen unseres Hühnerstalls helfen. Viel mehr bekam ich nicht heraus. Also rief ich erstmal einen Glaser an. Der weigerte sich standhaft, die Reparatur bei mir zu Hause auszuführen. Ich hätte gefälligst meinen Fensterflügel in seine Werkstatt zu bringen. Typisch Handwerker. Denen macht es anscheinend Spaß, uns Unwissende zu drangsalieren. Als neulich mein Kühlschrank irgendwie stromlos wurde, habe ich höflich den Elektromonteur gefragt, wie hoch denn der Schaden zu veranschlagen sei. Und er meinte hinterhältig lächelnd, dass lediglich der Stecker einen neuen Kühlschrank braucht.

Der nächste Morgen verlief anfänglich genauso, wie an den vergangenen Tagen. Ich kleckerte ausgiebig während des Frühstücks. Diesmal mit Eigelb. Das Zeug hatte unerklärlicher Weise dermaßen Lust zum Fallen, dass es garantiert bis zum Erdmittelpunkt gestürzt wäre, hätte es mein Teppich nicht vorher aufgehalten. Ich nahm mir vor, in Zukunft nur mehr hartgekochte Eier zu verspeisen. Aber zunächst musste ich meinen Teppich reinigen. Und wie üblich stieß ich dabei mit dem Hinterkopf derart heftig an die Tischkannte, dass ich mehr Sterne vor den Augen hatte, als ein Astronaut, der aus dem Fenster einer Raumstation blickt. Als ich das Eigelb aus dem Putzlappen wusch, kam mir plötzlich eine Idee. Also fuhr ich, im Gegensatz zu sonst, danach nicht sofort ins Büro, sondern klingelte bei meinem Nachbarn. Der war zwar schon zur Arbeit gefahren, aber zum Glück war seine Frau noch zu Hause. Etwas verlegen kratzte ich mich am Kopf: „Sie werden entschuldigen, aber ich hätte da eine Frage. Ihr Mann hat mir mal erzählt, dass Sie Ihre Eier nicht im Supermarkt kaufen, sondern direkt von einem Bauern beziehen. Könnten Sie mir vielleicht sagen, wie der Bauer heißt, und wo sich sein Bauernhof befindet?"

Sie schien keineswegs über meine Frage verwundert zu sein: „Das ist kein direkter Bauer. Es ist ein Hühnerhof im nächsten Ort. Ein wenig abseits zum Wald hin. Es gibt auch einen selbstgebastelten Wegweiser. Hühnerfarm Gumpert. Aber ich glaube, der hat Konkurs angemeldet. Jedenfalls haben wir zuletzt keine Eier mehr bekommen". Ich nahm mir vor, erst einmal in meinem Büro nach dem Rechten zu sehen, um danach einem gewissen Herrn Gumpert einen Besuch abzustatten.

Als ich mein Auto vor dem Grundstück abstellte, kam ein Mann mit verdreckten Gummistiefeln und einem Hammer in der Hand auf mich zu: „Hauen Sie ab! Ich habe Ihren Kollegen bereits erfolgreich verscheucht. Bei Ihnen klappt das garantiert auch". Er hob den Hammer, und ich machte vorsichtshalber einen Schritt rückwärts: „Meinen Kollegen? Was für einen Kollegen. Ich habe keinen Kollegen". Er ließ den Hammer sinken: „Ach, dann sind Sie gar nicht vom Veterinäramt? Tut mir leid, aber ich verkaufe keine Eier mehr. Gibt ja auch keine Hühner hier auf dem Hof. Alle abtransportiert". Er feuerte den Hammer hinter sich an den Zaun: „Angeblich Kokzidiose. Alles Lüge!" Ich fragte aufgrund seines erregten Gemütszustandes lieber nicht, was diese Kokzidiose eigentlich sei. Er fuhr hochgradig erregt fort: „Aber diesem Kerl vom Veterinäramt hab ich es gezeigt, diesem Baer! Dem hab ich die Fensterscheibe eingeschmissen. Und ich lass mir noch ein paar andere Sachen einfallen. Da können Sie Gift drauf nehmen!" Ich spürte förmlich, wie meine Augen immer größer wurden: „Gift vertrage ich nicht. Aber haben Sie wirklich Baer gesagt? Dann kann ich Ihnen mitteilen, dass Sie nicht dem Baer vom Amt, sondern einem unschuldigen Privatdetektiv gleichen Namens das Fenster ruiniert haben. Und dieser Detektiv bin ich. Aber wenn Sie die Rechnung bezahlen, sehe ich von einer Anzeige ab. Er sackte mit einem Schlag in sich zusammen: „Scheiße! Tut mir wirklich leid. Schicken Sie mir bitte die Rechnung! Natürlich bezahle ich". Er drehte sich um, hob seinen Hammer auf und trabte mit hängendem Kopf in Richtung Haustür.

In der Regel betreten die Menschen mein Büro etwas unschlüssig. Wohlerzogene klopfen sogar vorher an. An diesem Tag wurde aber die Tür regelrecht aufgerissen. Ein Mann im grauen Anzug fuchtelte mit einem Dienstausweis vor meiner Nase herum: „Sind Sie Herr Baer? Waren Sie gestern Nachmittag bei einem gewissen Herrn Gumpert? Und gibt es dafür eventuell Zeugen? Sind Sie gewillt hier auszusagen, oder wollen Sie lieber vor einen Richter?" Nun machen mich derartige Überfälle überhaupt nicht an. Ich lehnte mich genüsslich zurück: „Darf es vielleicht auch eine Richterin sein? Oder sind Sie vielleicht ein Vertreter des Maskulinismus? Oder gar ein Antifeminist? Weiß das Ihr Vorgesetzter? Sind Sie bereit, das hier zu bekennen?" Ihm verschlug es die Sprache, und er blieb eine kurze Zeit wie erstarrt stehen. Ich benutzte die Pause zu einem weiteren verbalen Schlag: „Angenehm, ich heiße Levin. Und Sie? Oder sind Sie ohne eine hinreichende Erziehung groß gezogen worden?" Vielleicht hätte ich nicht so angriffslustig sein sollen. Jedenfalls wurden mir wenigstens im Verhörraum die Handschellen abgenommen.

Ich hatte mich, leicht genervt, etwa drei Minuten in dem großen Spiegel an der gegenüberliegenden Wand betrachtet. Gefühlt waren es allerdings mindestens zehn bis zwölf Minuten. Dann betrat ein verhältnismäßig junger Mann den Raum und richtete die blödeste Frage der Welt an mich: „Wissen Sie, warum Sie hier sind?" So lässig es ging antwortete ich: „Nein, wissen Sie es?" Er nahm an der anderen Tischseite Platz: „Wie wäre es zunächst mit Beamtenbeleidigung? Mein Kollege war nicht davon angetan, dass Sie ihm so blöd gekommen sind". Ich lehnte mich überheblich zurück: „Moment! Es gab überhaupt keine Beleidigung. Zumindest nicht meinerseits. Und außerdem können Beamtenbeleidigungen laut Strafgesetzbuch § 185 lediglich mit einer Geldstrafe oder mit Freiheitsentzug bis zu einem Jahr geahndet werden. Von Entführung in Handschellen habe ich dort nichts gelesen. Übrigens wird sich ihr Kollege ohne Zeugen wohl ziemlich schwer tun, irgendeine Beleidigung zu beweisen. Ich hingegen kann jederzeit eine Freiheitsberaubung entsprechend § 239 StGB belegen. Und wenn Sie mir jetzt keinen Haftbefehl zeigen, stehe ich auf und gehe nach Hause". Mit so viel Chuzpe hatte mein Gegenüber wahrscheinlich nicht gerechnet. Jedenfalls wechselte er etwas konsterniert das Thema: „Sie sind hier, weil Herr Gumpert Sie angezeigt hat". Ich klatschte mir auf den Oberschenkel: „Nicht schon wieder! Das ist nun schon die zweite Verwechslung. Dieser Gumpert hat mich anfangs auch mit einem Herrn Baer vom Veterinäramt verwechselt. Wenn Sie Ihre Arbeit richtig machen würden, dann wüssten Sie, dass ich nicht dieser Baer bin". Er schmunzelte selbstgefällig: „Oh, wir haben unsere Arbeit gemacht. Und dabei haben wir festgestellt, dass es beim Veterinäramt keinen Herrn namens Baer gibt. Im gesamten Landkreis gibt es nämlich nur einen einzigen Herrn, welcher Baer heißt. Und nun raten Sie mal, wer das ist! Oder wollen Sie vielleicht abstreiten, dass Sie Herrn Gumpert aufgesucht haben? Das wäre einigermaßen zwecklos. Ein Zeuge hat sie gesehen". In diesem Moment klopfte jemand von der anderen Seite an den Spiegel. Mein Widersacher stand auf und verschwand nach draußen. Kurz darauf kam ein älterer Glatzkopf hereingeschneit und meinte scheißfreundlich, ich könne gehen, weil mich Herr Gumpert mit seiner Aussage entlastet hätte. Ich wäre nicht der Gesuchte, und man wolle sich bei mir wegen der Unannehmlichkeiten entschuldigen. Das ließ meine bisher schlechte Laune dann doch bis auf das Level „stinksauer" abrutschen. Ein kaputtes Fenster, ekelhafte Handschellen und ein nerviges Verhör, nur wegen so eines dämlichen Arschlochs, der meinen Namen benutzt hatte. Das musste ich erstmal mit einer Flasche Bourbon diskutieren.

„Von Zufall spricht man, wenn für ein einzelnes Ereignis oder das Zusammentreffen mehrerer Ereignisse keine kausale Erklärung gefunden werden kann" (Wikipedia). Und ich habe keine Erklärung für das Folgende gefunden. Zumindest keine kausale. Ich weiß nur, dass meine

Bank, aus welchem Grund auch immer, geschlossen hatte, und ich weder Bargeld noch EC-Karte mit mir führte. Da aber in der Regel der Supermarkt nicht anschreibt, fuhr ich in den Nachbarort, um in der dortigen Bankfiliale etwas Geld von meinem Konto abhobeln zu können. Vor mir stand ein Mann am Schalter, der mittels einer größeren Summe ein Konto eröffnen wollte. Ich traute meinen Ohren kaum, als er sich mit dem Namen Phillip Baer registrieren ließ. Nun besitze ich zwar keine Handschellen, aber ich hatte meist aus praktischen Gründen ein oder zwei Kabelbinder bei mir. Den Aufruhr in der Bank konnte man getrost mit einem Hühnerstall vergleichen. Und in der Folge bekam auch Herr Gumpert seine Hühner von dem Trickbetrüger zurück, der falsche Herr Baer bekam gesiebte Luft zum Atmen, und der richtige Herr Baer bekommt aus Dankbarkeit jede Woche sechs frische Eier geliefert. Mann, das wird vielleicht wieder eine Kleckerei.

Das Märchen vom Bäumchen

Es war einmal, also wirklich nur einmal, nicht zweimal oder dreimal, und es ist gar lange her, da wuchs urplötzlich neben dem Eingang einer alten Windmühle ein kleines Bäumchen aus dem Boden. Direkt neben dem windschiefen Bänkchen, auf dem der Müller und seine Frau nach getaner Arbeit kurz rasteten, um gemeinsam die letzten Strahlen der untergehenden Sonne zu genießen.

Kurz darauf gingen die beiden aber wieder an die Arbeit. Die Müllerin spann auf einem alten Spinnrad Wolle zu feinstem Garn, und der Müller schnitzte aus dem Holz eines vor Kurzem gefällten Birnbaumes kleine Figuren. Zu Ostern waren das possierliche Häschen, zu Weihnachten lustige Nikoläuse, und das restliche Jahr über waren es eben Heiligenfiguren. So konnte das fleißige Ehepaar ihre selten gefüllte Haushaltskasse ein wenig aufbessern. Als der Müller und seine Frau an einem Abend das Bäumchen entdeckten, holte die Müllerin geschwind eine Kanne mit Wasser aus ihrer Küche, um den Neuankömmling manierlich zu besprengen. Dabei kam es ihr vor, als würde sich das Bäumchen dankbar vor ihr verneigen. Aber es war wohl nur ein Schwapp Wassers, das den dünnen Stamm nach vorn bog. Fortan begutachteten die Eheleute jeden Abend wohlwollend den Fortschritt, den das Bäumchen in Sachen Wachstum an den Tag legte. Und als der Herbst kam, leuchteten an den Zweigen drei kleine Äpfel. Etwas so groß wie eine Kirsche, aber durch und durch aus purem Golde. Als der Müller dies sah, rief er erfreut: „Dem Herrgott sei Dank! Jetzt können wir uns eine Kuh kaufen, und haben jeden Tag frische Milch". Doch seine Frau sagte: „Du Narr! Kühe geben nur Milch, wenn sie ein Kälbchen haben. Und wo willst du das Futter für die Kuh hernehmen? Wir besitzen doch weder Weide noch Garten. Lass lieber die goldenen Früchte an dem Baum, wer weiß wozu das gut ist. Der Allmächtige wird sich schon etwas dabei gedacht haben". Aber der Müller war damit keineswegs zufrieden: „Schau Weib, wenn wir schon über Gold verfügen, dann sollten wir auch etwas damit anfangen. Gold kam in die Welt, damit man es ausgebe. Wir können uns doch von dem reichen Bauern Eier, Speck und Schinken besorgen. Vielleicht auch von dem Wiesenwirt ein Fläschchen guten Weines! Was sagst du?" Die Frau aber meinte, man solle die Früchte dort lassen, wo sie aus Sicht des Bäumchens auch hingehörten. So stritten die beiden Tag um Tag. Bis es dem Müller eines Tages zu bunt wurde. Er stahl sich des Nachts vorsichtig aus der ehelichen Bettstatt, tappte auf leisen Sohlen nach draußen und pflückte die kleinen, goldenen Äpfel ab. Dann versteckte er sie im Mehlkeller und schlich wieder zurück in die Schlafkammer. Aber so vorsichtig er auch handelte, seine Frau wurde das Umherschleichen doch gewahr: „Alter, was tust du mitten in der finsteren Nacht?" Der ertappte Müller log: „Ach, ich glaubte ein Geräusch gehört zu haben. So ging ich dann um zu sehen, ob nicht ein Einbrecher unsere Mühle als sein Ziel erkoren hatte". Die Frau schüttelte den Kopf: „Du bist fürwahr ein Narr. Was sollte man in einer alten Mühle schon stehen? Ein Sack Mehles wird wohl keinen Dieb erfreuen". Dann schlief sie weiter. Der Müller aber, wegen seines schlechten Gewissens ob seiner heimlichen Tat, konnte die ganze Nacht kein Auge mehr zumachen.

Als am Abend die Müllersfrau vor die Mühle trat, um sich ein wenig auszuruhen, bemerkte sie auf der Stelle den frevelhaften Diebstahl. Sie rief zittrig nach ihrem Manne: „Hast du heut Nacht unserem Bäumchen die schönen Äpfel gestohlen? So gehe am Sonntag zum Pfarrer und beichte. Mag der Diener Gottes dir vergeben, ich kann das nimmermehr". Der Müller aber, der sich schon längst überlegt hatte, welche feinen Sachen er für das Gold erwerben wollte, log abermals: „Ich nahm die Äpfel nicht". Seine Frau, die ihn schon lange kannte, rief erbost: „Du lügst! Ich sehe es an deinem gerötetem Antlitz!" Doch der Müller hielt zum dritten Male die Wahrheit zurück: „Nein. Gott möge mich strafen, wenn ich lüge!" Mit diesen Worten gab sich dann die Müllersfrau doch zufrieden: „Also war gleichwohl ein ruchloser Einbrecher des nächtens vor unserer Tür. Möge ihn das Diebesgut kein Glück bringen. Wir aber werden das Bäumchen hegen und pflegen, damit es nächstes Jahr wieder Früchte tragen mag".

Am nächsten Tag frischte der Wind kräftig auf. Die alte, schwächliche Mühle war aber dem Wetterunbill nicht mehr gewachsen. Mit einem lauten Knall zerbarst die Flügelwelle. Nun war guter Rat teuer. Während die Frau leise in ihre Schürze schluchzte, ging der Mann in den Mehlkeller und holte die drei goldenen Äpfelchen hervor: „Schau, alte Haut, damit gehe ich jetzt zum Schreiner. Er wird uns dafür eine neue und stabilere Welle fertigen. Hör auf zu heulen!" Die Frau blickte auf: „Und du belogst mich doch! Bedenke aber, unrecht Gut gedeihet nicht!" Der Müller winkte ab, und machte sich auf den Weg zum Schreiner: „Hier, alter Holzwurm, für dieses Gold wirst du mir eine neue Flügelwelle für meine Mühle fertigen!" Der Schreiner aber war sein Lebtag ein arger Taugenichts gewesen. Vom Glanz des Goldes geblendet, schlug er dem Müller von hinten mit dem großen Holzhammer auf den Kopf. Dann zog er den Leblosen nach draußen auf seinen Pferdewagen, fuhr mit ihm in den Wald, und vergrub ihn einen halben Klafter tief in der Erde. Auf dem Rückweg aber fiel er einer Räuberbande in die Hände. Die rauen Gesellen nahmen ihm das Gold und banden ihn an einen Baum. Hernach fuhren sie unter Gejohle mit dem Gespann des Schreiners von hinnen.

Die arme Müllersfrau aber wartete Stunde um Stunde vergeblich auf die Rückkehr ihres Mannes. Sie setzte sich weinend auf die Bank neben dem Bäumchen, als dieses plötzlich zu sprechen anfing: „Groß ist die Not. Dein Mann ist tot. Verzage nicht, im Morgenlicht, komm her zu mir! Gold geb ich dir!" Und wirklich und wahrhaftig hingen die Äste des kleinen Baumes voller goldener Äpfelchen. Als die Frau sie pflückte, verwandelten sich die kleinen Früchte in runde, glänzende Taler. Die Frau, die nun um den Tod ihres Mannes wusste, trug einen Teil der Münzen zum Schreiner, um die Welle richten zu lassen. Sie wollte die Mühle im Angedenken an ihren Gatten weiterhin in Gang halten. Sie traf aber nur des Schreiners Frau an, die auch nicht wusste, wo der Holzwerker abgeblieben war. Als sie aber die Taler der Müllerin sah, fragte sie die gute Frau nach allen Regeln der Kunst aus, wie man wohl an solch vieles Geld kommen möge. Arglos erzählte die Müllerin von dem Bäumchen. Da sie aber der Schreiner nicht angetroffen hatte, machte sie sich wieder auf den Heimweg. Die Frau des Schreiners jedoch wartete bis zur Dunkelheit, und schlich sich dann heimlich zur Mühle. Dort angelangt, wollte sie das Bäumchen herausreißen, um es heimlich in ihrem Garten einzupflanzen. Doch in dem Moment, als ihre Hand die zarte

Rinde berührte, fiel sie tot zu Boden. Ein paar Stunden später betrachtete sie ein streunender Wolf als seine Beute und schleifte sie mühsam mit seinen Zähnen davon. Am nächsten Morgen aber war das Bäumchen wieder voller Früchte. Die Müllerin ergab sich ihrem Schicksale und ließ die Mühle Mühle und die Welle Welle sein, konnte sie doch tagtäglich Taler ernten. Und wenn sie nicht gestorben ist, dann gießt sie wohl immer noch jeden Tag ihr kleines Wunderbäumchen.

Samstag

Die allermeisten Tage verlaufen bei mir immer nach ein und demselben Strickmuster. Außer vielleicht Feiertage, Sonntage und Urlaub. Morgens verfluche ich als erstes meinen Wecker. Dann begebe ich mich gähnend ins Badezimmer, um meine Beißerchen mit minzhaltiger Paste zu erfreuen. Anschließend platziere ich schwungvoll mein nacktes Hinterteil auf die Keramik. Nachdem ein Wasserschwall meine unverdaulichen Nahrungsüberreste in ein fernes Nirwana geschwemmt hat, widme ich mich einem ausgiebigen Duschvorgang. Natürlich öffne ich, wie immer, im falschen Moment die Augenlider, was mein Shampoo dazu überredet, mir hinterhältig in die Augen zu beißen. Dieser Zustand hat aber auch etwas Gutes, denn er hält mich davon ab, unter der Dusche zu singen. Ich singe grässlich. Nach dem Abtrocknen und Ankleiden, bei dem ich regelmäßig während des

Einsteigens in die Hose das Gleichgewicht verliere, gehe ich zum Briefkasten, um denselben von seinem Inhalt zu befreien. Dann bereite ich mir das Frühstück zu. Und während ich esse, und dabei mächtig kleckere, riskiere ich den einen oder den anderen Blick in die Morgenzeitung. Danach bin ich eine Viertelstunde damit beschäftigt, die Kleckerspuren zu beseitigen. Anschließend fahre ich dann in mein sogenanntes Office, und trinke dort ein kleines Schlückchen aus meiner versteckten Büroflasche. Und das Tag für Tag. Ich überlege manchmal, ob ich nicht wenigstens am Samstag mein Büro geschlossen lasse, um meinem geplagten Wecker etwas Ruhe zu gönnen. Aber gerade am Samstag kommen die meisten meiner Klienten in die Detektei. Was ja für Leute, die werktags einer geregelten Arbeit nachgehen müssen, durchaus verständlich ist. Also werde ich wohl weiterhin samstags arbeiten. Aber vielleicht führe ich dafür am Montag einen Ruhetag ein. Ich denke mal, auch ein kleiner Privatdetektiv, wie ich, hat Anspruch auf eine Fünftagewoche.

Es war wieder einmal Samstag. Ich hatte gegen zehn Uhr mein Büro für den Publikumsverkehr freigegeben, und langweilte mich zu Tode. Das Wetter war, wie man so schön sagt, durchwachsen, und es passierte nichts auf der Straße, was mich beim Blick aus dem Fenster interessiert hätte. Angeödet betrachtete ich meine Fingernägel. Das inspirierte den Inhalt meines Quadratschädels zu der Frage, was wohl unsere Vorfahren damals mit ihren Nägeln gemacht haben, bevor jemand die Nagelfeile erfand. Mitten in diese sehr hochwissenschaftlichen Gedanken hinein, platzte eine schick gekleidete Frau. Sie schloss sorgsam die Tür hinter sich, und belegte graziös meinen Besucherstuhl. Die Gute trug einen blauen Hosenanzug mit Kurzarmblaser, und hatte zu meiner Verwunderung kein Handtäschchen bei sich. Falls ich mich nicht täuschte, war sie etwa dreißig Jahre alt. Zu meiner Freude trug sie keine High Heels. Ich mag flache Schuhe an Frauen. Besonders, wenn man vorn noch so ein bisschen den Ansatz der Zehen erahnen kann. Da muss ich immer hinschauen. Die Frau erhaschte meinen Blick und sagte: „Jana von Mirapodo". Ich fühlte mich ertappt und entgegnete mit leicht rotem Kopf: „Angenehm. Levin Baer". Sie brach in ein hinreißendes Lachen aus: „Oh nein! Ich meinte die Schuhe. Die Marke heißt ,Jana', und ich habe sie bei ,Mirapodo' gekauft". Am liebsten wäre ich jetzt ins nächste Mauseloch gekrochen, aber bei mir im Büro gab es leider keine Mäuse. Ich versuchte mit einem Standardsatz von meiner Verlegenheit abzulenken: „Was kann ich für Sie tun?" Sie wurde ernst: „Das ist nicht so einfach zu erklären. Haben Sie etwas Zeit?" Froh darüber, dass endlich ein anderes Thema zur Sprache kam, lehnte ich mich zögerlich zurück und nickte: „Ich habe Zeit". Sie rutschte ein klein wenig nach vorn: „Es geht um meinen Ehemann Jürgen. Jürgen Berlinger. Ich heiße übrigens Janina Berlinger. Mein Mann geht jede freie Minute Bergsteigen. Früher bin ich manchmal mitgegangen. Aber das Klettern macht mir keinen rechten Spaß. Jetzt zieht er immer mit seinem Kumpel Joris los. Die beiden kennen sich seit ihrer Kindheit und haben zusammen eine Werbefirma gegründet. Vor etwa einem

Jahr kam Joris allerdings alleine vom Klettern zurück, und teilte mir aufgeregt mit, dass mein Mann abgestürzt sei. Und dass die Bergwacht seit Stunden nach ihm suche. Sieben Tage später wurde die Suche ohne Erfolg abgebrochen". Sie wischte sich kurz mit dem Handrücken über die Augen. Dann wendete sie ihren Blick von mir ab und betrachtete den Fußboden. Es entstand eine ziemlich unangenehme Pause, die ich einigermaßen ungeschickt zu überbrücken versuchte: „Aber wie sollte ich Ihnen da helfen können?" Sie fing sich wieder: „Joris hat mich darauf angesprochen, dass man unter Umständen bereits nach einem Jahr einen Verschollenen für tot erklären lassen kann". Ich winkte ab: „Das ist nicht so einfach. Ein Verschollener kann zwar unter den Voraussetzungen der §§ 3 bis 7 des VerschG für tot erklärt werden, ich bezweifle jedoch, dass hier eine Jahresfrist zutrifft. Es sei denn, er ist bei Kriegshandlungen für verschollen erklärt worden. Er war aber nicht in einem Krieg, sondern beim Bergsteigen. Und selbst wenn ihr Gatte über achtzig Jahre alt gewesen sein sollte, muss man noch fünf Jahre warten. Aber mir ist schon klar, worauf Sie anspielen. Sie haben diesen Joris in Verdacht, dass er beim Verschwinden Ihres Mannes die Hand im Spiel hatte". Sie blickte nach unten und kratzte sich leicht an der Wange: „Na ja, die Polizei hat gesagt, dass sie nur aufgrund meiner unbewiesenen Verdächtigung ohne weitere Anhaltspunkte nicht tätig werden kann. Und Sie sollen mir nun die Anhaltspunkte beschaffen! Wieviel würde das kosten?" Ich zog etwas die Augenbrauen nach oben und leierte den zweiten Standardsatz herunter: „Zweihundert pro Tag plus Spesen". Sie schien von dieser Ankündigung nicht besonders begeistert zu sein: „Autsch! Das ist ganz schön happig. Na gut, was soll's!" Ich wurstelte ein Auftragsformular aus meinem Schreibtisch: „Wenn Sie hier bitte unterschreiben möchten. Und dann sagen Sie mir auch noch, ob dieser Joris vom Tod Ihres Gatten profitieren würde. Gibt es irgendwelche Papiere, Verträge oder Statuten der Firma?" Sie nickte bedächtig: „Richtig. Im Falle des Ablebens eines Partners, werden die Firmenanteile des Toten dem anderen Inhaber zugeschrieben". Ich atmete hörbar aus: „Mal abgesehen davon, dass das Ganze eigentlich doch die Sache der Polizei wäre, weiß ich im Moment noch nicht so genau, wie ich den Fall angehen soll. Hat denn der Partner Ihres Mannes auch einen Familiennamen?" Sie nickte unmerklich: „Natürlich. Er heißt Joris van Weentuel. Aber alle sagen nur ‚Ventil' zu ihm". Ich schmunzelte: „Kein Wunder bei dem Nachnamen". Sie schüttelte den Kopf: „Wieder falsch. Man nennt ihn so, weil er als Junge dem Schuldirektor alle Ventile aus den Autoreifen herausgeschraubt hat". Na Prima! Heute war ich wahrscheinlich ständig auf dem Holzweg. Vielleicht sollte ich lieber in die Holzbranche wechseln. Nach einem verlegenen Räuspern fragte ich: „Und hat dieses Ventil auch eine Adresse?" Sie lehnte sich etwas zurück: „Schon. Er wohnt in der Uhlandstraße. Leider kann ich mich nicht an die Hausnummer erinnern. Entweder 41 oder 14 oder so ähnlich. Sie können das Haus ganz leicht erkennen. Es ist das einzige mit einem Erker". Sie kramte in ihrem Blaser herum: „Hier, ein Foto von Joris und meinem Mann. Ich hab es

41

vor etwa zwei Jahren geschossen". Ich bettete das Auftragsformular zurück in die Schreibtischschublade und zückte eine meiner Visitenkarten: „OK. Falls Ihnen noch etwas relevantes einfallen sollte, rufen Sie mich einfach an!" Sie stand auf und ich streckte ihr meine Hand entgegen. Ihr Händedruck war angenehm, sie lächelte noch einmal ganz leicht, und entschwand.

Irgendwann werde ich meinen Wecker mit einem Hammer künstlerisch umgestalten. Das habe ich mir jedenfalls fest vorgenommen. Normalerweise hätte ich an diesem Sonntag ausschlafen können, aber das gellend läutende Mistvieh riss mich erbarmungslos aus meinen süßen Träumen. Laut schimpfend brachte ich das vertrackte Gerät zum Schweigen, wohlwissend, dass ich Trottel am Vortag vergessen hatte, die Weckfunktion abzustellen. Ich glaube mich auch schwach daran erinnern zu können, dass es bei dem Ding eine Einstellung gibt, die es nur an Werktagen schellen lässt. Man kann die Klingelei also beeinflussen, falls man weiß, wie man das anstellen muss. Ich wusste nicht. Da ich erfahrungsgemäß nach einer Störung nicht wieder einschlafen kann, tapste ich schläfrig in Richtung Badezimmer, um mit meiner täglichen Routine zu beginnen. Einige Zeit später, am Frühstückstisch, beschloss ich unter anhaltendem Kleckern, mir mal ein gewisses Haus in der Uhlandstraße zu Gemüte zu führen. Falls dabei diesem Joris mein Herumlungern unangenehm auffallen sollte, hatte ich mir als Legende zurechtgelegt, ihn darum zu bitten, für mich, respektive für meine fesche Detektei, eine Sichtreklame auszuarbeiten. Höchstwahrscheinlich würde er mich dann vollblubbern, dass er am Sonntag nicht arbeitet, und dass ich unter der Woche in sein Büro kommen soll. Dadurch wären wir dann bereits in einem Gespräch, und er würde sich bestimmt mein Gesicht merken. So war zumindest mein Plan.

Wer im Duden unter ,observieren' nachschlägt, dem wird vermittelt, dass es sich um ein schwaches Verb handelt, und es bedeutet »Personen, Gebäude o. Ä. über einen längeren Zeitraum [zu einem bestimmten Zweck] zu beobachten«. Von „stinklangweilig" ist da gar nichts zu lesen. Also beschloss ich nach ungefähr zwei Stunden, mein Auto kurzzeitig zu verlassen, um mir die Beine zu vertreten. Hatte ich übrigens schon erwähnt, dass ich meinen kleinen Flitzer gebraucht gekauft habe? Damit dürfte klar sein, dass es sich bei dem Gefährt nicht unbedingt um das neueste Modell handelt. Und als solches verfügt es auch über keine elektrischen Fensterheber. Falls ich Luft in die Fahrerkabine lassen möchte, muss ich mich wie ein Leierkastenmann an einer Kurbel abarbeiten. Und ich habe noch nie gehört, dass jemand jemals an dieser Kurbel hängengeblieben ist. Wahrscheinlich bin ich auf dieser großen, weiten Welt der Einzige, bei dem sich der Griff der Kurbel beim Aussteigen in der Hosentasche verhakt. Allerdings hatte ich in diesem Moment keine Zeit darauf stolz zu sein, weil ich nämlich bereits eine Sekunde später mit der Fresse im Rinnstein lag. Es ist, glaube ich, nicht nötig zu erwähnen, dass bei diesem grandiosen Vorgang die Fensterkurbel aus ihrer

Verankerung gerissen wurde. Als ich mich mühsam hochrappelte, streckte mir plötzlich jemand eine helfende Hand entgegen. Zu meinem großen Erstaunen hing die Hand an einem Arm, der zu diesem Ventil-Joris gehörte. Sein Gesichtsausdruck schwankte zwischen knietiefem Mitleid und unverhohlener Schadenfreude hin und her: „Sie sehen ja schön aus. Wenn Sie wollen, können Sie mit zu mir kommen und sich säubern. Ich heiße übrigens Joris. Und Sie?" Ich putzte verlegen meine Hose ab: „Levin. Levin Baer. Oder vielleicht besser Levin Tollpatsch. Mir passieren immer solche Dinge". Er lachte: „Na kommen Sie schon! Mein Badezimmer verfügt über das nötige Mittel, um Ihr Gesicht wieder sauber zu kriegen. Man nennt es übrigens Wasser". Und so kam es, dass ich mich mit einem Mann anfreundete, den ich eigentlich observieren wollte.

Ich mochte Joris und konnte mir absolut nicht vorstellen, dass er ein Mörder sein sollte. Trotzdem, Auftrag ist Auftrag. Nachdem er mir erzählt hatte, dass er sich gut mit seinen Nachbarn verstand, traute ich mich nicht mehr die Leute in seiner näheren Umgebung zu befragen. Er hätte es erfahren können. Also musste ich mir etwas anderes einfallen lassen. Am Abend darauf besprach ich alles mit einer Flasche Bourbon. Recht lange. Aber nicht umsonst. Beim Anblick der halbleeren Buddel machte es Klick in meinem Gehirn, und ich hatte die entscheidende Idee.

Der Morgen begann damit, dass sich das Wasser in meinem Waschbecken standhaft weigerte abzufließen. Ich werkelte also eine geraume Weile angestrengt mit einem sogenannten Pömpel herum. Der Erfolg war erwartungsgemäß, dass sich das Schmutzwasser durch meine kraftvollen Aktivitäten gleichmäßig in meinem Badezimmer verteilte. Als kleinen Nebeneffekt verbreitete sich aus dem Schlund des Beckens ein pestilenzartiger Geruch, der mir fast die Wimpern wegätzte. Ich beschloss deshalb, entgegen meiner sonstigen Überzeugung, die chemische Keule einzusetzen, und im weiteren Tagesverlauf einen Rohrreiniger käuflich zu erwerben. Zunächst aber beschäftigte ich mich damit, Körper und Seele äußerlich sowie innerlich zu reinigen. Dann rief ich die Autowerkstatt meines Vertrauens an, um mit dem Meister über eine abgerissene Fensterkurbel zu debattieren. Wie sich herausstellte, hatte diese vermaledeite Kurbel nicht nur ein Loch in meine Hose gerissen, sondern würde auch noch ein kleines Loch in mein Portmonee reißen. Ansonsten verlief der Tag ohne besondere Vorkommnisse, falls man mal von der Tatsache absieht, dass ich auf der Treppe zu meinem Büro ausrutschte. Aber das Leben geht auch mit einem blauen Fleck am Knie weiter.

Es war gegen 18:00 Uhr, als ich mit der rechten Hand an der Tür von Joris klingelte, während die linke hinter meinem Rücken eine Flasche Bourbon versteckt hielt. Als er öffnete, schmetterte ich ihm fröhlich entgegen: „Ich wollte mich für die Hilfe neulich bedanken. Interessiert?" Mit diesen Worten zeigte ich ihm die versteckte Flasche. Das versteckte Mikrofon zeigte ich ihm nicht. Mein Plan schien aufzugehen. Joris hatte noch nicht zu Abend gegessen, und so konnte ich davon ausgehen, dass der Alkohol ihm sehr bald die Zunge lösen würde. Aber erstens kommt es anders, und zweitens als man denkt. Joris vertrug wesentlich mehr, als ich in meiner Schlichtheit bedacht hatte. So kam es , dass nicht er, sondern ich mich verplapperte: „Du … du weißt schon, dass man dich verdächtigt, deinen Partner Jü … Jürgen ermordet zu haben, oder?" Er brach in schallendes Gelächter aus: „Für diesen Umstand ist Jürgen aber noch bei sehr guter Gesundheit. Und das ist recht ungewöhnlich für einen Toten. Übrigens war ich heute Vormittag mit der Leiche beim Notar. Jürgen hat mir seine Geschäftsanteile verkauft. Und übermorgen verpisst er sich klammheimlich in die Karibik. Die Scheidung hat er auch schon eingereicht. Weil ihn gewissermaßen seine Beste nach Strich und Faden betrogen hat. Er will die Dame auf keinen Fall mehr zu Gesicht bekommen. Die haben nämlich einen Ehevertrag, und Janina sieht deshalb keinen Cent vom Vermögen. Wenn die ihn erwischt, kann er seine Knochen nummerieren. Ich habe die Dame ein bisschen verarscht, von wegen Absturz und so. Jürgen hatte mich darum gebeten, weil er etwas Ruhe vor ihr haben wollte. Aber sag mal, wer verdächtigt mich eigentlich?" Ich grinte ihn an: „Jemand der mich scheinbar schändlich be … belogen hat, und noch nicht weiß, dass ich diesen Jemand gewaltig anschmieren werde. Kannst du im Übrigen be … beweisen, dass dieser Jürgen noch unter uns weilt?" Er zückte sein Handy und verband mich mit seinem Partner. Im Endeffekt wussten die beiden dann, dass mich Jürgens Frau mit einer Lüge benutzt hatte, um ihren Noch-Gatten aufzuspüren. Und ich dreimal blödes Rindvieh war wieder einmal auf so einen billigen Trick reingefallen. Ich sollte tatsächlich lieber in die Holzbranche wechseln.

Es war kurz vor Büroschluss. Meine Haarwurzeln tanzten immer noch Rumba. Oder vielleicht auch Mambo, während mich Janina Berlinger ungläubig anblickte: „Was?" Ich machte eine übertrieben ausladende Handbewegung: „Wenn ich es doch sage. Dieser Joris hat zugegeben Ihren Mann beim Bergsteigen von einer Klippe geschubst zu haben. Jetzt können Sie ihn bei der Polizei anzeigen oder bei Gericht verklagen. Ich mache dabei für Sie den Zeugen. Und sie können endlich Ihren geliebten Mann für tot erklären lassen". Falls ich mich nicht ganz täuschte, bekam sie vor Wut etwas Schaum vorm Mund. Dann drehte sie mir abrupt den Rücken zu: „Ihr Männer steckt doch alle unter einer Decke". Ich tat harmlos: „Wann wird denn der Gerichtstermin sein?" Sie stürmte aus meiner Tür, welche sie derart zärtlich schloss, dass ich Angst um den oberen Glasteil hatte. Auf dem Flur schrie sie dann noch lautstark das Wort, das mit „A" anfängt und mit „rschloch" endet.

Henry

Sein Name war Henry Schurtz. Die einen bezeichneten ihn als Angeber, die anderen als Egozentriker oder gar als Narzisst, und die dritten als aufgeblasene Hackfresse.

Aber in einem Punkt waren sich alle einig. Dieser Mensch war einfach nur nervig. Falls er zufällig irgendwie zu einem kleinen Stück Wissen kam, musste er damit lautstark vor allen anderen protzen. Er war der Meinung, er sei der Größte, und wenn man etwas kann oder weiß, dann sollte man gefälligst auch darauf stolz sein. Seine Schwester Antonia sagte immer, dass nicht unbedingt die ganze Welt von seinen Talenten wissen müsse. Er solle sich zurücknehmen, und lieber mal die Gusche halten. Das empfand er aber gar nicht so. Wie sollte die Welt von seiner Genialität erfahren, wenn er nicht seine hohe Begabung hinausposaunte. Übrigens war er auch der Meinung, ein ausgesuchter Modeexperte zu sein. Und als auf einmal diese kleine Frau auftauchte, wunderte er sich nicht etwa darüber woher sie wohl so plötzlich gekommen sein möge, sondern mokierte sich über ihre Kleidung. Auf den ersten Blick sah es aus, als hätte sie die Jacke eines Schlafanzugs an. Aber der zweite Blick entpuppte den Stoff als weißes Alpenfleece. Er hatte noch nie gehört, dass sich jemand aus einem derartigen Stoff einen Hoodie schneidern lässt, der eher wie das Oberteil eines Schlafanzuges aussieht. In der Hand hielt die Frau einen Stab, dessen Zweck er nicht erraten konnte. Sie blickte ihn minutenlang schweigend an. Seiner Meinung nach wahrscheinlich, weil er so schön aussah. Man sagt ja landläufig, dass Männer nicht schön, sondern interessant sein müssen. Er glaubte partout beides zu sein. Die Kleingeratene begann zu sprechen: „Hallo Henry. Weißt du warum ich hier bin?" Henry schätzte die Frau auf etwa einen Meter und sechzig Zentimeter. Später sagte sie ihm, dass sich ihr Körper ganz genau einen Meter und neunundfünfzig Zentimeter vom Boden bis hinauf zur Schüttelfrisur erstreckte. Also war seine anfängliche Schätzung recht gut. Das war ein weiterer Baustein für sein übergroßes Selbstbewusstsein. Er sagte: „Normalerweise weiß ich alles. Aber jetzt weiß ich nicht einmal, woher Sie meinen Namen kennen". Sie lächelte: „Wir können uns ruhig duzen. Schließlich kennen wir uns doch schon sehr lange". Er konterte überheblich: „Ach ja? Und woher, wenn ich fragen darf?" Ihr Lächeln wurde noch etwas breiter: „Ich bin doch deine Eitelkeit. Genauer gesagt, ich bin der Avatar deiner Eitelkeit. Ich habe diese Gestalt angenommen, damit wir uns unterhalten können". Er grunzte: „Quatsch mit Soße! Ich glaube vielmehr, du hast einen gewaltigen Sprung in der Schüssel. Erstens bin ich nicht eitel, und zweitens gibt es Avatare nur in Filmen oder Computern". Sie zuckte mit den Schultern: „Na gut, da du weder eitel noch einsichtig bist, dann wirst du wahrscheinlich auch meine Warnung in den Wind schlagen". „Was für eine Warnung?" Ihr Lächeln verflog: „Weißt du, es ist so. Wenn jemand über lange Zeit zu eitel ist, dann wird er bestraft. Zumindest wenn der Schöpfer vermutet, dass noch ein wenig Gutheit in ihm schlummert. Das nennt man dann Erziehung. Kommst du noch mit?" Jetzt wurde Henry echt böse: „Ich habe dir schon einmal gesagt, ich bin nicht eitel. Außerdem geht mir deine Warnung am Arsch vorbei. Zwar wurde ich getauft, bin aber seitdem nie wieder in einer Kirche gewesen. Und wer soll eigentlich dieser Schöpfer sein? Meinst du damit vielleicht diesen ominösen Gott?"

Sie hielt den Kopf schief: „Die einen nennen es Gott, die anderen bezeichnen es als Naturgesetze, und die dritten sagen dazu Schicksal oder Vorbestimmung. Such dir was aus!" Er winkte ab: „Wischi waschi! Am besten, du lässt mich jetzt in Ruhe. Draußen ist schönes Wetter, und ich muss mich noch ein wenig bräunen". Henry ließ die Frau stehen, und begab sich in Richtung seines Liegestuhls auf der Terrasse.

Zwei Tage gingen ins Land. Henry betrachtete gerade seinen gut gewachsenen und gepflegten Körper vor dem großen Spiegel im Schlafzimmer, als plötzlich ein verhältnismäßig kleiner Mann hinter ihm stand: „Tach, mein Bester! Wie geht's?" Henry wirbelte herum: „Was machen Sie hier? Wer sind Sie? Wie sind Sie hier hereingekommen? Und was wollen Sie von mir?" Der Mann setzte sich auf die Kante von Henrys Bett, schlug die Beine übereinander, und stützte sich mit beiden Armen nach hinten ab: „Fragen über Fragen. Übrigens, wie meine Kollegin schon sagte, können wir uns ruhig duzen, da wir uns schon lange kennen". Henry stemmte die Arme in die Hüften: „Kollegin? Meinst du vielleicht die durchgedrehte Spinatwachtel, die neulich hier war? Und wer bist du nachher? Auch so ein verfickter Avatar?" Das Gesicht des Mannes verfinsterte sich: „Hoppla, hoppla! Mäßige bitte deine Ausdrucksweise! Aber du hast recht. Ich bin auch ein Avatar. Und zwar der Avatar deiner Überheblichkeit. Ich bin der zweite, der dir ins Gewissen reden will, und ich bin auch der zweite, der dich warnt. Mach weiter so, und es nimmt ein schlimmes Ende mit dir!" Henry drückte ärgerlich seinen Zeigefinger auf die Brust des Mannes: „Weißt du Knallschote überhaupt, was Avatar heißt? Das Wort leitet sich aus dem Sanskrit ab. Und dort bedeutet es ‚Abstieg'. Das habe ich nämlich vor Kurzem erst gehört. Und Abstieg heißt ja bekanntlich so viel wie ‚Niedergang'. Du bist also ein heruntergekommenes Subjekt. Und jetzt verpiss dich, bevor ich dir die Rübe verbeule!" Der Mann stand langsam auf: „Kennst du die Erzählung ‚A Christmas Carol' von Charles Dickens? Da kamen drei Geister zu Ebenezer Scrooge. Zu Henry Schurtz kommen drei Avatare. Ich hoffe, dass deine Geschichte im Endeffekt auch genauso gut endet, wie die Geschichte von diesem Mister Scrooge!" Dann trollte sich die Erscheinung von dannen. Henry schien es, als wäre der Kerl einfach durch die Wand gegangen.

Am nächsten Tag saß Henry in seiner Wohnstube und feilte sich die Fingernägel, als ihm jemand ungestüm von hinten auf die Schulter klopfte. Er wandte sich um und sah eine hutzlige Frau in einem geblümten Kleid. Spöttisch sagte er: „Wollen wir wetten, du behauptest gleich ein Avatar zu sein? Ich komme übrigens deshalb darauf, weil ihr Vögel scheinbar alle größenmäßig unterversorgt seid. Aber mal ganz ehrlich, hat euch meine Ex geschickt, um mich zu verarschen?" Die Frau ging zum Sofa, ließ sich in die Kissen sinken und breitete ihre Arme auf der Lehne aus: „Papperlapapp! Ich bin der Avatar deines überzogenen Egos. Weißt du, Selbstbewusstsein ist ja ganz gut und schön, aber bei dir scheint da eine Sicherung durchgebrannt zu sein. Dir fehlt es an Charakter!" Henry verzog den Mund: „Laber keine Scheiße! Selbst wenn ich einen schlechten Charakter hätte, könnte ich nichts dafür. Schuld daran wäre nämlich die falsche Erziehung durch meine Erzeuger. Vielleicht solltest du mal zu denen gehen!" Die Frau senkte etwas ihren Kopf: „Ach Mensch! Immer sind die anderen Schuld. Du bist natürlich der Größte und weit entfernt von irgendwelchem Missverhalten. Aber meine Aufgabe ist nun mal, dich als Dritte zu warnen. Bevor du aber die Warnung in den Wind schlägst, solltest du darüber nachdenken, dass wir Avatare stellvertretend für eine Seite deiner selbst stehen. Und jetzt muss ich gehen". Sie löste sich in Luft auf, worauf es Henry jetzt doch etwas mulmig wurde. Tags darauf hatte er aber viel zu viel mit seiner Körperpflege zu tun, um sich noch an solche Bagatellen zu erinnern.

Am folgenden Montag wurde Henry zu seinem Chef gerufen. Frohlockend machte er sich auf den Weg. Er hatte vor Kurzem seinem Vorgesetzten einen Brief zukommen lassen, in welchem er um eine Beförderung ersuchte, und in dem er ausführlich alle Gründe aufgeführt hatte, die ihn haushoch über die anderen Kollegen stellen würden. Kaum war er eingetreten, polterte der Chef auch schon los: „Kollege Schurtz, nicht nur, dass ich ständig Beschwerden über Sie höre, jetzt haben Sie mir auch noch diesen anmaßenden Brief geschrieben. Sie sind einfach nicht teamfähig. Da unsere Firma aufgrund von Rationalisierungsmaßnahmen einige Kollegen betriebsbedingt entlassen muss, darf ich Ihnen freudig mitteilen, dass Sie der erste sind. Und da Sie einen Arbeitsvertrag unterschrieben haben, der beiderseitig eine fristlose Kündigung erlaubt, haben Sie spätestens in drei Stunden Ihr Büro geräumt. Und jetzt raus hier!"

Zu Hause angekommen erwartete den Aufgebrachten ein Brief seines Vermieters. Dieser kündigte ihm wegen Eigenbedarfs das Mietverhältnis. Innerhalb dreier Monate hatte Henry die Wohnung zu verlassen. Fuchsteufelswild knallte er die Tür hinter sich zu, um sich in der Wohngebietskneipe die Kante zu geben. Vorher ging er aber noch an der Sparkasse vorbei, um sich entsprechendes Geld aus dem Automaten zu ziehen. Der Geldautomat teilte ihm jedoch gelangweilt mit, dass sein Kontostand auf Null gesunken sei. Allerdings hatte seines Wissens nach das Konto vor zwei Tagen noch rund dreitausend Euro enthalten. Wütend betrat er die Filiale und pflaumte den erstbesten Mitarbeiter voll, dass man diesen Saftladen gefälligst zuscheißen sollte. Dem Security-Mann, der ihn beruhigen wollte, schlug er ins Gesicht. Die Zeit, bis die Polizei eintraf, überbrückte er durch das Traktieren des Mobiliars mit kräftigen Fußtritten. Das Anlegen der Handschellen begleitete er mit spucken und kratzen. Als ihm später die Richterin mitteilte, dass sein Konto mit seiner eigenen Bankkarte geleert worden sei, nannte er sie in seiner Wut eine dämliche und ignorante Schnepfe. Er wurde verurteilt wegen Körperverletzung, Widerstand gegen die Staatsgewalt, sowie Missachtung des Gerichts. Summa summarum kamen acht und ein halbes Jahr

Freiheitsstrafe zusammen. Zumindest brauchte er sich in dieser Zeit nicht um eine neue Wohnung oder um eine neue Arbeit zu kümmern.

Es dauerte nur wenige Tage, da verprügelten ihn ein paar Mitgefangene unter der Dusche. Keiner sprach ihn anschließend mehr an, auch die Wärter nicht. Als er vor Wut einen der Vollzugsbeamten tätlich angriff, kam er in Einzelhaft. Tagelang tigerte er in seiner Zelle hin und her, bis er schlussendlich zusammenbrach. Sein Körper verweigerte einfach den Dienst. Man brachte ihn auf die Krankenstation. Das war für ihn absolut unakzeptabel. Er und krank, das schloss sich seiner Meinung nach völlig aus. Als es ihm wieder einigermaßen besser ging, beschloss er zu türmen. In der nächsten Nacht rutschte er langsam aus dem Bett, ging vorsichtig zur Tür, und öffnete sie behutsam. Was er zu sehen bekam, ließ ihm das Blut in den Adern erfrieren. Über einem riesigen Feuer hing ein großer Kessel, in welchem einige Menschen mit gequälten Gesichtern laut jammerten. Aus dem Hintergrund trat ein behaarter Mann mit Hörnern und einem Kuhfuß auf ihn zu. Henry zweifelte an seinem Verstand, und es wurde ihm schwarz vor Augen. Der Teufel sagte leise: „Wenn ich bis drei zähle und mit den Fingern schnippe, sind Sie hellwach und fühlen sich wohl!" Langsam kam Henry wieder zu sich. Der Hypnosetherapeut lehnte sich zurück: „So, Herr Schurtz, ich hoffe, dass Ihnen auch hilft, was ich Ihnen vor Augen geführt habe. Menschen müssen sich nun mal mehr oder weniger in die Gesellschaft einfügen, um geistig gesund zu bleiben. Das war jetzt unsere letzte von vier Sitzungen. Ich wünsche Ihnen alles Gute für Ihr weiteres Leben!"

Henry hatte nun einen neue Wohnung und eine neue Arbeit. Die Nachbarn konnten ihn nicht leiden, weil er sie beleidigte, so oft er ihrer ansichtig wurde. Bei seinen Kollegen galt er als Nervensäge und exorbitanter Egoist. Und als er eines Abends im Park respektlos die Mitglieder einer Rockergruppe beleidigte, trennte einer der Clique mittels eines Baseballschlägers Henrys Körper vom Leben. Da er als Säugling katholisch getauft worden war, fuhr folgerichtig seine unsterbliche Seele hinab zum Höllenschlund. Dort hing eine große Hinweistafel, auf der die Konterfeis dreier Avatare abgebildet waren, und darunter stand in großen Lettern: „Wir haben Sie dreimal gewarnt!"

Edda

Es passiert mir immer wieder. Wissen Sie, wo es Menschen gibt, da gibt es auch Arschlöcher. Wer aber alles dazu gehört, ist eine rein subjektive Frage. Sicherlich gibt es auch Personen, die mich persönlich für ein Arschloch halten. Und das ist auch gut so. Ich finde nichts anstrengender als Menschen, die mich leiden mögen, die ich aber meinerseits absolut nicht verknusen kann. Ich bin nämlich viel zu höflich, als dass ich diese Erdenbürger in die Wüste schicken würde. Das Blöde an der ganzen

Geschichte ist nur, wenn ein Transvestit ein Arschloch ist, und ich lasse meine Meinung darüber erkennen, bin ich seltsamerweise ein Transvestiten-Hasser, und nicht etwa ein Arschloch-Hasser. Und so etwas passiert mir eben immer wieder. Egal ob das Polizisten, Schwule, Schauspieler oder Ausländer sind, es sind unbestreitbar ab und zu Arschlöcher dabei. Aber ein Privatdetektiv sollte sich das halt nicht anmerken lassen.

Ich hatte an diesem Tag nur ganz wenig gefrühstückt. Etwa die Hälfte im Vergleich zu anderen Tagen. In meinem Magen rumorte es nämlich ein wenig. Nicht dass ich vor Schmerz geschrien hätte, aber es tat doch einigermaßen weh. Ich bin zwar kein Mensch, der an einem Schnupfen stirbt, aber hin und wieder kann mich eine Erkältung doch dazu bringen, über ein Testament nachzudenken. Übrigens hatte die verminderte Nahrungsaufnahme an diesem Tag glücklicherweise bewirkt, dass ich während des Essens nicht gekleckert habe. So gesehen, kann ich einer vertrackten Situation immer noch etwas Gutes abgewinnen. Für mich ist eben das sprichwörtliche Glas immer halbvoll. Für meinen pessimistischen Onkel war das Glas immer halbleer. Und wenn meine Mutter ein solches Glas auf dem Tisch gesehen hat, dann sagte sie immer: „Wieso ist da kein Untersetzer?" Das nenne ich mal praktische Philosophie.

Es war mitten im Sommer, und an diesem Morgen bereits richtig schön warm. Die Sonne knallte förmlich vom Himmel. Auf dem Weg zum Büro schwitzte ich schon so, wie an anderen Tagen erst zur Mittagszeit. Dazu kam, dass mein Magen recht wild grummelte, was mich verzweifelt befürchten ließ, dass ich nicht rechtzeitig eine Toilette erreichen würde. Mein Gasfuß übernahm die Verantwortung, so dass ich einerseits gerade noch zur rechten Zeit die Restaurant-Toilette im Erdgeschoss meines Büros betreten konnte, andererseits wieder einmal wegen eines aufgeregten Blitzgerätes der Polizei etwas von meinem Geld überweisen durfte. Nachdem ich erleichtert mein Büro aufgeschlossen hatte, brach ich mit der jahrelangen Tradition, morgens immer ein Schlückchen Bourbon zu mir zu nehmen. In meinem Zustand hätte ich einfach nicht mit Genuss trinken können. Und es wäre reiner Alkoholmissbrauch gewesen, das Zeug nur so nebenbei in sich hineinzuschütten.

Ich war gerade wieder in einer unbestimmten Zwiesprache mit meinem Magen, als sich die Tür öffnete, und eine Erscheinung in mein Büro schwebte, deren exotisches Aussehen mich daran hinderte, die Person zu einer der beiden häufigsten Geschlechter zuordnen zu können. Die männlich gefärbte Stimme allerdings ließ mein Denkorgan das Zünglein an der Waage in Richtung Mann verschieben. Pinkfarbene Haare mit schwarzen Spitzen, Wimpern in Rekordlänge, dunkelgrüner Lippenstift, orangene Bluse mit blauen Punkten, hautenge Jeans, karierte Sneaker, gelber Nagellack und ein goldenes Köfferchen als Handtasche. Jedem seriösen Modemacher hätte es den Magen umgedreht. Ich bin zwar kein Modeschöpfer, aber mein Magen wollte es auch. Ich ließ den

Verdutzten kurzerhand stehen und rannte in Richtung Klo. Nachdem ich mich aus beiden Richtungen von den Resten der letzten Mahlzeit befreit hatte, schleppte ich mich leichenblass zurück in mein Büro. Der bunte Vogel hatte tatsächlich auf mich gewartet, auf der Vorderkante des Besucherstuhls Platz genommen und die Beine übereinandergeschlagen. Ich entschuldigte mich mit schwacher Stimme: „Tut mir leid, aber ich glaube, ich habe mir den Magen verdorben". Er ließ seinen Blick quer durch mein Büro schweifen, und meinte dann mit einem typisch tuntigem Zungenschlag: „Bei dieser plumpen Einrichtung hier würde es mir auch den Magen umdrehen. Du hast zwar keinen Geschmack, du siehst aber ziemlich heiß aus. Bist du noch frei?" Jetzt wusste ich, warum ich so wenig Chancen beim weiblichen Geschlecht hatte. Ich war ein Männertyp. Erschöpft ließ ich mich auf den Stuhl hinter meinem Schreibtisch sinken: „Was kann ich für Sie tun?" Er faltete die Hände über seinem Köfferchen: „Rolli ist verschwunden, und er hat Edda mitgenommen. Ich bin Wolli, und Rolli ist mein Lebensabschnittsgefährte. Und Edda ist unsere süße Yorkshire-Rüdin". Trotz meiner Magenschmerzen huschte ein Lächeln über mein mattes Gesicht: „Bei Hunden ist meines Wissens nach das Wort Rüde für männliche Tiere reserviert. Weibchen nennt man Hündin". Er winkte exaltiert ab: „Du kannst deine Hunde nennen wie du willst. Wir sagen Rüdin. Und Edda ist meine, und ausschließlich nur meine Rüdin. Ich habe sie gekauft und bezahle auch die Hundesteuer. Rolli hatte nicht das Recht meine Edda mitzunehmen". Ich legte, von einem gewissen Druck angetrieben, meine Hände auf den Bauch: „Und ich soll Ihnen die Ausreißer wiederbringen?" Er nickte stürmisch: „Aber nur Edda. Rolli will ich nicht wieder zu Gesicht bekommen! Mir wäre sowieso lieber, wenn du bei mir einziehen würdest!" Ich zog mit zittrigen Händen ein Auftragsformular aus meinem Schreibtisch und hoffte, wenigstens die nächsten Minuten von meinem Darm verschont zu werden: „Dazu brauche ich aber allerhand Daten. Rolli und Wolli sind doch bestimmt nur Spitznamen, oder? Also Klarnamen, Adressen, Telefonnummern, Berufe, Gewohnheiten, besondere Kennzeichen und solche Dinge müsste ich wissen, und auch, ob Edda ihre Steuermarke um den Hals trägt". Er nickte erneut: „Edda hat eine rote Hundemarke in Form eines Pfotenabdrucks an ihrem Halsband. Und hinten drauf ist ein Strassstein. Hier habe ich eine Visitenkarte von uns. Da steht alles drauf. Auch die Adresse". Ich konnte lesen, dass Wolli Wolfgang Weithaus hieß, und der Name von Rolli Roland Wandergast lautete. Mein Gegenüber fuhr fort: „Rolli ist Maler. Also Kunstmaler, nicht Anstreicher. Und ich bin Designer. Für Alltagsgegenstände. Vielleicht haben Sie ja einen Toaster zuhause, den ich entworfen habe. Oder ein Küchenmesser. Und Rolli hat orangefarbene, schulterlange Haare, grüne Augen und einen großen Leberfleck auf seiner linken Wade. Reicht dir das als Daten?" Ich nickte: „Kann ich vielleicht Ihre gemeinsame Wohnung etwas in Augenschein nehmen?" Er stand auf: „Wenn das hilft Edda zurückzubringen, dann ja, mein Süßer! Heute habe ich noch einen Botox-Termin. Wie wäre es morgen Nachmittag, so um drei?" Ich

sprang auf: „Gut, gut! Sie finden bestimmt allein raus!"
Dann spurtete ich, so gut es in meinem Zustand ging, in
Richtung des von mir heute bereits mehrfach frequentier-
ten Örtchens.

Am nächsten Morgen ging es mir dann schon wieder
richtig gut, obwohl es genauso heiß war wie am Vortag.
Ich hatte mir am Abend in der nächstgelegenen Apotheke
ein Mittel gegen meinen flotten Otto geholt. Der Apotheker meinte, da wäre Aktivkohle drin. Und siehe da, es hat
geholfen. Ich wünschte, die Kohle auf meinem Konto
wäre auch so aktiv. Jedenfalls konnte ich wieder genuss-
voll frühstücken. Und dabei auch wie gewohnt richtig
schön kleckern. Danach machte ich mich auf den Weg in
mein Büro. Ein Schluck aus der versteckten Büroflasche
ließ meine Laune endgültig nach oben schnellen. Da
störte es mich auch nicht im Geringsten, dass an diesem
Tag weiter kein Besucher bei mir hereinsah. Schließlich
hatte ich ja schon einen Fall. Gegen halb Drei machte ich
mich frohgemut auf den Weg zu meinem aktuellen Klienten. By the way, waren Sie schon einmal enttäuscht?
So richtig enttäuscht? Als ich eingelassen wurde, war ich
meinerseits total enttäuscht, aber sowas von. Ich hatte
mir eine kunterbunte Wohnung vorgestellt, oder zumindest eine, die mit Nippes vollgestellt war. Aber nein, ich
kam in eine biedere, schlicht eingerichtete Wohnung.
Wolli zeigte mir die Zimmer und blieb dann vor einer Tür
stehen: „Das ist Rollis Zimmer. Wolli mag da nicht rein-
gehen!" Ich trat ein, ließ aber die Tür offen. Auf einem
kleinen Beistelltisch lagen verschiedene Papiere. Unter

anderem auch ein bunter Prospekt von Positano, sowie ein leerer Umschlag von einer namhaften Fluggesellschaft. Ich rief durch die Tür: „Würde Edda in eine Transporttasche von 55 mal 40 mal 23 cm passen? Und wiegt sie mehr als acht Kilogramm?" Wolli streckte verdutzt seinen Kopf durch den Türrahmen: „Aber Schätzchen, wo denkst du hin? Edda wiegt ja nicht einmal halb so viel. Die hätte sogar in einem Eierbecher Platz. Warum fragst du?" Ich nahm eines der Fotos von der Wand: „Nur so eine Idee. Darf ich das Bild mitnehmen?" Ich durfte.

Ein paar Klicks auf dem Laptop bestätigten mich in meiner Annahme, dass Rolli wahrscheinlich nach Italien wollte. Ich persönlich hätte es auch gewollt, denn Positano ist aus einem kleinem, alten Fischerdorf entstanden und liegt an der Südküste der Halbinsel von Sorrent. Es zählt mit seinen steilen Gassen und Treppen zu den schönsten Orten dieser Erde. Und man kann im günstigsten Fall bereits für 65 € einen Flug dahin bekommen. Leider besagte auch ein Blick auf die Flugpläne der verschiedenen Gesellschaften, dass unser Freund und das süße Wauwauchen wahrscheinlich bereits außer Landes waren. Also musste ich mir einen Plan zurechtlegen, wie ich einerseits unauffällig nach Positano kommen würde, andererseits wie ich dort vorgehen könnte, um Edda auf legale Art und Weise wieder zurück nach Deutschland zu holen. Im Moment hatte ich dafür leider keinen echten Plan. Ich konnte grübeln, wie ich wollte, in meinem Zerebrum manifestierte sich kein vernünftiger Gedanke.

Dabei ist doch so ein menschliches Gehirn ein richtiges Wunderwerk. Es funktioniert zumindest so lange einwandfrei, bis man sich einen Fernseher kauft. Nun sagen ja Hirnforscher, dass man hin und wieder seinen Hippocampus einer Entspannung zuführen sollte, weil man danach etwas stressfreier denken und handeln kann. Also beschloss ich, zwecks Erholung und Abkühlung, das Freibad im Nachbarort aufzusuchen. Ich konnte diesen Vorsatz allerdings erst nach einer gewissen Zeit in die Tat umsetzen, da ich mindestens eine Stunde lang meine Badehose suchen musste.

Als ich badebehost aus der Umkleidekabine trat, musste ich bedauerlicher Weise konstatieren, dass sich leider keinerlei Sonnenschutzcreme in meinem Besitz befand. Ergo konnte es für mich nur heißen: Rein ins Wasser, raus aus dem Wasser, rein in die Klamotten, raus aus dem Schwimmbad. Gerade als ich den Beckenrand erreicht hatte, stand vor mir ein Mann mit einem großen Leberfleck auf seiner linken Wade. Er hatte zwar schwarze, schulterlange Haare und keine orangefarbenen, aber so etwas kann man ja schnell ändern. Natürlich musste der Kerl nicht unbedingt Rolli sein, jedoch irgendetwas sagte mir, dass ich das besser überprüfen sollte. Also ließ ich den Burschen nicht aus den Augen. Ich schwamm in einigem Abstand neben ihm her, tapste hinter ihm an den Kiosk, und ging gleichzeitig mit ihm zur Umkleide. Es erklärt sich von selbst, dass ich ihm auch mit dem Auto folgte. Er hielt seinen Wagen vor einem Einfamilienhaus an, stieg gemächlich aus, und begab sich federnden

Schrittes auf einem kleinen Pfad hinter das Haus. Ich trampelte rotzfrech hinterher. Als ich um die Hausecke bog, wäre ich um ein Haar auf ein Wollknäuel getreten, welches mich wütend anbellte. Aus den Augenwinkeln konnte ich meine Zielperson erspähen, wie sie einen anderen, muskelbepackten Mann küsste. Inzwischen hatten mich die beiden bemerkt, und kamen auf mich zu. Ich beugte mich zu dem Hundchen hinunter und sagte leise: „Aber Edda, ich tu dir doch nichts!" Dann richtete ich mich wieder auf und sprach im selben Tonfall weiter: „Grüß dich Rolli!" Augenblicklich passierte mir in diesem Moment das, was ich bereits anfangs beschrieben habe. Dieser Mistkerl von Rolli platzierte seine Faust mitten in meinem Gesicht. Und das auch noch mit gehörigem Schwung. Also reihte ich ihn in die Kategorie Arschloch ein, kann aber versichern, dass es nichts mit der sexuellen Orientierung von ihm zu tun hatte. Ich holte aus, um mit gleicher Münze zurückzuzahlen, aber Rollis neuer Freund sprang zwischen uns. Rolli schrie: „Hausfriedensbruch!" Ich schrie: „Hundeentführer!" Und der Freund schrie: „Schnauze! Alle beide!" Dann wandte er sich in einem etwas entschärften Tonfall an mich: „Was soll das hier?" Ich zückte meine Legitimation: „Mein Name ist Levin Baer. Ich bin Privatdetektiv, und ich soll diesen Hund da seinem rechtmäßigen Besitzer zurückbringen". Der Kerl machte große Augen: „Oha! Ich bin übrigens Karl Koch. Und das mit dem Hund bedarf wohl einer Klärung!" Mit diesen Worten warf er Rolli einen eindringlichen Blick zu, worauf dieser buchstäblich in sich zusammensackte: „Ach Kalli, ich hab doch nur ein ganz kleines bisschen gelogen. Ich konnte mich einfach nicht von Edda trennen". Der als Kalli betitelte ließ seinen Blick mehrmals zwischen mir und Rolli hin und her wandern. Dann sagte er etwas brummig: „Lasst uns ins Haus gehen und alles Weitere besprechen!"

Wolli streichelte seine Edda hingebungsvoll und schaute mich eindringlich an: „Du bist mein Held! Willst du nicht bei mir einziehen, jetzt wo Rolli nicht mehr da ist? Ich glaube, Edda würde sich auch freuen". Höflich, wie ich nun mal bin, entgegnete ich: „Ich glaube aber, Edda mag mich nicht. Die bellt mich immer nur an. Außerdem bin ich unheilbar heterosexuell. Das würde also mit uns beiden nicht hinhauen!" Er setzte Edda auf den Boden: „Schade, schade! Aber sag mal, mein Hübscher, was hatte es denn eigentlich mit diesem Ort in Italien für eine Bewandtnis?" Ich sprang einen Schritt zurück, denn Edda interessierte sich auffällig für meine Hose: „Das war nur ein Trick von Rolli. Sie sollten glauben, dass er und der Hund im Ausland sind, und er hoffte, dass Sie daraufhin aufgeben würden, nach Edda zu suchen". Im gleichen Moment bemerkte ich, dass der eine Schritt nicht ausgereicht hatte. Wolli lachte, aber ich hatte ein nasses Hosenbein.

Es nervt. Leute, es nervt. Und zwar gewaltig. Jeden Tag bekomme ich vom Lieferdienst Euroflorist einen Blumenstrauß an die Tür gebracht. Natürlich ist der Absender stets Wolli. Mal ist es ein Strauß mit Namen „Rosa Wolke", dann ist es wieder einmal der Strauß „Fröhliche

Momente", oder auch hin und wieder der sogenannte „Feentanz". Wie man bei Blumen auf derartige Namen kommt, entzieht sich meinem unromantischem Gemüt. Als ich schier am Verzweifeln war, kam mir die rettende Idee. Ich gestaltete ein Pappschild mit der Aufschrift: „Annahme jeglicher Blumen verweigert", suchte erneut meine Badehose, und riskierte die Summe von sage und schreibe 95 € für einen Hin- und Rückflug nach Positano. Wie vorhin bereits gesagt meinen ja Hirnforscher, dass man hin und wieder seinen Hippocampus einer Entspannung zuführen sollte.

Stammtisch

Ich war gestern wie immer bei unserem Stammtisch. Eigentlich wollte ich da gar nicht mehr hingehen, weil ich meistens nicht verstehe, was meine Stammtischbrüder dort immer so reden. Zum Beispiel haben die letzte Woche gesagt, ich würde zur intellektuell beruhigten Zone gehören. Keine Ahnung was das bedeuten soll. Schneiders Kurt hatte in diesem Zusammenhang erwähnt, dass er nie braune Eier ist, sondern immer nur weiße. Daraufhin habe ich dann gesagt, dass das auch logisch sei. Schließlich heißt es ja auch Eiweiß und nicht etwa Eibraun. Warum die da gelacht haben, habe ich nicht begriffen. Ausnahmsweise habe ich diesmal nicht mitgelacht. Wagners Rudolf meinte deshalb, ich besäße keinerlei Humor. Der muss das wissen. Der hat schließlich vier Kinder. Da brauchst du Humor. Übrigens sehen sich zwei von den Kindern unwahrscheinlich ähnlich. Rudolf hat gemeint, das sei Zufall. Weil die beiden eben zufällig Zwillinge sind. Da haben erneut alle gelacht. Ich aber wieder nicht. Ich will einfach nicht immer mitlachen, wenn ich etwas nicht kapiere. Weil Montag war, war auch Müllers Alfred mit in unserer Runde. Der darf immer nur montags. Das ist der einzige Tag, an dem seine Frau nicht zu Hause ist. Da geht sie immer ins Fitnessstudio. Angeblich macht sie dort Jogurt auf so einer Jogurtmatte. Alfred hat gesagt, das hieße Yoga. Ich denke mal, das ist wahrscheinlich die Mehrzahl von Jogurt. Angeblich könne er, also Alfred, auch schon so eine Yoga-Figur. Die wäre abgeleitet vom herabschauenden Hund, und hieße „liegender älterer Herr". Ich bewundere Leute, die etwas können. Steinbachs Ingo konnte beispielsweise früher Bücher halten. Er hat vor seinem Gefängnisaufenthalt sogar einen Beruf daraus gemacht. Eben Buchhalter. Anschließend soll er die hochgehaltenen Bücher auch noch frisiert haben, obwohl er nie Frisör war. Unser Jürgen Mertens geht ja auch manchmal ins Fitnessstudio. Er sagt, da würden ihn immer alle neidisch ansehen. Aber er gibt trotzdem nichts von seiner Pizza ab. Außerdem meinte er, er hätte vor dem Besuch der Muckibude intensiv Mathematik gelernt, weil dort immer mal mit Brüchen gerechnet werden muss. Ich hab wieder nicht mitgelacht. Das waren die nicht gewöhnt. Rudolf meinte deshalb, ich hätte wahrscheinlich meinen Humor verloren. Aber das kann nicht sein. Wenn ich etwas verliere, dann merke ich das hinterher auch. Als neulich mein Nachbar geklingelt hat, und sagte, er hätte eine Mütze vor meiner Tür gefunden, da habe ich ihm geantwortet, das könne die meinige nicht sein, da ich meine verloren hätte. Ich merke also ganz genau, wenn ich etwas verliere. Und das habe ich dann auch genauso erzählt. Da haben die Blödmänner wieder gelacht. Und Rudolf hat gemeint, dass er jetzt mit einem Witz meinen Humor testen wolle. Der Witz ging so: »Da gehen zwei Jäger durch den Wald, als urplötzlich der eine umfällt. Der andere ruft mit seinem Handy ein Bestattungsunternehmen an und sagt, man solle einen Leichenwagen schicken, weil sein Kumpel tot sei. Der Bestatter entgegnete daraufhin, bevor man einen Wagen schicken würde, müsse der Jäger sichergehen, dass sein Kumpel auch wirklich tot ist. Daraufhin hört der Bestatter im Telefon einen Schuss«. Diesmal habe ich sicherheitshalber mitgelacht. Aber ich habe den Vorsatz gefasst, mir den Witz auf dem Heimweg von Jürgen erklären zu lassen. Kurt meinte, je nachdem wohin der Schuss getroffen hat, wäre der andere Jäger bestimmt noch zur Organspende zu gebrauchen. Alfred sagte dann, er hätte jetzt auch einen Organspenderausweis. Und ob ich auch bereit wäre, eine Niere zu spenden. Da habe ich natürlich protestiert. Aber Alfred erklärte mir, ich hätte doch zwei davon, da könnte ich getrost eine abgeben. Und ich hab gesagt, er hätte doch zwei Beine. Ob er da nicht auch eins abgeben wolle. Komischerweise hat da Alfred nicht gelacht, sondern sich an die Stirn getippt und gesagt, ich hätte einen Vogel. Woher der wusste, dass ich mir einen Wellensittich zugelegt habe, kann ich nicht sagen. Eigentlich wollte ich mir einen Hamster kaufen, aber der Mann von der Tierhandlung hat gesagt, ein Hamster macht bei einem Staubsauger „Fump" und ein Wellensittich nur „Flup". Das sei nur halb so laut. Also habe ich jetzt einen Wellensittich. Rudolf hat ja einen Hund. Der sei schon ziemlich alt, aber er mag halt Kinder. Jürgen meinte, auch wenn er Kinder mag, sollte man ihm lieber Hundefutter geben. Ingo sagte daraufhin, dass der Hund von Rudolf körperlich schon ganz schön abgebaut hätte. Und dass käme vom Alter. Beim Menschen wäre das ganz genauso. Nur ich wäre eine Ausnahme. Bei mir baue der Körper nicht ab, sondern nähme sogar an Bauchumfang zu. Jürgen erklärte daraufhin, er würde seinerseits zurzeit mächtig abnehmen, da er jetzt Veganarier oder Veterinär oder sowas Ähnliches ist, und er würde nur noch Grünzeug essen. Worauf Alfred meinte, er könne diese Veganterrier nicht ausstehen, weil Adam und Eva solche Vegetationäre gewesen seien. Hätten die nicht den Apfel gefressen, sondern lieber die Schlange gegrillt, könnten wir heute noch alle im Paradies leben. Und deshalb äße er nie Grünzeug, trotz dass es seine Frau immer im Garten anbaut. Zur Bodenverbesserung verwende sie sogar Blähton. Da habe ich eingeworfen, wenn bei meinen Blähungen ein Ton kommt, dann heißt das Furz. Und Kurt sagte, gegen mich wäre ein schwarzes Loch die reinste Blendgranate. Worauf Ingo widersprach. Ich sei wohl doch ein schwarzes Loch. Weil ich mir alles reinziehe, was ich kriegen kann. Ich hab erwidert, dass ich das nicht verstehe. Und Ingo sagte, ich könne eben nicht richtig denken. Das war gemein. Jürgen hat dann eingeworfen, ein gewisser René

Descartes soll gesagt haben „Ich denke, also bin ich". Das glaube ich nicht. Das würde ja umgekehrt bedeuten, wenn einer nicht denkt, dann wäre er nicht da. So'n Quatsch. Da gäbe es ja dann nur etwa halb so viel Deutsche. Kurt sagt ja, er hätte einen Intelligenzquotienten von 142, und damit läge er weit über dem Durchschnitt. Aber Jürgen hat ihm klargemacht, dass er das ständig mit seinem Body-Mass-Index verwechselt. Da wollte ihm Kurt eine knallen, und zwar so, dass man das Geräusch noch auf dem Mars hören würde. Alfred, Ingo, Rudolf und ich sind dann sicherheitshalber gegangen, während die zwei sich weiter gegenseitig beleidigt haben. Als die anderen ihre Zeche bezahlt hatten, habe ich beim Rausgehen noch etwas geflunkert und dem Wirt mitgeteilt, dass mein Freund Kurt meine Rechnung übernimmt. Schließlich bin ich ja nicht blöd.

Ratatouille

In der Regel pflege ich während des Frühstücks die Morgenzeitung zu lesen. Schon seit Jahren. Ein Privatdetektiv muss schließlich immer informiert sein. Da ich vor Kurzem für teures Geld eine Lesehilfe erstanden hatte, machte mir das Studium meiner Zeitung auch wieder richtig Spaß. Mein Nachbar rümpft darüber abfällig die Nase. Er ist der Meinung, dass jeder in der heutigen, modernen Zeit seine Informationen doch aus Radio, Fernsehen und Internet beziehen könnte. Ich muss zugeben, dass ich auch schon daran gedacht habe, meine Zeitung abzubestellen. Gerade bei meiner zumeist klammen finanziellen Lage hätte ich das Geld für das Zeitungs-Abonnement recht gut für andere Angelegenheiten verwenden können. Aber wozu hatte ich mir dann eine Lesebrille gekauft? Wenn dieses exquisite Nasenfahrrad schon so viel Kohle gekostet hatte, dann sollte es auch gefälligst seinen Preis abarbeiten. Vor einiger Zeit hatte ich durch die gut geschliffenen Brillengläser lesen müssen, dass zwei Maskierte in der Fußgängerzone meiner Stadt eine Schießerei veranstaltet hatten. Dass ich mal mit dieser Tat in Berührung kommen würde, konnte ich damals keinesfalls ahnen.

Seit dem Feuergefecht waren zwei Tage vergangen. Ich war gutgelaunt erwacht, hatte ausgiebig geduscht, und war dabei mein Frühstück zuzubereiten. Und wie sagt man so schön: Neuer Tag, neues Glück. Bei mir hieß das allerdings ‚neues Unglück'. Ich stolperte mit der Kaffeekanne in der Hand über die Kante des Teppichs. Zwar ging die Kanne glücklicherweise nicht entzwei, aber mein Flokati bekam an diesem Tag mehr Kaffee ab, als mein Magen. Zum Ausgleich erhielt meine Nase einen schmerzhaften Schlag vom Fußboden verpasst. Außerdem schlitterte der Kannendeckel dummerweise unter das Eckschränkchen. Dieses besaß aber schon seit einiger Zeit eine kleine Besonderheit. Weil mir das Ding bereits zweimal umgekippt war, hatte ich es mittels stabiler Dübel und passender Schrauben an die Wand gebändigt. Um den Schrank nicht losschrauben zu müssen, fischte ich zunächst mit der Hand, später dann mit einem Besenstil nach dem Porzellandeckel. Erfolglos. Ich verschob die Aktivitäten in dieser Sache auf den Abend, denn ich wollte nicht zu spät ins Büro kommen.

Ich weiß, ich weiß, man soll beim Starten des Motors nicht auf das Gas treten. Aber ich bin das nun mal so von meinem alten Auto gewöhnt. Das wäre nämlich nie angesprungen, wenn man es nicht mehrmals kräftig mit einem Benzinstoß gefüttert hätte. Also tat ich das bei meinem kleinen, roten Flitzer ebenfalls. Aber irgendwann schlägt das Schicksal zurück. Und dieses ‚Irgendwann' war eben heute. Das Gaspedal verharrte eigensinnig in seiner Endlage. Der Motor nahm das zum Anlass, um sich bis zu seiner höchsten Drehzahl hinaufzuschrauben. Dort blieb er dann auch. Lange. Wahrscheinlich wollte er damit ins Guinness-Buch der Rekorde kommen. Jegliches herumtrampeln meinerseits auf dem Gaspedal brachte genauso viel, als hätte ich versucht einer Kuh die Hörner gerade zu blasen. Nach dem Herausziehen des Zündschlüssels und dem Öffnen der Motorhaube guckte ich genauso verzweifelt in das Innenleben meines geliebten Fahrzeugs, wie ein Analphabet bei einem Blick in einen Liebesroman. Die Werkstatt meinte nach meinem Anruf, dass man selbstverständlich mein Auto mit dem Abschleppwagen abholen würde. Gleich wenn wieder freie Kapazitäten vorhanden wären. So etwa in drei Tagen. Das Taxi kam schon nach drei Stunden. Ich war natürlich inzwischen zurück ins Haus gegangen. Wie man mir dann telefonisch mitteilte, war der Taxifahrer wieder davon gefahren, weil er meine Adresse vergessen hatte, und niemand in der Straße vor der Tür stand. Daraus schloss ich, dass wahrscheinlich im letzten Winter der Schneemann vor dem Nachbarhaus damals in Wirklichkeit ein Mann war, der seit Stunden auf sein Taxi wartete.

Ich besitze eine kleine Wetterstation, welche mir vor einiger Zeit gestohlen worden war, sich aber wieder angefunden hatte. Eine längere Geschichte. Das Display dieser Station hatte freudestrahlend Sonne angekündigt. Die schien dann auch, als ich vor die Tür gegangen war, um nicht erneut das Taxi zu verpassen. Allerdings schien die Gute nur oberhalb der Wolken. Auf meiner Wolkenseite regnete es. Und zwar in Strömen. Ich fragte mich im Stillen, ob diese Wetterstationen aus purer Freude manchmal Scherze mit uns Menschen treiben. Als das Taxi dann vor mir hielt, schnellte ich wie ein Weltmeister im Weitsprung hinein. Dem Fahrer schien das nicht zu gefallen. Zumindest sagte das sein Gesichtsausdruck. Unfreundliche Taxifahrer bekommen von mir in Abstimmung mit meinem Konto kein Trinkgeld. Freundliche übrigens auch nicht.

Vor meiner Bürotür wartete bereits ein Mann. Mitte Vierzig, mit Kinnbart, mit dichten Augenbrauen und mit Hut. Da ich spät dran war, bat ich ihn ohne Umschweife in mein Heiligtum. Er setzte sich, behielt aber den Hut auf. Als er meinen Blick erhaschte, sagte er: „Alopecia areata". An Hand meines dummen Gesichtes hatte er wohl meine Unwissenheit gleich erkannt, und ergänzte:

„Entzündlich bedingter Haarausfall ohne Vernarbung der Haarfollikel". Ich tat so, als hätte ich das von Anfang an gewusst. Mit dreister Mine fragte ich: „Was kann ich für Sie tun?" Er holte tief Luft: „Ich kenne den einen". Mein Intelligenzquotient reichte nicht aus, um seine Anspielung zu verstehen: „Schön für Sie. Ich kenne sogar mehrere". Er antwortete verärgert: „Sie wollen mich nicht verstehen. Alle Welt spricht doch von der Schießerei. Und ich glaube zu wissen, wer einer der beiden war. Ich war nämlich dort und habe die Waffe wiedererkannt". Mein Gesichtsausdruck hinkte meinem Erstaunen leicht hinterher: „Warum sagen Sie das nicht der Polizei?" Er druckste etwas herum: „Ich kann nicht. Zum einen ist es wahrscheinlich mein Schwager, und zum anderen könnte ich mich selbst einer Strafverfolgung aussetzen". Jetzt war mein Staunen im Gesicht angekommen: „Moment! Das müssen Sie mir näher erklären!" Er schluckte: „Nun ja, sagen wir mal, rein hypothetisch, ich hätte den alten, geerbten Armeerevolver meines verstorbenen Großvaters meinem Schwager geschenkt, weil dieser absolut scharf darauf war, anstelle die Waffe bei der Polizei abzugeben. Und sagen wir mal, rein hypothetisch, ich hätte den Verdacht, dass mein Schwager in die Schießerei involviert war, und dass vielleicht die Knarre dabei die Hauptrolle gespielt haben könnte, dann würde das doch nicht gerade gut für mich sein, rein hypothetisch. Verstehen Sie?" Ich verstand. Und wie ich verstand: „Mit anderen Worten, ich soll herausfinden, ob ihr Schwager tatsächlich den Colt benutzt hat. Aber vielleicht sollten Sie ihn erstmal selbst fragen!" Er verzog ein wenig sein

73

Gesicht: „Meine Frau nähme es mir richtig übel, wenn ich ohne jeden Beweis ihren Bruder verdächtigen würde. Und meine Frau kann sehr gut übelnehmen, das können sie mir glauben!" Ich lehnte mich etwas zurück: „Mein Honorar beträgt aber zweihundert am Tag, zuzüglich eventuell anfallender Spesen. Ist Ihnen die Sache wirklich so viel wert? Vielleicht sollten Sie einfach nur Ihrem Schwager vertrauen!" Er schüttelte den Kopf: „Nein, ich will es genau wissen. Wenn der Bursche die Waffe wirklich benutzt hat, könnte ich meiner Frau damit beweisen, dass ihr Herr Bruder doch nicht der Held ist, den sie sich immer vorstellt. Dann würde sie vielleicht auch endlich damit aufhören, mir ständig diesen Menschen als leuchtendes Vorbild vorzuhalten. Das nervt mich nämlich mächtig gewaltig. Und was das Geld angeht, das soll kein Hindernis sein". Ich zog ein Auftragsformular und einen Kugelschreiber aus dem Schreibtisch: „Also gut! Wie ist Ihr Name, ihre Adresse, Ihre Telefonnummer und der Name sowie die Adresse Ihres Schwagers?" Er zog eine Visitenkarte aus der Brusttasche und legte sie auf die Schreibtischplatte: „Karl-Hermann Gutenschön. Hölderlin-Straße 57b. Der Eingang befindet sich im Hinterhof. Einen Festnetzanschluss habe ich nicht, und meine Handynummer weiß ich nicht aus dem Kopf, die steht aber auch hier drauf. Mein Schwager heißt Lucas Wellner. Er wohnt im Vorderhaus". Während ich mich darüber wunderte, wer heutzutage alles eine Visitenkarte hat, wollte ich die Daten in das Formular eintragen. Allein mein Kugelschreiber hatte etwas dagegen. Starrköpfig weigerte er sich, auch nur den geringsten Hauch seiner blauen Farbe abzugeben. Mit einer kleinen Entschuldigung angelte ich geschickt eine neue Mine aus meiner Ramschschublade und schraubte die Spitze des Kugelschreibers ab, um die leere Mine gegen eine hoffentlich volle auszutauschen. Nachdem ich die Spitze wieder an das Schreibgerät montiert hatte, wollte ich nun frohgemut den bisher gescheiterten Schreibvorgang einleiten, aber mein Kugelschreiber hatte erneut etwas gegen diesen Versuch. Keine Ahnung, ob es das fortgeschrittene Alter des Schreibdings war, oder vielleicht meine allzu kräftigen Bemühungen, jedenfalls gab es ein knackendes Geräusch, als wäre jemand einer Haselnuss mit dem Nussknacker zu Leibe gerückt, und das ehemalige Gewinde meines Kulis lag in mehreren, zierlichen Halbkreisen auf meinem Schreibtisch. Die stählerne Feder des Geräts nahm diesen Umstand hinterhältiger Weise zum Anlass, die nun leider gewindelose Spitze schlagartig von sich wegzuschleudern. Das Plastikteil titschte kurz auf der Tischplatte auf, um danach zielsicher in der Hutkrempe meines Besuchers zu landen. Mit einem mitleidigen Blick zog er einen goldfarbenen Kugelschreiber aus der Tasche, und legte ihn mit einer Geste der Herablassung auf die Platte meines Schreibtisches. Als dann endlich alles ausgefüllt war, verabschiedeten wir uns höflich, und er verließ das Büro ohne seinen Hut zu lüften. Meine Kugelschreiberspitze lag noch immer in seiner Krempe.

Da ich ja nun einen Fall zu bearbeiten hatte, sah ich keine Veranlassung mehr, mein Büro weiterhin geöffnet zu halten. Ich schloss also hinter mir ab, und begab mich eine Treppe tiefer in das dortige Restaurant, um das Bauchgefühl namens Hunger loszuwerden. Der Gastraum war wider Erwartens recht gut gefüllt, aber ich konnte noch einen Tisch direkt am Fenster ergattern. Ich bestellte ein Mineralwasser und eine Ratatouille. Nachdem der Kellner das Essen auf den Tisch gestellt hatte, wollte ich gerade die Gabel aufnehmen, als von der Straße her das gequälte Quietschen von Autoreifen zu hören war. Wissbegierig lenkte ich meinen Blick nach draußen, wodurch meine Hand eine absolut unangemessene und leider auch etwas ungeschickte Bewegung vollzog. Das führte bedauerlicher Weise zum sofortigen Absturz der Gabel. Da ich diese Ungeschicklichkeit nicht gleich allen anderen Gästen auf ihre neugierigen Nasen binden wollte, bückte ich mich blitzschnell, um das entfleuchte Besteckteil heimlich wieder an seinen angestammten Ort zu bugsieren. Dummerweise hatte ich dabei die Position des Tellers nicht richtig eingeschätzt, der leider mit seinem Rand recht nahe an der Tischkante stand. Meine Schulter, die zwangsläufig der Bewegung der anderen Körperteile folgen musste, versetzte den Teller schlagartig in eine vertikale Stellung, und die Massenträgheit bewog das Geschirr, sich noch weiter zu mir hin zu kippen, bis sich sein Inhalt gleichmäßig auf meinem gebeugten Rücken verteilt hatte. Nun ja, man kann auch ohne Jacke Auto fahren, aber die Gesichter von allen Personen, die gelacht haben, habe ich mir fest eingeprägt.

Ich begann meine Observierung zunächst im Hinterhof. Dort sah ich mir alle Klingelschilder an, um erstmal festzustellen, ob da tatsächlich eine Familie Gutenschön wohnte. Schließlich belogen mich meine Klienten ab und an auch mal. Im Vorderhaus leuchtete mir fernerhin der Name Wellner von einem der Klingelschilder entgegen. Also zumindest die Familiennamen stimmten. Ich angelte mein Etui mit den verschiedenen Visitenkarten aus der Gesäßtasche, und entnahm diejenige, die mich als Versicherungsvertreter betitelte. Dann drückte ich auf den Klingelknopf. Ein Herr mit ziemlich blasser Hautfarbe öffnete. Ich streckte ihm freundlich die Hand entgegen: „Müller mein Name, August Müller. Versicherungsvertreter. Hier bitte meine Karte. Habe ich die Freude mit Herrn Lucas Wellner zu sprechen?" Er schob meine Hand zurück: „Der bin ich zwar, aber ich will keine Versicherung von Ihnen. Ich habe bereits seit Jahren einen Versicherungsvertreter. Tut mir leid!" Er schloss die Tür, aber ich kannte ab sofort sein Gesicht. Und noch etwas war mir aufgefallen. Ein süßlich, würziger Geruch. Ich war fest davon überzeugt, dass sich da die Terpene von Marihuana in meine Nase geschlichen hatten. Der Junge kiffte also. Ein handfester Grund, das Haus und den Menschen weiterhin intensiv zu beobachten. Als es bereits dämmerte und die Langeweile scheinbar auf ihrem Höhepunkt angekommen war, trat mein Freund aus dem Haus. Ich heftete mich in gebührendem Abstand an seine Fersen. Das Ziel unserer Reise schien der Stadtpark zu sein. Wie ich aus einigem Abstand sehen konnte, traf der Mensch dort seinen Dealer. Ein paar

Geldscheine und ein Päckchen wechselten rasch den Besitzer. Ich ließ meine Zielperson bis auf meine Höhe herankommen. Dann trat ich aus dem Gebüsch heraus: „Hallo Herr Wellner!" Er war beinahe zu Tode erschrocken: „Sie … Sie sind gar kein Versicherungsvertreter, stimmts?" Ich bestätigte seine Erkenntnis: „Aber Sie brauchen keine Angst zu haben, dass ich Ihnen Ihr Cannabis wegnehme! Allerdings könnte ich dem Rauschgiftdezernat einen kleinen Wink geben, falls Sie mir nicht verraten, wo sich der alte Armeecolt befindet, den Ihnen der Herr Gutenschön überlassen hat". Ihm zog es die Beine weg, und er musste sich ins Gras setzen. Ich machte es mir neben ihm bequem: „Na?" Sein Blick war eine Mischung aus Angst und Schuldgefühl: „Hodenkrebs. Ich bekomme Strahlen- und Chemotherapie. Mir wird davon kotzübel, und das Zeug hilft mir, das alles durchzustehen. Allerdings weigert sich mein Arzt, mir Cannabis zu verschreiben. Da habe ich es mir eben illegal besorgt. Und das ist teuer. Ich habe alles Mögliche zu Geld gemacht, auch diesen alten Revolver. Und was geschieht nun?" Ich stand auf und zog ihn am Arm hoch: „Wenn Sie mir jetzt gleich sagen, wer der Käufer der Waffe war, dann habe ich ganz plötzlich einen meiner schlimmsten Anfälle von Vergesslichkeit!"

In der Folge geschahen mehrere Dinge. Die Polizei konnte nach einem anonymen Hinweis einen der Schützen festnehmen, und der verriet dann nach einem längeren Verhör auch noch seinen Spießgesellen. Herr Gutenschön überwies mir mein Honorar nebst einem kleinen

Trinkgeld, und da er über einige finanzielle Mittel verfügte, unterstützte er ebenfalls seinen Schwager mit ein paar Scheinen. Ich begab mich meinerseits erneut in das Restaurant, um mir endlich meine Ratatouille zu Gemüte führen zu können. Und Sie werden es nicht glauben, mir ausgemachtem Naturtrottel fiel zum zweiten Mal die Gabel vom Tisch. Aber diesmal habe ich mir vom Kellner eine neue bringen lassen.

Somatoforme Störung

Als Reiner Schimmler das Büro seines Freundes betrat, bekam er große Augen: „Werner, was ist denn mit dir los? Was machst du bloß für ein Gesicht?" Kommissar Riemer antwortete leicht genervt: „Wenn ich Gesichter machen könnte, hättest du schon längst ein neues. Aber mal ohne Spaß, mir tut mein Bein verteufelt weh. Und zwar da, wo mich damals der Einbrecher angeschossen hat". Kommissar Schimmler setzte sich: „Ich bin ja auch zweimal angeschossen worden, aber ich merke davon inzwischen gar nichts mehr". Kommissar Riemer lehnte sich ächzend zurück: „Ja, zweimal in den Arm. Aber du musst ja auch nicht auf deinen Händen laufen. Ich auf meinem Bein schon. Und vergiss nicht, ich hatte auch schon mal einen Bauchschuss!" Kommissar Schimmler verzog das Gesicht: „Ist das hier ein Wettbewerb wer schlimmer verstümmelt wurde, oder was? Ich bin eigentlich hergekommen, um dich mit nach Waldlingen zu nehmen. Der Alte hat uns einen Fall zugeschustert. Möglicherweise handelt es sich um einen Mord. Wenn ich dich jedoch so anschaue, dann rate ich dir, dass du sofort zum Onkel Doktor fährst. Warte, das befehle ich dir sogar als Stellvertreter vom Chef! Den Fall Waldlingen übernehme ich dann alleine. Also heb gefälligst deinen Hintern aus dem Stuhl!"

Dem Gesicht der Ärztin war deutlich anzusehen, dass sie den Kommissar für eine Art Simulant hielt: „Da ist gar nichts. Zumindest nichts organisches. Hatten Sie in letzter Zeit sehr viel Stress?" Riemer blickte die Medizinerin an, als wolle er sie auf der Stelle verspeisen: „I wo, oder haben Sie schon mal gehört, dass ständiger Kontakt mit toten Menschen bei einem Kriminalkommissar Stress auslöst? Ich, für meine Person, kann mir das kaum vorstellen". Die Ärztin setzte sich leicht angefressen: „Sie können sich Ihren Sarkasmus sparen. Ich empfehle Ihnen ein langen Urlaub. Ihre Beschwerden sind rein psychosomatisch".

Kommissarin Wiegand zog die Augenbrauen hoch: „Urlaub? Wir bekommen doch bei der derzeitig angespannten Lage in unserer Dienststelle auf keinen Fall beide gleichzeitig die Genehmigung. Oder willst du etwa ohne mich Urlaub machen? Brauchst du vielleicht Abstand von mir?" Riemer ließ sich rücklinks auf die Couch fallen: „Quak nicht rum! Wie kommst du denn bloß auf sowas? Ich hab doch lediglich wiederholt, was der Arzt gesagt hat. Aber ein bisschen Ruhe täte mir wirklich gut.

Was hältst du davon, wenn ich hier zu Hause ein paar Tage Urlaub mache. Dann sehen wir uns trotzdem jeden Morgen und jeden Abend, und ich könnte tagsüber etwas ausspannen. Was meinst du?" Frauke Wiegand war nicht gerade begeistert: „Und was wird dann aus unserem gemeinsamen Urlaub im Sommer?" Kommissar Riemer winkte ab: „Es geht doch nur um drei oder vier Tage. Da bleibt noch genügend für den Sommerurlaub übrig. Außerdem haben wir doch noch gar nicht besprochen, was wir im Sommer machen wollen". Die Kommissarin setzte sich neben Riemer und legte ihre Hand auf sein Bein: „Dann geh doch noch einmal zu einem anderen Arzt. Der kann dich schließlich auch aufgrund so einer Diagnose krankschreiben. Psychosomatik gilt schließlich eindeutig als eine Krankheit. Und ein paar arbeitsfreie Tage zum Ausspannen könnten dich vor dauerhaft somatoformen Störungen bewahren. Sag ihm das!"

Als es klingelte, legte Werner Riemer das Buch beiseite und erhob sich schwerfällig aus seinem Sessel. Vor der Tür stand Reiner Schimmler. Er legte nach militärischer Manier die flache Hand an den Kopf: „Ich bitte um Erlaubnis an Bord kommen zu dürfen!" Riemer delegierte ihn mit einer ausladenden Geste in die Wohnstube: „Erlaubnis erteilt! Aber was machst du denn hier? Hast du nichts zu arbeiten?" Kommissar Schimmler setzte sich: „Du kennst bestimmt den Spruch, dass man zwei Fliegen mit einer Klappe schlagen kann. Ich habe die zwei Fliegen, und du bist die Klappe". Kommissar Riemer setzte sich ebenfalls: „Schimmelchen, du sprichst in Rätseln!"

Reiner Schimmler drohte seinem Freund mit dem Zeigefinger: „Riemchen, du sollst nicht immer Schimmelchen zu mir sagen! Aber mal Scherz beiseite, die eine Fliege kommt von unserem allseits beliebten Hauptkommissar in deine Richtung geflogen. Ich darf bereits das zweite Mal in meiner Karriere seinen Laufburschen spielen, um zu überprüfen, ob du auch wirklich krank bist". Riemer schlug mit der Faust auf die Sessellehne: „Was bildet sich die alte Affenfresse eigentlich ein? Ich bin hochoffiziell krankgeschrieben. Und ohne dir nahetreten zu wollen, du bist kaum qualifiziert einschätzen zu können, ob ich wirklich kränkele!" Schimmler besänftigte ihn: „Beruhige dich! Ich war doch von Anfang an auf deiner Seite. Außerdem sagt mir dein Wutausbruch, dass du tatsächlich dein inneres Gleichgewicht verloren hast. Dadurch würdest du sehr wahrscheinlich umfallen, wenn du jetzt aufstehen würdest, um uns etwas zu trinken zu holen". Werner Riemer stand lachend auf und ging in die Küche. Als er mit einer Flasche Rotwein und zwei Gläsern zurückkam, fragte er mit hochgezogenen Augenbrauen: „Seit wann darfst du denn im Dienst trinken?" Kommissar Schimmler nahm sein Glas entgegen und lächelte: „Seit ich als stellvertretender Dienststellenleiter mich für heute selbst dienstfrei gestellt habe". Als beide getrunken hatten, fuhr Reiner Schimmler fort: „Und jetzt kommt die zweite Fliege angeflogen. Du sollst mir, natürlich ohne das Wissen des Alten, bei einem Fall helfen! Schließlich hast du ja laut eigener Aussage Schmerzen im Bein, und nicht im Kopf. Also, was sagst du?" Riemer setzte sein Glas ab: „Ich sage, dass der Chef und sein

Stellvertreter beide widerrechtlich versuchen, meine Krankschreibung zu umgehen. Und jetzt erzähl mal, was das für ein Fall ist!" Kommissar Schimmler kniff die Augen zusammen und kratzte sich am Kinn: „Pass auf, die Sache ist so! Du bist mein Freund, und du und der Chef, ihr beide seid euch doch nicht gerade grün. Deshalb denke ich, du wirst mich nicht verpetzen. Ich habe nämlich im Moment ein kleines Problemchen mit meiner Frau. Oder besser gesagt, sie hat eins mit mir. Angeblich wäre ich mit meiner Arbeit verheiratet, und ich würde sie seit einiger Zeit sträflich vernachlässigen. Deshalb habe ich mich in den letzten Tagen intensiv um mein Weib gekümmert, und meine Akten links liegen lassen. Ich bin deshalb im aktuellen Fall nicht gerade sehr weit gekommen. Nun sitzt mir aber der Alte im Nacken. Er will Ergebnisse sehen. Und du könntest mir mit deinen Geistesblitzen helfen, mein zeitliches Defizit aufzuholen. Hilfst du mir? Bitte!" Werner Riemer steckte sich, wie so oft, den Zeigefinger in den Kragen, und kratzte sich am Hals: „Das könnte ich nur, wenn du endlich auf den Punkt kommen würdest. Was ist das nun für ein Fall?" Reiner Schimmler atmete tief durch: „Also, da wird ein Herr Horst Griebler vermisst. Dreißig Jahre alt, verheiratet, Angestellter im öffentlichen Dienst". Riemers Gesicht verfinsterte sich: „Willst du mich verarschen? Das ist doch Sache unseres Vermisstendezernats. Oder etwa nicht?" Kommissar Schimmler wehrte ab: „Ich bin doch noch gar nicht fertig. Im Arbeitszimmer dieses Horst Griebler hat unsere Spurensicherung Blutstropfen gefunden. Laut DNS-Vergleich mit seiner Zahnbürste stammt es vom Vermissten. Es könnte sich also um ein Gewaltdelikt mit Todesfolge handeln". Riemers Gesicht zeigte eine Art Verzweiflung: „Wie soll ich bei dieser schwachen Faktenlage einen Geistesblitz zu Stande bringen? Weißt du wirklich nichts weiter?" Schimmler hob die Schultern: „Höchstens noch, dass seine Frau gesagt hat, dass er wegen Depressionen in Behandlung gewesen ist. Aber ich habe bisher noch nicht mit dem behandelnden Arzt gesprochen". Riemer schüttelte abfällig den Kopf: „Na prima! Dann tu das schnellstens. Und frag den Arzt oder die Ärztin, ob der Verschollene Ketamin verschrieben bekommen hat!" Schimmler hielt fragend den Kopf schief: „Wieso gerade Ketamin? Ich denke, das Zeug wird bei Narkosen verwendet?" Kommissar Riemer hob belehrend den Zeigefinger in die Luft: „Heute immer seltener. Ketamin stillt Schmerzen, erweitert die Bronchien und kann den Kreislauf stabilisieren. Man kann es deshalb auch bei hartnäckigen Depressionen anwenden. Die Wirkung hält aber nicht ewig an. Aus diesem Grund besorgen sich einige Leute das Zeug als weißes Pulver auf dem Schwarzmarkt. Ketamin kann Halluzinationen erzeugen und auch psychisch abhängig machen. Und eine Überdosierung kann schwere Nervenschädigungen verursachen, sowie im allerschlimmsten Fall durch Lähmungserscheinungen bis zum Tode führen. Vielleicht hat sich ja dein Vermisster im Wahn selbst verletzt, und ist dann getürmt. Möglicherweise liegt er irgendwo herum, und weiß nicht mehr, was eigentlich los ist. Aber das ist halt nur eine Theorie. Du solltest schnellstens herausfinden, ob der Kerl einen Lieblingsplatz besitzt, an dem er sich oft und gern aufgehalten hat. Also, Herr stellvertretender Dienststellenleiter, heb gefälligst deinen Hintern aus dem Stuhl und ran an die Bouletten! Ich werde hier in aller Ruhe mein Buch weiterlesen".

Als sein Smartphon klingelte, war Kommissar Riemer gerade dabei, sich ein Glas Rotwein einzuschenken. Er stellte die Flasche ab und drückte das Handy mit der linken Hand an sein Ohr: „Wenn ich die Schrift auf meinem Display richtig gelesen habe, dann ist mein Freund Schimmler am Rohr. Ich hoffe, du hast eine positiv geartete Meldung für mich!" Reiner Schimmlers Stimme schien zu strahlen: „Und wie! Seine Ärztin hat bestätigt, dass er vor einiger Zeit Ketamin gespritzt bekommen hat. Und seine Frau sagte, er würde das Mittel jetzt als Pulver einnehmen. Das sich der Kerl das Zeug illegal besorgt hat, schien sie wirklich nicht zu wissen. Und dann hat sie uns noch mitgeteilt, dass ihr Horst öfters mal mit seinem Freund Schach gespielt hat. Sie hat zwar dort angerufen, aber es meldete sich keiner. Daraufhin haben wir unsererseits da nachgeschaut. Die Tür war offen, und Herr Griebler hockte auf dem Fußboden. Er hatte wie verrückt Nasenbluten, war völlig durch den Wind, und hatte wohl vergessen, dass sein Kumpel auf einer Auslandsreise war. Wir haben den Verwirrten dann sofort ins Krankenhaus gebracht. Und nun meine Frage: Darf ich Hohlbach mitteilen, dass eigentlich du die Lösung gefunden hast?" Werner Riemer entgegnete entgeistert: „Nein, auf keinen Fall! Dann hätte ja die Affenfresse ein Argument dafür, dass ich nicht wirklich krank bin, sondern scheinbar nur simuliere. Aber ich habe da eine Idee. Verklickere doch dem Alten, dass dich deine Frau auf den Trichter gebracht hat. Und dann lässt du dir was Schriftliches geben, wo drin steht, dass sich die Dienststelle bei deiner Guten bedankt, weil sie dich bei deiner Arbeit aufopferungsvoll unterstützt". Kommissar Schimmler entgegnete ungehalten: „Spinnst du? Das macht doch der Alte nie und nimmer!" Worauf Kommissar Riemer lächelnd antwortete: „Wer spricht denn hier vom Alten. Der Stellvertreter tut's doch wohl auch! Oder?"

Die Schwestern

Ein Privatdetektiv sollte nicht vergesslich sein. Ich bin beides. Also ein Privatdetektiv und vergesslich. Wenn ich zum Beispiel vom Einkaufen zurückkomme, habe ich mindestens eine Sache vergessen in meinen Einkaufskorb zu legen. Meist eine wichtige Sache. Nun könnte ja einer sagen, ich solle doch zu Hause einen Einkaufszettel schreiben. Habe ich gemacht. Mehrmals. Und dann stand ich jedes Mal im Supermarkt und hatte diesen blöden Zettel zu Hause vergessen. Und immer fiel mir dann der alte Witz ein, bei welchem eine Familie, mit vielen Koffern bepackt, schwitzend und keuchend im letzten Moment vor Abfahrt des Zuges im Bahnhof eintrifft, und der Vater sagt, dass man eigentlich das Klavier hätte auch noch mitnehmen sollen, denn darauf lägen die Fahrkarten. Und da ich ziemlich albern bin, muss ich, zum

Erstaunen der übrigen Menschen, jedes Mal vor mich hin lachen. Ein Privatdetektiv sollte nicht albern sein. Und ich neige außerdem zu Automatismen. Kaum habe ich eine Sache zwei oder drei Mal erledigt, geschieht der Ablauf beim nächsten Mal rein automatisch, während meine Gedanken um etwas ganz anderes kreisen. Beispielsweise föhne ich mir nach dem Duschen zunächst die Haare, und benutze erst im Anschluss ein Deodorant. Als ich aus irgendeinem unerfindlichen Grund zuerst das Deo benutzte, bin ich dann den ganzen Tag mit verstrubbelten Haaren herumgelaufen. Ich lege auch am Abend meine Armbanduhr immer an derselben Stelle ab. Als ich bei diesem Vorgang einmal durch das Klingeln meines Handys abgelenkt wurde, konnte ich am nächsten Morgen meine Uhr erst nach längerem Suchen aufspüren. Ein Privatdetektiv wie ich sollte eben nicht zu Automatismen neigen. Und er sollte nicht von einer Frau namens Erna Singmann belästigt werden. Erna hat einen Narren an mir gefressen. Ehrlich gesagt, kann ich das nicht verstehen, wenn ich mich so im Spiegel betrachte. Wer einen Kalbskopf mit Schweineohren hat, sollte lieber Metzger werden. Wahrscheinlich hat deswegen auch damals meine Ex beim Küssen immer die Augen zu gemacht. Erna hat mir auch schon mal einen Kuss abgerungen. Das Problem ist nämlich, dass ich Erna beruflich brauche. Sie arbeitet im Einwohnermeldeamt, und ich benötige gelegentlich eine Auskunft über einen meiner Mitbürger. Die Meldebehörden dürfen zwar jedem, der eine schriftliche Anfrage stellt, eine einfache Auskunft aus dem Melderegister erteilen, wie beispielsweise Vor- und Nachname,

Doktorgrad und die aktuelle Anschrift. Aber das dauert in der Regel viel zu lange, und manchmal brauche ich auch noch ein paar Daten darüber hinaus. Ja, ich weiß, das ist eigentlich illegal. Aber wo kein Kläger ist, da ist auch kein Richter. Und Erna würde sich in ihrer Verliebtheit lieber die Zunge abbeißen, als mich zu verraten. Schließlich wäre sie ja in diesem Fall auch mit dran. Sie könnte dann unter Umständen ihren Job verlieren.

Es war wieder einmal der erste Tag der Woche. Das heißt, entsprechend den derzeitig geltenden Kalenderregeln in meinem Kulturkreis war es Montag. Im März 1975 wurde nämlich vom Deutschen Institut für Normung empfohlen, dem Wochentag Montag die Ordnungszahl 1 zuzuordnen (DIN 1355). Und deshalb ist jetzt in Deutschland der Montag der erste Tag der Woche. Übrigens gilt nach einem Beschluss der UNO seit 1978 der Montag auch international als erster Wochentag. Davor war es der Sonntag, was ich schon jeher als viel schöner empfand. Es ist doch, meiner unmaßgeblichen Meinung nach, viel besser die Woche mit Ausschlafen und Ausruhen zu beginnen. Übrigens leitet sich daher auch der Name Mittwoch ab. Drei Tage vorher (Sonntag, Montag, Dienstag), und drei Tage nachher (Donnerstag, Freitag, Samstag). Nach dem heutigen Kalender hätte also der Donnerstag spätestens ab 1978 in Mittwoch umbenannt werden müssen. Wurde er aber nicht. Bei uns Menschen kommt halt Tradition immer noch vor Präzision. Und ich habe ja schließlich auch meine Tradition. Nämlich morgens vor der Büroöffnung ein Schlückchen

Bourbon zu trinken. Als ich dann an diesem Montagmorgen gegen zehn mein Büro aufschloss, kam sofort eine wasserstoffblonde, junge Frau herein, die mit einem roten T-Shirt und schwarzen Jeans bekleidet war. Sie erinnerte mich stark an Moni. Also an meine Geschiedene, die mich schändlicher Weise mehrmals mit Hartmut betrogen hatte. Vielleicht war es dieser Umstand, der mich speziell dieser Besucherin mit Abneigung entgegentreten ließ. Trotzdem bat ich sie professionell höflich herein, bat ihr Platz an, und fragte nach ihrem Begehr. Klienten bzw. Klientinnen bedeuten für mich nun mal Honorar. Sie schlug die Beine übereinander, faltete die Hände über den Knien, und beugte sich leicht vor: „Sie sollen meine Schwester finden!" Üblicherweise beantworte ich derartige Ansinnen mit: „Statt zu mir zu kommen, sollten Sie besser bei der Polizei eine Vermisstenanzeige machen!" Sie schüttelte ganz energisch den Kopf: „Nein! Meine Schwester hat versucht mich umzubringen. Und ich will nicht, dass sie deswegen verhaftet wird. Sie ist schließlich meine Schwester". Ich fragte etwas skeptisch: „Und woher weiß ich, dass tatsächlich ein Mordversuch stattgefunden hat?" Sie stand auf und zog ihr Oberteil nach oben. Kreuz und quer über ihrem Bauch befanden sich schlecht verheilte Schnitte. Mir wären beinahe die Augen aus ihren angestammten Höhlen gesprungen: „Aber damit haben Sie mich jetzt von einem Mordversuch in Kenntnis gesetzt. Das muss ich wohl oder übel der Polizei melden!" Sie wiederholte ihr eindringliches Kopfschütteln: „Müssen Sie nicht! Ich habe mich erkundigt. Laut Strafgesetzbuch besteht keine allgemeine Pflicht zur Anzeige oder Verhinderung geplanter Straftaten. Nur ganz besonders schwerwiegende Dinge begründen eine Anzeigepflicht. Beispielsweise Mord, Totschlag, Raub oder räuberische Erpressung. Von Mordversuchen steht da nichts. Also wollen Sie nun meine Schwester finden, oder nicht?" Ich wollte, denn mein Koto wollte es auch. Also angelte ich ein Auftragsformular aus dem Schreibtisch und ließ mir ihren Ausweis zeigen. Sie hieß Amelie Kustner, war noch ledig, und wohnte gar nicht weit von mir. Sie hatte sich bisher die Wohnung mit ihrer Schwester Ingelore geteilt. Was mich irgendwie verwunderte, das war die Tatsache, dass es kein Foto von dieser Ingelore gab. Aber der Beschreibung nach ähnelte sie angeblich sehr ihrer Schwester Amelie, mit Ausnahme der schwarzen Haare. Obwohl mich meine Klientin am liebsten gleich mitgenommen hätte, versprach ich am nächsten Tag vorbei zu kommen, um die gemeinsame Wohnung nach Hinweisen abzuklappern. Im Moment musste ich mir zuerst eine Fallstrategie zusammen mit meinem Bourbon überlegen.

Mein Bauchgrummeln war an diesem Tag nicht pathologisch, sondern kriminologisch. Trotzdem, oder gerade deswegen, fühlte ich mich bei der ganzen Sache nicht so recht wohl. In der Wohnung von meiner Klientin waren keinerlei Anzeichen zu finden, dass hier eine zweite Frau gewohnt haben sollte. Das einzige, was ich fand, war ein schwarzes Haar. Nun sagt ja ein einzelnes Haar nicht besonders viel aus, wenn man keine Vergleichs-DNS dazu besitzt. Ich tütete es aber trotzdem ein. Man kann ja nie wissen. Ich verabschiedete mich ohne jeglichen Kommentar, und fuhr gedankenverloren den kurzen Weg zu meinem Büro zurück. Bei mir kann es schon mal vorkommen, dass ich beim Nachdenken das Drandenken vernachlässige. Und so hatte ich einfach nicht mehr dran gedacht, dass in unserer Stadt neuerdings feste Blitzgeräte montiert worden waren. Die stehen da scheinbar unschuldig herum, als könnten sie kein Wässerchen trüben. Aber sie werden garantiert meine Stimmung trüben, wenn demnächst die zugehörigen Strafzettel ins Haus trudeln werden. Und heute erwarb ich mir das Anrecht auf gleich zwei von den Dingern. Jetzt weiß ich, warum der Volksmund sagt, dass ein Unglück selten allein kommt. Im Büro musste ich dann feststellen, dass sich mein teures Mikroskop zurzeit gerade zuhause in meiner Wohnung räkelte. Ein vergesslicher Detektiv sollte lieber seinen Beruf wechseln. Ich hatte leider nur keine Alternative, da alle meine üppigen Talente für den normalen Arbeitsmarkt nicht zu gebrauchen waren. Also fuhr ich fluchend zurück, wobei ich meine Augen weit offen hielt. Noch so ein Blitz hätte mich wahrscheinlich in den unverdienten Ruin getrieben.

Wie mir mein Mikroskop deutlich vor Augen führte, war das Haar gar kein Haar. Es sah aber verdammt ähnlich aus. Also eine Perücke. Jetzt musste ich nur noch herausfinden, ob es sich um eine einfache Faschingsperücke handelte, oder um eine Maßanfertigung mit Kunsthaar. Inmitten der Überlegungen hinein, woher ich auf die Schnelle ein Vergleichsobjekt nehmen sollte, schlug meine elektronische Türklingel an. Gedankenversunken öffnete ich. Vor mir stand breit grinsend die Nervensäge Erna Singmann: „Ich will dich zum Essen einladen. Komm doch bitte mit! Ich bezahle auch". Mir kam eine Idee: „Warte mal! Hast du zufällig eine schwarze Perücke?" Sie stutzte: „Du willst wohl lieber mit einer Dunkelhaarigen ausgehen? Oder ist es dir peinlich mit mir gesehen zu werden?" Ich wehrte ab: „Nichts dergleichen. Ich brauche auch nur ein einzelnes Haar davon". Auf Ernas Gesicht sah man deutlich die Sonne der Erkenntnis aufgehen: „Aha! Du brauchst das für einen Fall! Ich bin gleich zurück!" Fünf Minuten später stand sie mit einer schwarzen Perücke vor der Tür: „Darf ich reinkommen? Ich möchte zusehen, was du da so machst. Dafür brauchst du auch nicht mehr mit mir essen zu gehen". So gelangte Erna in meine Wohnung, ein Haar ihrer Perücke unter mein Mikroskop, und aufgrund des Etiketts, das in der Perücke befestigt war, gelangte ich zu einem Frisör unserer Stadt. Allerdings leider unter Begleitung einer ständig quasselnden Erna. Aber was tut man nicht alles für die Lösung eines Falles. Zunächst wollte der Haarstylist nicht mit der Sprache herausrücken, aber Erna quatschte ihn dermaßen voll, dass er zum Schluss doch noch aufgab. Und ja, er hatte eine ähnliche Perücke für eine Frau Amelie Kustner angefertigt. Mir war damit ziemlich klar, was hier lief. Trotzdem machte es mir ziemlich viel Mühe, Erna davon abzuhalten, erneut in meine Wohnung mitzukommen. Sie schrie noch durch die Tür, dass sie sich dafür eines Tages rächen würde.

Am nächsten Tag machte ich mich nach dem Frühstück erneut zur Wohnung meiner Klientin auf. Zwar hätte diese auch außer Haus sein können, aber man kann es ja mal versuchen. Widererwarten stand die Wohnungstür offen. Ich trat misstrauisch ein. In der Mitte des Korridors traf ich auf eine Schwarzhaarige mit einem Messer in der Hand. Sie rief mit rot unterlaufenen Augen: „Ich werde sie umbringen! Ich muss sie einfach umbringen. Sie will verhindern, dass ich lebe. Es gibt nur sie oder mich!" Seltsamerweise ließ sie sich von mir ohne Gegenwehr das Messer abnehmen. Dann brach sie zusammen. Ich konnte sie gerade noch auffangen, bevor sie auf den Boden schlug. Dabei rutschte ihr die schwarze Perücke vom Kopf. Vorsichtig ließ ich sie aus meinen Armen gleiten und griff zum Handy.

Es war genauso, wie ich es mir gedacht hatte. Amelie Kustner hatte eine psychische Störung; eine sogenannte dissoziative Identitätsstörung. Das nennt der Mediziner so, wenn zwei Menschen in einem Gehirn leben. So eine Persönlichkeitsspaltung reicht tiefer, als man gemeinhin annimmt. Wenn in einem Gehirn zwei verschiedene Personen leben, benutzt jede ihr eigenes Nervennetzwerk, um Erinnerungen zu speichern oder zu verdrängen. Amelie und Ingelore kämpften deshalb ständig um ein und denselben Körper, was nicht immer ohne Verletzungen blieb. Die Frau befindet sich jetzt in der Psychiatrie, und ich weiß nicht, wann und ob ich überhaupt etwas von meinem Honorar sehe. Ich würde mich also bei meiner Bourbonflasche ausheulen müssen.

Man soll es nicht glauben. Es geschehen noch Zeichen und Wunder. Ich konnte es beim Blick in die Morgenzeitung beinahe nicht fassen. Mit starrem Blick auf den Artikel legte ich mein Brötchen zurück auf den Tisch. Leider nur zur knappen Hälfte. Die andere, leicht schwerere Seite der marmeladenbehafteten Backware, zog das Backerzeugnis erbarmungslos nach unten. Und natürlich klatschte es mit der Marmeladenseite auf den Teppich. Es störte mich nicht. In der Zeitung stand nämlich groß und breit, dass man die frisch aufgestellten Blitzer falsch geeicht hatte, und dass deshalb alle Vergehen der letzten zwei Tage als ungültig eingestuft worden waren. Es gibt eben doch einen Gott.

Ärger, schöner Götterfunken

Paul Johann Eisendick gehörte zu der kleinen Gruppe von Menschen, die sich liebend gern ärgerten. Irgendwie schienen in seinem Hirn die Synapsen seines orbitofrontalen Kortexes etwas anders verdrahtet zu sein, als bei den übrigen Menschen. Wenn er nicht täglich mindestens ein klitzekleines Ärgernis vor die Augen oder Ohren bekam, dann war so ein Tag für ihn ein verlorener Tag, weil er seltsamerweise nach dem Ärgern immer auch Freude empfand. Allerdings gab es in der Regel in seinem persönlichen Umfeld selten etwas, über das er sich aufregen konnte. Er verfügte über eine Ehefrau namens Ute, eine befriedigende Arbeit mit einem erfreulichen Gehalt, einen ordentlich geratenen Sohn, sowie recht gute Gesundheit. Nach einiger Zeit wurde es ihm zu langweilig, sich ständig darüber zu ärgern, dass es in seinem persönlichen Leben nichts gab, worüber er sich hätte ärgern können. Also suchte er ein anderes Gebiet, in dem nicht alles so im Lot war. Und das war leicht zu finden. Pandemie, Klimawandel, soziale Ungerechtigkeit, und, und, und. Zu guter Letzt blieb er bei den Reden einschlägiger Politiker hängen. Deren Formulierungen stanken ihm gewaltig. Beispielsweise: „Wir müssen …", und „Wir dürfen nicht …", oder „Die anderen müssen …", bzw. „Die anderen dürfen nicht …" Keiner sagte: „Wir machen ..." und „Das dafür benötigte Geld kommt von …". Allerdings bekam er auch seinerseits gelegentlich Ärger, wenn er seine Frau vom Frisör abholte und sagte: „Liebling, du siehst heute aber wieder ganz besonders schön aus!" Und seine stets genervte Frau antwortete von hinten: „Schatz, ich stehe hier drüben!" Was ihn im Endeffekt doch wieder freute, da er sich über seinen Faux-pas anschließend gleich wieder ärgern konnte.

Paul wusste nicht genau, wann das mit der Freude am Ärgern eigentlich begonnen hatte. In seiner Erinnerung geschah das wahrscheinlich damals in der Schule, als er in Mathe zwar seine Hausaufgaben ordnungsgemäß erledigt hatte, dieselben aber aus Schusseligkeit zu Hause liegen ließ. Der Lehrer glaubte ihm jedoch nicht und meinte, er hätte die Hausaufgaben gar nicht gemacht. Das ärgerte Paul einerseits, andererseits empfand er eine tiefe Befriedigung darüber, dass der Lehrer Unrecht hatte.

Vermutlich war das der Auslöser dafür, dass ihm später im Leben jedweder Ärger auch Freude bereitete. Der Höhepunkt der Kette Ärger-Freude-Ärger-Freude wurde an einem Donnerstagabend erreicht. Paul ärgerte sich dermaßen über das Fernsehprogramm, dass er die Fernbedienung in den Bildschirm pfefferte. Daraufhin verabschiedete sich das Gerät mittelst Abgabe einer kleinen, schwarzen Wolke vom Diesseits. Paul freute sich einerseits, dass er mit der Zerstörung des Apparates ein Ventil für seinen Ärger gefunden hatte, ärgerte sich aber anschließend gleich wieder, weil er nun für einiges an Geld einen neuen Fernseher erwerben musste. Dieser Fakt bereitete ihm aber gleichzeitig wieder Freude, da er dadurch zukünftig über ein viel moderneres Gerät verfügen könnte. Aus Sicht seiner Frau Ute war aber nun endgültig das Fass übergelaufen. Sie stellte ihren Paul vor die Alternative, sich endlich zu einem Psychotherapeuten zu begeben, oder sie würde ihn auf der Stelle verlassen. Das ärgerte Paul, und bewog ihn zu dem Ausspruch: „Na dann alles Gute, liebe Ute!" Worauf er sich außerordentlich freute, weil sich der Satz reimte. Seine Frau konterte: „Halt's Maul, Paul!" Das war zwar wie ein Schlag in die Magengrube, machte ihn aber sehr stolz, weil seine Angetraute auch so schön reimen konnte. Lächelnd entgegnete er: „Ach Weib! Keiner, auch du nicht, weiß doch so richtig, wie es in mir drin aussieht". Seine Frau entgegnete zornig: „Außer dem Chirurgen, der dir den Blinddarm entfernt hat".

Die Therapeutin fragte Paul eine halbe Stunde lang Löcher in den Bauch. Dann wurde er in den Nebenraum geführt, wo ein zwanzigseitiges Pamphlet mit hunderten von Fragen lag, welche er akribisch beantworten sollte. Darunter waren auch solche seltsamen Dinge aufgeführt, wie beispielsweise: „Denken Sie, dass die anderen Menschen Sie als normal einstufen?" Oder: „Mögen Sie große Frauen?" Oder auch: „Glauben Sie, dass man anderen Personen Tricks vormachen muss?" Besonders bei dieser letzten Frage hätte Paul gern gewusst, was ein Bühnenzauberer darauf antworten würde. Als er die Papiere zurückgab, meinte er ganz nebenbei: „Eine Frage fehlt hier noch". Die Therapeutin sah ihn gespannt an: „Und welche genau?" Paul fuhr sich mit dem Finger unter der Nase durch: „Möchten Sie denjenigen erschießen, der sich derart blöde Fragen ausgedacht hat?" Die Psychoanalytikerin hakte nach: „Haben Sie sich über die Fragen vielleicht geärgert?" Paul schüttelte den Kopf: „Nein, da wäre mir nämlich nichts eingefallen, worüber ich mich anschließend hätte freuen können".

Eine Woche später war die Auswertung. Paul saß erwartungsvoll vor dem Schreibtisch der Therapeutin. Die Frau überflog noch einmal den Fragebogen, während sie auf ihrem Kugelschreiber kaute. Dann lenkte sie ihren Blick auf Paul: „Wie ich anfangs schon vermutete, ist bei Ihnen nichts pathologisch. Es ist ganz sicher keine Zwangsstörung. Nur eine individuelle Eigenart. Damit können Sie fröhlich weiterleben!" Paul sprang auf: „Das geht doch nicht! Wenn ich so weitermache, verlässt mich meine Frau!" Die Therapeutin rang sich ein leichtes Lächeln ab: „Dann haben Sie entweder eine Frau, die nicht zu Ihnen passt, oder aber, was wahrscheinlicher ist, sie beide haben sich zu sehr voneinander entfernt. Sie sollten einfach mehr zusammen unternehmen. Das bindet nun mal Menschen aneinander".

Ute Eisendick blickte ihren Mann erstaunt an: „Ins Varieté? Das haben wir doch noch nie gemacht. Wie kommst du jetzt plötzlich auf so etwas?" Paul hob dozierend den Zeigefinger: „Wenn Menschen etwas zusammen unternehmen, dann bindet sie das nun mal aneinander". Die Frau grummelte: „Uns hat schon der Standesbeamte aneinander gebunden. Aber ich freue mich natürlich, dass du wenigstens mal mit mir ausgehen willst. Versprich mir nur, dass du dich nicht wieder künstlich über alles ärgerst! Wann ist übrigens die Auswertung bei dieser Seelenklempnerin?" Paul ließ sich auf einen Stuhl sinken: „Ich war bereits schon bei der Psychotherapeutin. Ich bin völlig normal. Du hast also keinen Grund wegzulaufen". Ute senkte den Kopf: „Wenn das alles nur wirklich so unkompliziert wäre. Ich kann deine dämliche Ärgerei einfach nicht mehr aushalten. Aber lass uns einfach heute Abend ins Varieté gehen! Dann sehen wir weiter".

Das Varietéprogramm war gar nicht so schlecht. Einem brillanten Jongleur folgte ein Tanzpaar, und anschließend verblüffte ein charismatischer Illusionist das gesamte Publikum mit verschwindenden und wieder erscheinenden Tieren. Die Vorstellung wurde von einem redegewandten Moderator präsentiert. Nach der Pause verblüffte ein Rollschuh-Duo mit außergewöhnlich rasanter Geschwindigkeit, und danach zeigte ein junger, verteufelt muskulöser Mann an einer Pol-Stange mit freiem Oberkörper, dass er ein ausgezeichneter Akrobat war. Das alles wurde abgerundet durch einen Hypnotiseur, der es schaffte, dass ein Mann nicht mehr die Kraft aufbrachte eine leere Zigarettenschachtel aufzuheben, eine Frau die Zahl sieben vergaß und gleich von sechs auf acht zählte, und ein weiterer Mann eine Zwiebel genüsslich als Apfel verspeiste. Kaum dass der Künstler die Bühne betreten hatte, bekam Ute große Augen und sagte zu ihrem Mann: „Das ist doch Manfred Brümmer. Mit dem bin ich in die gleiche Schulklasse gegangen. Du müsstest ihn auch kennen. Du warst doch auf der gleichen Schule". Paul schüttelte ein wenig den Kopf: „Aber zwei Schulklassen drüber".

Kaum war die Veranstaltung aus, und das Ehepaar Eisendick stand auf der Straße, zog Ute ihren Paul am Ärmel hinter das Gebäude zum Bühneneingang. Die Tür wurde nicht bewacht, und so konnten die beiden ungehindert eintreten. Ute suchte die Künstlergarderobe ihres ehemaligen Klassenkameraden, klopfte kurz an, und schob Paul hinein: „Grüß dich Manfred. Ich bin's. Ute. Ich hoffe, du erinnerst dich noch an mich. Und das hier ist mein Mann Paul". Manfred Brümmer, der gerade dabei war sich abzuschminken, blickte auf: „Ja, ich erinnere mich an dich. Aber was willst du hier? Ich glaube, wir konnten uns damals nicht besonders gut leiden". Ute machte eine abfällige Handbewegung: „Schnee von gestern. Du bist doch Hypnotiseur. Kannst du nicht meinen Mann hypnotisieren, damit er seine Macke verliert? Mich nervt nämlich ganz gewaltig, dass er sich über Ärger freuen kann". Manfred Brümmer legte das verschmutzte Wattepad beiseite: „Erstens betreibe ich Show-Hypnose, und keine medizinische. Zweitens ist bei solchen Dingen eine sehr tiefgreifende Trance vonnöten. Dabei kann alles Mögliche passieren. Das ist viel zu gefährlich. Darauf lasse ich mich nicht ein!" Paul wollte daraufhin gehen, aber Ute hielt ihn fest: „Manfred, es wird dein Schade nicht sein. Ich bezahle jede Summe!" Paul rief entsetzt: „Was?", aber Ute meinte nur wieder lakonisch: „Halt's Maul, Paul!" Der Hypnotiseur stand auf: „Wenn das so ist, will ich es versuchen. Aber ich muss dabei allein und ungestört mit deinem Mann sein. Warte bitte draußen vor der Tür!" Es verging etwa eine Viertelstunde, in der Ute gar zu gern gewusst hätte, was drinnen passiert. Dann kam Manfred Brümmer aufgeregt aus der Tür gestürmt: „Ute, komm schnell! Es ist etwas fürchterliches passiert. Dein Mann erwacht einfach nicht mehr aus der Hypnose. Ich kann machen, was ich will".

Es waren mehrere Tage ins Land gegangen. Pauls Zustand hatte sich nicht gebessert. Er saß nur katatonisch in seinem Sessel, schaute teilnahmslos auf den Fernseher und ließ sich von Ute füttern. Nur als seine Frau einmal außer Haus war, sprang er auf und rief freudestrahlend seinen Freund Manfred an: „Deine Idee war brillant. Ich lasse Ute noch zwei, drei Tage zappeln. Dann erwache ich urplötzlich aus meiner Starre. Die Gute ist dann bestimmt richtig froh über mein Erwachen, und denkt garantiert nicht mehr daran, mich zu verlassen. Du hast also was bei mir gut!"

Verpackungen

Ich hasse Plastikverpackungen. Noch mehr als sonst. Nicht etwa wegen der Umweltschädigung. Nein, deswegen bin ich schon seit langer Zeit gegen das Zeug. Aber nun hat es dem Fass den Boden ausgeschlagen. Als ich heute vor dem Supermarkt meine Lebensmitteleinkäufe vom Einkaufswagen entnehmen und in meinen Einkaufsbeutel transferieren wollte, schnitt ich mir den Mittelfinger an der Kante einer Margarineschachtel auf. Da ich natürlich kein Wundpflaster in der Tasche hatte, und wegen so einer Kleinigkeit nicht unbedingt den eingeschweißten Verbandskasten aus meinem Auto aufreißen wollte, versuchte ich, so gut es ging, mit einer Hand die Waren zu verstauen, während ich immer wieder meinen Mittelfinger in den Mund steckte. Nun kann man durchaus mit einem Finger im Mund Autofahren, aber es macht nicht so richtig Spaß, und es sieht auch nicht annähernd normal aus. Zu Hause sprang ich ohne auszuladen aus dem Auto, hastete die Treppe hoch, und fingerte ein Pflaster aus meinem Sanitätsschränkchen, nur um festzustellen, dass inzwischen die kleine Wunde aufgehört hatte zu bluten. Also hieß es, wegen der geduldig wartenden Lebensmittel in meinem Auto, die Treppe sinnloserweise erneut rauf und runter zu stolpern. Beim Ausladen musste ich dann feststellen, dass bei der Fahrt der kleine Karton mit den Bio-Heidelbeeren aus einem der Beutel herausgerutscht war, und jetzt ganz hinten im Kofferraum lag. Also hangelte ich mit etwas Schwung nach dem Ding, und bekam es tatsächlich mit einer Hand zu fassen. Dummerweise drückte meine Klaue das Päckchen dabei etwas zusammen, was der kleine Karton seinerseits ganz hinterlistig zum Anlass nahm, beim Aufplatzen den Beeren eine gewisse Bewegungsenergie zu verleihen. Die nach allen Richtungen von mir wegstrebenden Heidelbeeren wurden zu einem Drittel von den Begrenzungen meines Kofferraums aufgefangen, während zwei Drittel in dem schlammigen Rinnstein hinter meinem Auto landeten. Wie ich später anhand eines matschig blauen Flecks bemerkte, war auch eine der Beeren zielsicher zwischen zwei Knöpfen in mein Oberhemd eingedrungen. Hatte ich schon gesagt, dass ich Pappverpackungen hasse?

Ich saß in meinem Büro und bemitleidete mich selbst. Ein begabter Privatdetektiv hatte gefälligst einen Fall zu bearbeiten und nicht gelangweilt zu versuchen, Papierkügelchen in seinen Papierkorb zu schnipsen. Kurz vor Feierabend öffnete sich dann doch noch die Tür. Ich hatte inzwischen meine Füße auf den Schreibtisch gelegt, und ein wenig vor mich hin gedöst. Durch den eintretenden Mann wurde ich aus meinen Träumen gerissen, und wollte schnell meine Beine wieder in eine zivilisierte

Lage bringen. Dagegen hatte seltsamer Weise mein Drehstuhl etwas einzuwenden, und so kam es, dass der Mann zunächst ein leeres Büro vor seinen Augen hatte. Zumindest so lange, bis ich mich vom Fußboden wieder nach oben geschraubt hatte. Ich versuchte erst gar nicht eine fadenscheinige Entschuldigung zu generieren, sondern sagte ganz einfach: „Tollpatsch!", um gleich danach zu befürchten, der Mann könne denken, dass ich ihn damit gemeint hätte. Aber er hatte schon richtig verstanden. Lächelnd antwortete er: „Ich auch!" Es gibt eben Momente im Leben, da ist einem sein Gegenüber schlagartig sympathisch. Auch wenn er um die siebzig ist, und sich trotzdem anzieht, als wäre er siebzehn. Er musste meinen skeptischen Blick auf seine Kleidung bemerkt haben, denn er sagte sofort: „Mein Enkel hat da so eine Geschichte im Internet gesehen. Da kleidet auch ein Enkel seinen Opa modisch ein. Also probiert der Sohn meines Sohnes das auch an mir aus. Aber deswegen bin ich nicht hier". Ich hatte inzwischen wieder tapfer meinen Stuhl erklommen und nickte: „Ist mir klar. Worum geht es also genau?" Er fuhr sich langsam mit Daumen und Zeigefinger von der Nasenwurzel bis hinunter zur Spitze: „Na ja, da gibt es so ein Filmchen. Da ist ein nackter Kerl zu sehen, und auch eine nackte Frau. Die beiden sind gerade bei der schönsten und wichtigsten Tätigkeit der Menschheit. Das Problem ist bloß, eine der beiden Personen ist verheiratet, und die andere Person ist leider nicht der Ehepartner". Ich antwortete im Brustton des Wissenden: „Sie werden also erpresst". Er riss die Augen auf: „Ich? In meinem Alter? Nein, nein! Erstens bin ich nicht verheiratet, zweitens wäre ich wahrscheinlich stolz, wenn es so einen Film über mich gäbe, und drittens bringe ich aus Altersgründen einige der anstrengenden Verrenkungen, wie sie dort zu sehen sind, gar nicht mehr zu Stande. Schließlich bin ich so alt, dass ich als Kind noch unbeaufsichtigt im Freien gespielt habe. Und bei Konzerten haben wir brennende Feuerzeuge geschwenkt, und keine Handy-Lämpchen. Wissen Sie, falls ich heute die Absicht hätte, mein Auto zu verschrotten, dann würde diese Aktion freiwillig von der Rentenkasse bezahlt werden, wenn ich drin sitzen bliebe. Nein, es geht vielmehr um meinen Enkel Bastian und seine verheiratete Nachbarin". Ich kratzte mich nachdenklich am Kopf: „Aber dann verstehe ich nicht, warum Sie hier sind und nicht Ihr Enkel. Noch besser wäre, wenn die betreffende Dame hier säße. Die ist doch bestimmt die Genötigte. Oder wird etwa Ihr Enkel erpresst?" Er machte eine unsichere Handbewegung: „Es geht schon um die Dame. Dass sie nicht ins Licht der Öffentlichkeit gezerrt werden möchte, ist mit Hinblick auf ihren Ehegatten doch einigermaßen verständlich. Also hat sie meinen Enkel um Hilfe gebeten. Da der aber kaum Geld hat, und sich einfach nicht zu helfen wusste, ist er mit dem Problem zu mir gekommen. Ich habe jedoch nicht die geringste Lust, fünfzigtausend Euro von meinem sauer erarbeiteten Geld einem Erpresser in den Rachen zu werfen. Mein Enkel hat aber aus Rücksicht der Frau gegenüber darum gebeten, dass ich nicht zur Polizei gehen soll. Also bin ich hier". Ich dachte kurz nach: „Na gut. Aber ich brauche einige Informationen. Namen, Adressen, Gewohnheiten, Freunde, Feinde, und ganz besonders, in welchem Zimmer das Video aufgezeichnet wurde". Er nickte: „Also ich bin Eugen Habekost, mein Enkel ist Bastian Habekost, die Frau heißt, soviel ich weiß, Marianne Weber. Über irgendwelche Feinde weiß ich nichts. Und das Video wurde in der Junggesellenbude meines Enkels aufgenommen. Man sieht das an der Unordnung. Reicht das erstmal als Information, um den Erpresser zu ermitteln?" Ich zog ein Auftragsformular aus meinem Schreibtisch: „Etwas Geld werden Sie aber trotzdem ausgeben müssen. Mein Honorar beträgt nämlich zweihundert Euro pro Tag. Plus Spesen". Unbeeindruckt griff er zu meinem Kugelschreiber und unterzeichnete. Anschließend bot er mir an, mich mit seinem Wagen gleich zu seinem Enkel zu fahren.

Das Zimmer war tatsächlich recht unordentlich. Ich sagte aber nichts dazu. Bei mir zuhause wohnt nämlich auch nicht unbedingt ein Ordnungsfanatiker. Und wer im Glashaus sitzt, soll anderen keine Grube graben. Bastian Habekost saß mit gesenktem Kopf auf seinem Bett, während sein Großvater in der Tür stehengeblieben war, um meine Untersuchungen nicht zu behindern. Der Augenschein gab nicht viel her, deshalb nahm ich den Wanzensucher aus meinem Köfferchen. Also den für elektronische Wanzen. Es dauerte gar nicht lange, da hatte ich eine deutliche Quelle von elektromagnetischen Wellen entdeckt. In dem bunt gemusterten Lampenschirm der Stehlampe in der hintersten Zimmerecke, lauerte fast unsichtbar eine Minikamera. Ihre Linse war nicht größer als ein Zündholzköpfchen. Ich montierte das Teil ab und verkündete, mit meiner Beute erst einmal in aller Ruhe ein paar Analysen durchführen zu wollen. Dann ließ ich mich von Opa Habekost wieder zurück zu meinem Büro fahren.

Nachdem ich die Kamera vorsichtig zerlegt hatte, bedankte ich mich im Geiste bei dem arabischen Gelehrten Abu Ali al-Hasan Ibn Al-Haitham. Der soll nämlich im elften Jahrhundert das Vergrößerungsglas erfunden haben. Meine heutige Lupe war wahrscheinlich ein wenig größer als die damalige. Besser gesagt, sie war bestimmt riesig im Vergleich mit dem Original. Und sie war beleuchtet. Soll heißen, sie warf aus einer Reihe ringförmig angeordneten LEDs einen richtig schön hellen Schein auf die zu untersuchenden Objekte. Und darum sah ich auch, was ich erhofft hatte zu sehen. Eine süße kleine Seriennummer. Trotzdem waren die Zeichen noch so winzig, dass ich zusätzlich meine Uhrmacherlupe herauskramen und in eines meiner Augen stöpseln musste. Akribisch notierte ich die Bezeichnung aus Buchstaben und Ziffern auf einen Zettel, den ich dann sauber zusammengefaltet der Verantwortung meiner Brusttasche übergab.

Hartmut war über meinen Anruf nicht sehr begeistert. Zwar half er mir stets mit seinen Beziehungen, aber immer erst, nachdem ich ihn eindringlich daran erinnerte, dass er damals der Grund für meine Scheidung von Moni gewesen war. Und der Mistbolzen ließ sich obendrein jedwede Hilfe fürstlich bezahlen. So forderte er auch diesmal wie üblich einen Tausender. Mein Klient würde ganz schön spucken, wenn ich ihm später die Spesenabrechnung unter die Nase hielte. In der Gewissheit, das Hartmuts Nachforschungen einige Zeit dauern würden, begab ich mich in das Restaurant in der ersten Etage, um ausgiebig Abendbrot zu essen.

Ich war noch völlig verschlafen, als mich mein Handy mit seinem durchdringenden Klingelton in die Wohnstube rief. Augenreibend torkelte ich los, und knallte dabei natürlich mit der linken Schulter gegen den Türrahmen. Meine Arnika-Salbe würde sich bestimmt freuen, dass sie wieder etwas zu tun bekam. Als ich nach mehreren Versuchen mein Handy endlich entsperrt hatte, nannte mir Hartmut den Namen des Mannes, der diese vermaledeite Kamera in dem großen Elektronikmarkt unserer Stadt käuflich erworben hatte. Ein gewisser Herr Wysthermann. Dummerweise hatte Hartmut aber nicht dessen Adresse ermitteln können. Ich stellte meinen Hassfreund vor die Wahl, entweder die Adresse nachzuliefern, oder ich würde ihm nur die Hälfte der vereinbarten Summe zahlen. Er legte wütend auf, nachdem er mir ein vernichtendes Schimpfwort ins Ohr montiert hatte. Von Hartmut hatte ich also sehr wahrscheinlich nichts mehr zu erwarten. Deshalb rief ich schweren Herzens Erna Singmann an. Eine Frau mit Geschmacksverirrung, die seit langer Zeit scharf auf mich war. Aber sie arbeitete im Einwohnermeldeamt. Zwei Minuten später hatte ich zwei Adressen. Ich musste halt nur noch herausfinden, welcher von beiden die Kamera gekauft hatte. Bereits beim ersten wurde ich in der Mülltonne fündig. Da lag regungslos die aufgerissene Verpackung einer Mini-kamera. Ich liebe Verpackungen. Egal ob aus Plastik oder Pappe. Oder wie in diesem Fall aus beidem.

Da es sich um ein Einfamilienhaus handelte, würde sehr wahrscheinlich der Mann, der als nächstes heraus kam, mein Herr Wysthermann sein. Wenn man ins Internet schaut, kann man dort unter dem Terminus Observieren lesen: »Personen, Gebäude o. Ä. über einen längeren Zeitraum zu einem bestimmten Zweck beobachten«. Und ich beobachtete. Über einen längeren Zeitraum. Genauer gesagt, über einen verdammt langen Zeitraum. Als Hunger und Durst größer wurden als die Langeweile, startete ich mein Auto, um mich unverrichteter Dinge für heute zu verkrümeln. Als hätte das meine Zielperson gewusst, öffnete sich die Haustür, und ein groß gewachsener Mann mit einem ungepflegten, roten Bart ging schnellen Schrittes zu seinem Auto, um mit quietschenden Reifen loszubrausen. Ich hängte mich dran, und staunte nicht schlecht, als der Kerl an der Adresse von Bastian Habekost anhielt und ins Haus stürmte. Natürlich tappte ich hinterher. Der Mensch klingelte an der Wohnung, die gegenüber von Bastian lag, und wurde daraufhin auch schleunigst eingelassen. In mir keimte eine Idee, die es sofort zu überprüfen galt. Also klingelte ich bei Bastian. Er blickte mich erwartungsvoll an: „Haben Sie schon etwas erreicht?" Ich hob den Zeigefinger: „Mein Bester, ich bin gerade dabei. Kennst du den Ehemann deiner Bettgespielin?" Er verzog den Mund: „Hab ihn nur einmal gesehen. So ein großer mit einem roten Bart". Ich grinste: „Dann können wir getrost zur Polizei gehen. Deine Süße ist nämlich gar nicht verheiratet und wollte dich und deinen Opa bloß abzocken".

Kurz nachdem wir Anzeige erstattet hatten, durchsuchte die Polizei die Wohnung von Bastians Nachbarin. Sie stellte vier winzige Kameras und acht kompromittierende Filme sicher. Die Gute hatte mit ihrem Kaiser Rotbart zusammen schon einige junge Männer verführt, gefilmt und erpresst. Beide dürfen jetzt fünf Jahre lang auf Staatskosten leben. Opa Habekost hat zwar wegen meiner Spesenabrechnung recht deutlich geschnauft, aber schließlich hatte er ja durch mich auch fünfzigtausend fette Euros eingespart. Ich schnappte mir mein Honorar und trabte in den nächsten Supermarkt. Schließlich muss man einen gelösten Fall auch feiern. Eine kleine Flasche Sekt, sowie eine, in ein süßes Glasdöschen eingepferchte Portion Kaviar, wanderten in meinen Einkaufskorb. Zu Hause öffnete ich den Sekt, bekam aber die Kaviardose ums Verrecken nicht auf. Nun gibt es ja mechanische Haushaltshilfen, die bei so einem Problem hilfreich sein können. In meinem Fall ein Metallgerät, das neben zwei Griffen über mehrere fest montierte Ringe verfügt, die sich jedem Glasdeckel anpassen können. Man muss nur mit der nötigen Kraft die beiden Handgriffe zusammendrücken, dann öffnet eine leichte Drehbewegung jedes widerspenstige Glas. In der Theorie. In meinem Fall war die Theorie grau, aber die Praxis verheerend. Es gab ein gedämpftes Knacken, und zwischen den sündhaft teuren Fischeiern tummelten sich zu meinem Leidwesen unterschiedlich große Glassplitter. Ich hasse Verpackungen. Besonders wenn sie aus Glas sind.

Drei Ferkel

Nein, nein, nein! Kommt überhaupt nicht in Frage! Ich erzähle dir keine Märchen mehr. Du willst mich bloß wieder bei Mami anschwärzen, dass ich dir immer scheußliche Horrorgeschichten erzählen würde. Nein, das mit den glühenden Schuhen habe ich mir nicht ausgedacht. Das haben die Gebrüder Grimm genauso aufgeschrieben. Und die zwei kleinen Kinder haben keine unschuldige Frau verbrannt, sondern eine böse Hexe. Auch das haben die Gebrüder Grimm … Wieso sollen die pervers gewesen sein? Du hast in deinem Alter solche Wörter noch gar nicht zu kennen! Bitte? Lustige Märchen? Kenne ich nicht. Fiedler, Pfeiffer und Schlau? Wer soll das sein? Ist das eine Boy-Band? Schweine? Ach so, die drei Schweinchen. Ja, die Geschichte kenne ich. Na gut, ausnahmsweise. Also das war so: Es gab da eine alte Sau. Was? Ich bin nicht ordinär. Schon wieder so ein Wort. Woher kennst du solche Wörter. Ich? Sowas würde ich nie zu Mami sagen. Du lenkst ab! Willst du nun das Märchen hören, oder nicht? Ich kann auch gehen. Gut, gut! Ich erzähle ja. Also, bei Schweinen sagt man nun mal Sau zur Mutter. Es war also ein altes Mutterschwein. Zufrieden? Die hatte drei kleine Schweinchen. Eines Tages sagte sie, dass die drei ausziehen sollten, um sich jeweils ein eigenes Haus zu bauen. Das erste Schwein traf einen Bauern mit einem Strohballen und tauschte seine Borsten für das Stroh ein, um sich daraus ein Haus zu bauen. Borsten? Na ja. Das sind sozusagen die Haare von Schweinen. Nein, du musst das nicht. Menschen können sich Häuser bauen, ohne ihre Haare dafür herzugeben. Quark! Ich hatte schon vorher eine Glatze. Soll ich nun weitererzählen? Also gut! Das Schweinchen baute sich also ein Haus aus Stroh. Das zweite Schwein traf einen Mann mit einem Bündel Holz. Es gab dem Mann seine Borsten für das Holz, und baute sich daraus ein Haus. Wie bitte? Was weiß ich? Vielleicht war das Holzbündel derart riesig, dass man sich ein ganzes Haus daraus bauen konnte. Hä? Vielleicht hatte der Mann eben solche Muskeln, dass er so ein großes Bündel tragen konnte. Unterbrich mich nicht immer, sonst verliere ich den Faden. Was? Das sagt man eben so. Das hat nichts mit nähen zu tun. Kommen wir nun zum dritten Schweinchen. Das traf einen Mann mit einer Karre voll Ziegelsteine. Und frag mich nicht, ob eine Schubkarre voll Ziegel ausreicht, um ein Haus zu bauen. Schweinchen sind nun mal klein, und brauchen vielleicht auch nur ganz kleine Häuser. Und das dritte Schwein gab dem Mann auch seine … Ja doch! Seine Borsten. Bitte? Die Männer wollten sich halt Bürsten daraus machen. Mensch, das ist ein Märchen. Früher konnte man eben noch keine Bürsten im Supermarkt kaufen. Richtig, mein Schatz, das Leben war damals noch nicht so schön wie heute. Also, das dritte Schwein baute sich ein Steinhaus. Herrgott! Früher brauchte man eben keine Baugenehmigung. Und die drei Schweine hatten

111

vielleicht Architektur studiert, und konnten deshalb einfach so mir nichts dir nichts ein Haus entwerfen. Frag doch nicht immer so dumm! Nein, ich schimpfe nicht. Du sollst nur nicht immer dazwischen reden! Also weiter. Eines Tages kam der Wolf aus dem Wald, und klopfte an die Tür des Strohhauses vom ersten Ferkel. Ja, kleine Schweinchen heißen Ferkel. Das ist nichts Unanständiges. Und wenn dir Mami zehnmal erzählt hat, dass Wölfe in Rudeln leben, der hier war ein Einzelgänger. Das gibt es nämlich auch. Das kannst du deiner neunmalklugen Mutter ruhig mal sagen. Bitte? Nein, das Schweinchen hatte kein Gewehr. Und außerdem sind Wölfe gesetzlich geschützt. Nun sei still! Der Wolf klopfte also … Himmelkreuzdonnerwetter! Auch wenn man das nicht hört, kann man trotzdem an Stroh klopfen. Also der Wolf rief, dass ihn das Schweinchen ins Haus lassen sollte. Das wollte ihn aber nicht einlassen. Da trampelte, hustete und prustete der Wolf solange, bis das Strohhaus davonflog. Das Schwein hatte sich aber heimlich davongemacht, und war zu seinem Bruder ins Holzhaus geflüchtet. Bitte? Na vielleicht hatte es eine Hintertür. Was weiß ich, wie Strohhäuser konstruiert sind. Da lief der Wolf zum Holzhaus. Was denn nun schon wieder? Vielleicht hatte der Wolf mitbekommen, wohin das erste Schwein gelaufen war. Oder es war reiner Zufall, dass der Wolf das Holzhaus gefunden hat. Was soll das denn wieder heißen? Ich finde immer nach Hause, und nicht nur durch Zufall. Soll ich weiter erzählen? Der Wolf war also am Holzhaus, und begehrte Einlass. Aber die Schweinchen wollten ihn nicht hereinlassen. Da trampelte, hustete und prustete der Wolf solange, bis das Holzhaus zusammenbrach. Die zwei Schweinchen liefen aber zu ihrem Bruder ins Steinhaus. Ja, von mir aus, auch Holzhäuser können Hintertüren haben. Da ging der Wolf zum Steinhaus. Ja, meinetwegen, das war ein großer Zufall. Aber die Schweinchen wollten ihn nicht ins Haus lassen. Und der Wolf strampelte und trampelte, er hustete und prustete, aber er konnte das Haus nicht zusammenpusten. Da wurde er schrecklich zornig und wollte durch den Kamin ins Haus klettern. Mit Kamin ist der Schornstein gemeint. Ja, das hätte ich gleich sagen können. Also, das erste Schwein machte ein Feuer im Kamin, das zweite hängte einen großen Kessel über das Feuer und das dritte füllte den Kessel mit Wasser. Kurz darauf - das Feuer prasselte schon lustig und das Wasser brodelte - kam der Wolf den Kamin herunter und plumpste mitten in das heiße Wasser. Schnell deckten die drei kleinen Schweinchen einen Deckel darauf, und dann tanzten sie um den Kessel herum und freuten sich, dass der Wolf zu Tode gebrüht worden war. Bitte was? Ja, natürlich darf man das nicht machen, weil Wölfe gesetzlich geschützt sind. Gut, ich verspreche dir, die Schweine zu bestrafen. Ich werde ab sofort nur noch Schweinefleisch essen. Ja, Mami ist Vegetarierin, aber ich muss das nicht unbedingt nachmachen. Wenn Mami aus dem Fenster springt, dann muss ich ja auch nicht hinterherspringen. Ja gut, aber das war damals nur Spaß. Und es war Parterre. Bitte? Ja stimmt, Gemüse schmeckt auch gut. Man muss nur Hackfleisch und Sahne zugeben und das Ganze dann mit Käse überbacken. Und damit du es weißt, Vegetarier sind grausam.

Ein Schwein kann ja wegrennen, aber was macht so ein armer Salatkopf? Moment! Moment! Mami muss nicht unbedingt erfahren, was ich gerade gesagt habe. Du wirst das deshalb gefälligst für dich behalten, verstanden? Sonst erzähle ich dir nie wieder ein Märchen mit Schweinen!

Krank

Kommissar Riemer wurde energisch: „Kommt überhaupt nicht in Frage. Du bleibst gefälligst im Bett! Du hast neununddreißig Fieber". Kommissarin Frauke Wiegand entgegnete mit schwacher Stimme: „Ich habe nur ein Fieber, und nicht neununddreißig". Werner Riemers Tonfall blieb streng: „Und wenn du zehnmal Witze reißt, und auch wenn ich ein Mann bin, ich kann trotzdem Wäsche waschen. Außerdem ist Carla in etwa drei Stunden hier. Die kümmert sich nachher um alles, wenn ich zum Dienst muss. Und um deinen Mutterinstinkt zu beruhigen, Dennis ist durchaus in der Lage, sich um sein Töchterchen Ulrike zu kümmern, solange Carla bei dir ist".

Hauptkommissar Hohlbach thronte wie ein eitler König hinter seinem massiven Schreibtisch: „Tut mir leid, Riemer, aber ihre Lieblingspartnerin ist krank, Straubinger und Bohrmann sind an andere Fälle gebunden, und Kommissar Schimmler benötige ich persönlich. Sie müssen also mit Bierbach vorlieb nehmen, auch wenn Sie den

Kollegen nicht riechen können!" Kommissar Riemer grinste unverfroren: „So, so. Sie brauchen also unseren Kommissar Schimmler persönlich. Stehen Sie neuerdings etwa auf Männer?" Hohlbach lief rot an: „Was erlauben Sie sich? Sie reden mit einem Vorgesetzten". Riemer grinste weiter: „Dass Sie vor mir sitzen, das stimmt. Also sind Sie tatsächlich mein Vorgesetzter. Aber deshalb bin ich doch bestimmt nicht hier". Hohlbach holte tief Luft und atmete hörbar aus: „Über Ihre Frechheiten reden wir später! Jetzt nehmen Sie sich Bierbach und begeben sich ohne weitere dumme Bemerkungen in das Wohnhaus mit der Adresse Ulmenstraße sieben. Und das plötzlich! In der Wohnung des Ehepaars Schneidereit liegt ein Toter. Die gemeinsame Tochter hat angerufen. Also los jetzt!" Riemer machte auf dem Absatz kehrt, und brummelte beim Hinausgehen in einer gerade noch hörbaren Lautstärke: „Alle, deren Namen auf ‚bach‘ enden, sollten nicht in dieser Dienststelle sein".

Bereits im Dienstwagen passierte das, was Kommissar Riemer von Anfang an befürchtet hatte. Sörenfried Bierbach ließ eine Tirade dummer Sprüche los. Beginnend mit „Warum kommt ein Handwerker nicht in den Himmel? Weil er die Anfahrt extra berechnet", über „Treffen sich zwei Kannibalen. Fragt der eine: Wo willst du mit dem Skelett hin? Sagt der andere: Zur Leergutannahme!" bis hin zu „Humor ist wie Nahrung. Nicht jeder besitzt genügend davon". Schließlich platzte Riemer der Kragen: „Halt endlich die Klappe, oder ich fahre absichtlich gegen den nächsten Baum!" Am Zielort stand bereits ein

Streifenwagen vor der Tür. Eine junge Frau saß wie erstarrt auf dem Rücksitz. Beim Aussteigen rümpfte Riemer die Nase und deutete auf die andere Straßenseite: „Schau dir diesen Mist an. Da hat einer eine illegale Müllkippe angelegt. Direkt an einer Bushaltestelle. Ich werde gleich morgen das Ordnungsamt anrufen". Als die beiden an der Wohnung ankamen, war bereits ein Uniformierter dabei, die Tür mit Flatterband abzusperren. Kommissar Riemer zückte seinen Dienstausweis: „Sehe ich das richtig, dass die Frau unten im Wagen die Tochter ist?" Der Streifenpolizist nickte. Riemer steckte den Ausweis wieder ein: „Dann bringen Sie bitte das Mädel auf unsere Dienststelle! Ich werde sie später noch verhören. Und wo ist die Ehefrau des Opfers?" Der Beamte riss das Ende des Flatterbandes ab und steckte umständlich die Rolle ein: „Die wurde benachrichtigt. Sie ist Laborantin und zurzeit auf Arbeit. Sollte demnächst hier eintreffen". Riemer bedankte sich und tauchte unter der Absperrung durch, gefolgt von Bierbach. Während Riemer den Toten in Augenschein nahm, blickte sich Bierbach aufmerksam in der Wohnung um. In der Küche schnüffelte er an einer Tasse, die in der Spüle stand. Dann ging er zurück und deutete auf den Toten: „Die seltsame Stellung der Beine lässt darauf schließen, dass ihn langsam die Kraft verlassen hat, und die Hand auf der Brust deutet auf Atemversagen hin. Es gibt hier mehrere Bücher über Pflanzenkunde. Außerdem habe ich einen leichten Geruch von Mäuseurin in der Küche wahrgenommen. Ergo wurde der Mann vergiftet. Das Gift war garantiert ein Alkaloid einer Pflanze aus der Familie Apiaceae. Aufgrund des

Geruchs tippe ich nämlich mal ganz stark auf Schierling". Kommissar Riemer verzog spöttisch den Mund: „Das sind ziemlich voreilige Schlüsse. Sei froh, dass die Mertens das nicht gehört hat!" Im gleichen Moment fragte eine weibliche und recht streitsüchtige Stimme hinter ihm: „Was soll die Mertens nicht gehört haben?" Kommissar Riemer fuhr herum. Hinter ihm stand die Gerichtsmedizinerin Dr. Martina Mertens. Eine äußerst schlanke Frau, die neben dem adipösen Riemer wirkte, wie ein Zahnstocher neben einem Medizinball. Die Frau stellte den Koffer mit ihren Arbeitsutensilien ab: „Hat unser Freund Bierbach wieder einmal Forensiker gespielt?" Riemer bestätigte: „Der Nervzwerg glaubt tatsächlich, den Fall schon gelöst zu haben". Die Pathologin kniete sich neben die Leiche: „Irgendwann stoße ich dem Kerl mein Skalpell in die Rippen!" Sörenfried Bierbach rief empört: „He! Leute! Ich kann euch hören. Ich stehe nämlich hier". Keiner beachtete seinen Protest.

Werner Riemer blickte beruhigt auf das Fieberthermometer: „Siehst du, nur noch achtunddreißig. Meine aufopfernde Pflege wirkt schon". Frauke Wiegand rang sich ein Lächeln ab: „Du meintest doch sicher Carlas aufopfernde Pflege. Du warst ja den ganzen Tag nicht da". Kommissar Riemer legte das Thermometer vorsichtig auf den Nachttisch: „Kunststück! Da hat jemand einen Mann vergiftet, und nach meiner unmaßgeblichen Meinung wird er im Gegensatz zu dir nicht wieder gesund. Da ist es nun mal die Pflicht von einem Kriminalkommissar, sich so eines Falles anzunehmen. Irgendetwas sagt mir übrigens, dass du, als recht erfolgreiche Kommissarin, diesen Umstand durchaus nachfühlen kannst". Frauke richtete sich etwas auf: „Quatsch keine Opern! Mach mir lieber einen Tee! Carla hat die Teedose schon neben den Wasserkocher gestellt, bevor sie gegangen ist. Und danach hilfst du mir aufzustehen und zur Toilette zu gehen. Ich bin nämlich noch ganz schön wacklig auf den Beinen. Anschließend, während ich meinen Tee schlürfe, erzählst du mir etwas von deinem Fall. Mein Tag war bisher nämlich langweilig genug".

Kommissar Riemer saß vor seinem Dienstcomputer und tippte das bisher Bekannte in die Fallakte Schneiderei. Die Gerichtsmedizinerin hatte bestätigt, dass der Tod durch eine Vergiftung mit Schierling erfolgt war. Die Untersuchung der Pflanzen-DNA ergab, dass das Kraut von der wilden Müllhalde stammte, welche gegenüber der Wohnung des Toten angelegt worden war. Laut Aussage von Doktor Martina Mertens erfolgt der Tod bei einer derartigen Vergiftung durch Atemlähmung eine halbe bis fünf Stunden nach der Einnahme. Die Konzentration des Giftes sowie Gewicht und Konstitution des Mannes ließen den Schluss zu, dass man ihm grob geschätzt drei Stunden vor seinem Ableben das Gift verabreicht haben musste. Die Nachbarn hatten bei ihrer Befragung durch Kommissar Bierbach erwähnt, gelegentlich einen Streit der Eheleute Schneiderei mitbekommen zu haben. Aber keiner hatte genau verstehen können, worum es dabei ging. Also erhärtete sich der Verdacht, dass die Ehegattin die Mörderin war, zumal sie auch noch in einem Bio-Labor arbeitete.

Die Frau saß in sich zusammengesunken und scheinbar teilnahmslos auf ihrem Stuhl. Sie antwortete weder auf Riemers noch auf Bierbachs Fragen. Kommissar Riemer entschied, dass sie zunächst einem Psychologen vorgeführt werden müsse. Die Tochter Eva war etwas redseliger, obwohl sie sich die ganze Zeit Tränen aus den Augen wischte: „Ja, stimmt. Ich habe meinen Vater gefunden. Meine Internatsferien haben heute angefangen, und ich war gerade mit dem Bus angekommen. Da habe ich dann gleich die Rettungsleitstelle angerufen". Sörenfried Bierbach kratzte sich nachdenklich am Kinn: „Gleich? Sie haben ihren Vater also nicht berührt?" Das Mädchen begann zu stottern: „Nein … also ja, ich habe versucht seinen Puls zu ertasten, habe aber nichts gefühlt".

„Siehst du, nun kannst du schon aufstehen. Und wie ich sehe, bis du auch gar nicht mehr wacklig auf den Beinen. Soll ich dir was Schönes kochen?" Frauke Wiegand lächelte: „Das lass mal lieber. So ein guter Koch bist du dann auch wieder nicht. Vielleicht mit Ausnahme deiner berühmten Buletten. Außerdem habe ich auch noch keinen rechten Appetit. Weißt du, es ist schon seltsam. Ich meine das mit diesen Krankheiten. Jetzt geht's mir ja schon wieder einigermaßen gut. Aber zu Anfang wäre ich am liebsten gestorben. Kann ich mir im Nachhinein gar nicht mehr vorstellen. Ich frage mich nur, wie es Menschen geht, die leider chronisch krank sind". Werner

Riemer strich zärtlich über ihre Wange: „Ein Vorschlag, du sagst mir trotzdem, was du gern essen möchtest, und ich …" Frauke unterbrach ihn: „Du sollst doch nicht kochen!" Kommissar Riemer protestierte vehement: „Schatz, du musst mich auch mal ausreden lassen! Ich wollte doch nur sagen, dass du einen Wunsch äußern sollst, und ich werde dann den Lieferdienst anrufen".

Kommissar Bierbach saß vor Riemers Schreibtisch: „Und wie geht es nun in dem Fall weiter?" Werner Riemer blickte auf: „Du bist doch der neunmalkluge Streber von uns beiden. Sag du es mir! Ich habe auch noch andere Sorgen. Meine Beste war nämlich krank. So krank, dass sie am liebsten gestorben wäre. Ich …" Er unterbrach sich selbst und sprang auf: „Ich bin ein Rindvieh! Wir haben doch überhaupt nicht geprüft, ob der Tote vielleicht unheilbar krank war, und deshalb Suizid verübt hat. Schließlich war seine Frau seit Stunden in ihrem Labor gewesen, und konnte ihn entsprechend des Todeszeitpunktes sowie der Wirkzeit des Giftstoffs gar nicht vergiftet haben. Und das Alibi der Tochter ist auch hieb- und stichfest. Mehrere Mitschülerinnen saßen mit ihr zusammen in dem Bus. Und über Selbstmord hat keiner nachgedacht. Nicht einmal so ein Genie wie du. Ich rufe jetzt auf der Stelle die Mertens an. Die soll den Kerl nochmal auf irgendwelche Krankheiten untersuchen!" Bierbach schüttelte den Kopf: „Tu's nicht! Die Mertens reißt dir die Rübe ab. Glaubst du wirklich, dass so eine versierte Gerichtsmedizinerin eine potenzielle Krankheit nicht schon längst ermittelt hätte? Also beleidige bitte nicht ihre Intelligenz!" Kommissar Riemer setzte sich langsam wieder hin: „Und was machen wir dann? Hast du eine Idee?"

Als Kommissar Riemer in die Wohnstube trat, strahlte ihn Frauke Wiegand förmlich an: „Schau her, mein Gutster, mir geht's wieder blendend. Und Hunger habe ich auch. Wie wäre es mit ein paar herrlich braun gebratenen Buletten von meinem Meisterkoch?" Riemer antwortete nicht, sondern setzte sich mit finsterer Miene aufs Sofa. Frauke nahm erstaunt auf seinem Schoß Platz: „Dir muss ja eine Riesenlaus über die Leber gelaufen sein. Was ist los?" Der Kommissar knurrte: „Dieser windige Bierbach hat schon wieder einen Fall gelöst. Er hat den Arzt des Verstorbenen aufgetrieben, und von dem erfahren, dass der Tote zu Lebzeiten an schweren Depressionen litt. Daraufhin hat mein Freund Sörenfried, natürlich ohne mich zu benachrichtigen, die Tochter noch einmal verhört. Und zwar solange, bis das Mädel zugegeben hat, den Abschiedsbrief ihres Vaters auf die Seite gebracht zu haben. Sie wollte faktisch ihre Familie vor einer Schande bewahren". Frauke gab ihrem Werner einen Schmatz auf die Wange: „Na und? Freue dich einfach für ihn! Deine Aufklärungsrate kann der Mensch doch trotzdem nicht erreichen". Riemer blickte zur Seite: „Das Schlimme ist nur, dass das Bürschchen zum zweiten Mal dem Alten erzählt hat, dass nicht er, sondern angeblich ich den Fall aufgeklärt hätte. Nur um sich bei mir einzuschmeicheln. Jetzt habe ich ein schlechtes Gewissen, und dieser hinterhältige Mensch hat auch noch etwas bei mir gut. Ich hasse den Kerl!" Frauke zog Riemers Gesicht zu sich heran: „Von mir aus! Solange du nicht mich hasst! Mir geht es nämlich inzwischen so gut, dass ich es tatsächlich gar nicht gut fände, wenn du mich heute Nacht hassen würdest, mein dicker Schatz!" Am nächsten Tag entschuldigte Kommissar Riemer lächelnd seinen verspäteten Dienstantritt mit einem angeblichen Defekt seines alten Weckers.

Ella

Irgendwie war ich guter Laune. Warum auch immer. Frohgemut wollte ich die Wohnung verlassen, als unerwartet ein kleiner Klick ertönte. Nur so ein kleines, kaum hörbares Klicken. Wie ich leidvoll erkennen musste, rührte das Geräusch von einer winzigen Schraube her. Eine kleine Madenschraube, die einstens in meine Türklinke gehörte. Dieses Metallschräubchen hatte bisher die Klinke auf einem Vierkant gehalten. Nun hielt ich die Klinke, und zwar einsam in der Hand. Der zugehörige Vierkant ragte jetzt provokativ aus der Tür, und schien mich blöde anzuglotzen. Mein Versuch, die Klinke wieder aufzustecken, bewirkte, dass der Vierkant bis auf ein kleines Stummelchen nach außen geschoben wurde. Nun kann man ja ein solch kleines Metallstück auch mit einer Zange bewegen. Das Problem war nur, dass sich mein Werkzeugkasten auf der anderen Seite der Tür befand. Ich versuchte das Ding mit der Kraft meiner Hände zu überreden, die Pforte zur Freiheit freundlichst zu öffnen. Komplette Fehlanzeige. Nun bin ich nicht unbedingt unsportlich, und an meinem Fenster führte das Rohr der hauseigenen Dachrinne vorbei. Für mich also ein Leichtes, zwei Stockwerke nach unten zu klettern, die Treppe nach oben zu nehmen, und dann meine Tür von außen zu öffnen. Es dauerte länger als eine halbe Stunde, den Streifenpolizisten davon zu überzeugen, dass ich kein Einbrecher war. Dann kam er mit in meine Wohnung und begutachtete meine Papiere. Bevor er ging, behielt er sich noch vor, meine Angaben auf seinem Revier gewissenhaft zu überprüfen. Ich kramte den Sekundenkleber aus meiner Küchenschublade, ertränkte das kleine Schräubchen darin, und schraubte das Ding nach dem Aufstecken der Klinke möglichst fest in diese ein. Wahrscheinlich wäre nun die kleine Madenschraube das Einzige, was auch noch nach einem Atomschlag sicher an seinem Platz verankert wäre. Natürlich habe ich niemandem von diesem kleinen Zwischenfall erzählt. Es wäre ja auch viel zu blamabel für einen Privatdetektiv.

Der Tag begann wie fast jeder andere. Ich kleckerte beim Frühstück, fuhr ins Büro, trank einen kleinen Schluck Bourbon, öffnete um zehn meine Tür für den Publikumsverkehr, langweilte mich zu Tode, ging in das Restaurant im Erdgeschoss um Mittag zu essen, und langweilte mich danach weiter. Kurz vor Feierabend betrat ein älterer Herr meinen Ort der Ruhe. Er trug ein dunkelgrünes Hemd mit einer Art Abzeichen darauf, dass einen Rehbock oder vielleicht auch einen jungen Hirsch darstellte.

Seine schlohweiße Haarpracht ließ bei mir jede Menge Neid aufkeimen, da sich an meinem Hinterkopf schon langsam so etwas wie eine Tonsur breitmachte. Bevor ich noch etwas sagen konnte, räusperte er sich umständlich und fragte: „Kann ich absitze? Ich meine, darf ich mich hinsetzen? Sie müssen wissen, ich habe mal eine kurze Zeit in der Schweiz verbracht. Hierzulande heißt absitzen ja wohl, dass man eine gewisse Zeit widerwillig an einem bestimmten Ort einfach absitzt". Ich zeigte amüsiert auf den Besucherstuhl: „Sitzen Sie ab! Übrigens sagte man absitzen auch während meiner Armeezeit, wenn wir von der Ladefläche eines LKWs herunterspringen sollten. Darf ich im Übrigen jetzt erfahren, was Sie zu mir geführt hat?" Er kratzte sich mit dem Zeigefinger verlegen an der rechten Wange: „Es ist wegen Ella. Ella ist übrigens keine Frau, falls Sie das denken. Na ja, eigentlich schon. Sie ist eben weiblich. Aber sie ist ein Hängebauchschwein. Und nun ist sie weg. Ich bin verantwortlich für die Schweine, seit Erwin nicht mehr da ist. Und ich habe wegen Ellas Verschwinden von unserem Chefpfleger eine dicke Abmahnung bekommen. Ach so, das habe ich ja noch gar nicht gesagt. Ich bin Tierpfleger in dem kleinen Zoo am Stadtrand. Das will ich nicht auf mir sitzen lassen. Also die Abmahnung. Ich kann doch nicht ständig nur in dem Gehege sitzen und aufpassen. Schließlich muss ich ja auch mal in der Futterküche die Nahrung für meine Lieblinge zusammenstellen. Das Seltsame ist dabei, dass Ella am helllichten Tag verschwunden ist. Über die Umzäunung kann sie wahrscheinlich niemand gehoben haben, denn Ella hat letzthin

70 kg auf die Waage gebracht. Außerdem hätte man bestimmt meilenweit ihr Quieken hören können. Hinter der ganzen Sache muss garantiert einer von uns stecken. Irgendwer muss Ella die Tür geöffnet haben. Wahrscheinlich um mir eins auszuwischen. Aber ich kann mir überhaupt nicht vorstellen, wer das sein sollte". Ich dachte kurz nach: „Ist so etwas oder so etwas Ähnliches schon einmal in Ihrer Laufbahn vorgekommen? Oder vielleicht eine andere ungewöhnliche Sache?" Er schüttelte nur bedauernd den Kopf. Ich fuhr fort: „Zum ersten, wenn ich in diesem Fall ermitteln soll, muss ich mir alles genau anschauen. Meinen Sie nicht, dass das jemandem im Zoo sehr schnell auffallen würde? Zum zweiten, verdienen Sie denn als Tierpfleger wirklich dermaßen viel, dass Sie mich bezahlen können? Soviel ich weiß, bekommt Ihre Berufsgruppe weniger als 2000 Euro im Monat, und ich verlange schonmal zweihundert am Tag". Er machte große Augen: „Donnerwetter! Da verdienen Sie ja in zehn Tagen genauso viel wie ich in einem ganzen Monat. Ich habe scheinbar den falschen Beruf. Vielleicht sollten wir tauschen!" Ich lächelte hinterhältig: „Es gibt auch viele, viele Monate im Jahr, in denen ich genau Nullkommanix verdiene. Wollen Sie jetzt immer noch mit mir tauschen?" Er kratzte sich erneut an der Wange: „Vielleicht könnten wir ausmachen, dass ich Ihnen ein Erfolgshonorar zahle. Also halt nur, wenn Sie Ella gefunden haben. Was meinen Sie? Wissen Sie, ich stehe kurz vor meiner Pensionierung. Als ich damals angefangen habe, war das Tote Meer noch krank. Ich bin nämlich seit siebenundvierzig Jahren im Beruf. Aber meine Rente

wird nicht gerade eklatant hoch sein. Da muss ich mir mein Geld schon irgendwie einteilen. Und was das Herumschnüffeln vor Ort angeht, da sucht unser Zoo gerade einen neuen Tierpfleger, weil Erwin, mein Vorgänger, zu einem anderen Tierpark gewechselt ist. In der Nähe seiner neuen Lebensgefährtin. Da aber kaum einer in so einem kleinen Zoo wie dem unseren arbeiten will, würden Sie sofort die Stelle bekommen, falls Sie sich bewerben. Wissen Sie, Tierpfleger brauchen keine besondere Ausbildung, auch wenn das hin und wieder verlangt wird". Ich weiß zwar nicht, welcher Teufel mich in diesem Moment geritten hat, aber ich war einverstanden.

Der Cheftierpfleger musste früher einmal beim Militär gewesen sein. Er baute sich vor mir auf, wie ein Hauptfeldwebel vor seiner Kompanie: „Ich weiß zwar nicht, was dich Nulpe dazu bewogen hat, hier bei uns zu arbeiten, aber etwas kann ich dir versprechen! Ich werde dir ganz genau auf die Finger schauen! Schließlich ist das kein Ponyhof, auch wenn wir hier drei Ponys haben. Und wenn du auch nur den allerkleinsten Fehler machst, wirst du gefeuert! Ist das klar?" Ich versuchte so gut es ging seinen Tonfall nachzuahmen: „Und ich werde dich Pfeife meinerseits genau beobachten. Die kleinste Unregelmäßigkeit von dir, und ich schwärze dich beim Zoodirektor an. Wir wollen doch mal sehen, wer hier zuerst gefeuert wird!" Inzwischen hatte ich alle Muskeln angespannt, denn ich argwöhnte, dass mir der Mensch augenblicklich an die Gurgel gehen würde. Aber es passierte genau das Gegenteil. Er klopfte mir auf die Schulter: „Junge, du hast wenigstens einen Arsch in der Hose. Das gefällt mir. Du bist hier genau richtig. Aber trotzdem wirst du zunächst mit niederen Arbeiten anfangen, und dich langsam hocharbeiten. Deshalb beginnst du am besten mit ausmisten. Unser Ponystall hat das dringend nötig. Also vorwärts!" Dann trabte er davon, ohne sich noch einmal umzudrehen. Ich hatte in einem anderen Zusammenhang schon einmal ein paar Tage in einem Tierpark abgerissen. Aber so einen vollgeschissenen Stall hatte ich noch nie vor Augen gehabt. Die Masse, die ich im Laufe des Tages nach draußen expedierte, hätte locker ausgereicht, die kompletten Agrarflächen unseres Landes für zwei Jahre zu düngen. In der Mittagspause saßen wir Pfleger alle an einem großen Tisch. Das war für mich die Gelegenheit, meine neuen Kollegen zum Zwecke des sogenannten Einstands für den Abend in die Kneipe einzuladen. Da ja Alkohol bekanntermaßen die Zunge löst, hoffte ich bei der Gelegenheit die eine oder auch die andere Information aufzuschnappen. Hoffentlich würde ich Ella auch finden, und zwar möglichst bald, damit ich die Zeche im Rahmen des Spesenplans meinem Klienten in Rechnung stellen konnte.

Am nächsten Tag hatte ich einen bärischen Muskelkater. Ich beschloss daraufhin, die Mitgliedschaft in meinem Fitnesscenter zukünftig nicht nur passiv zu nutzen. Es sollte normalerweise einem gestandenen Mann keine Schmerzen bereiten, wenn er sein Brötchen zum Mund führt. Wahrscheinlich war es meinen gequält langsamen Bewegungen zuzuschreiben, dass ich an diesem Morgen beim Frühstück nicht kleckerte. Die Arbeit im Zoo war zum Glück an dem Tag nicht besonders anstrengend. Mit dem Lieferwagen bei zwei Bauern Stroh holen, und das Zeug in einigen Gehegen zu verteilen, kam mir bei meinen gefolterten Muskeln sehr entgegen. Außerdem kam mir auch noch etwas anderes entgegen. Nämlich der Rechen, den ich übersehen hatte, und auf dessen Zinken ich getreten war. Aber die kleine Beule war zu meinem Glück unter dem Haaransatz verborgen, und so kam es Gottseidank zu keinen spöttischen Bemerkungen seitens meiner Kollegen. Da ich am Abend zuvor in der Kneipe so gut wie keine Hinweise ergattern konnte, hatte ich mir ein paar schnuckelige Elektronikkleinigkeiten aus meinem Fundus mitgebracht. Als Mitarbeiter hatte ich anstandslos Zutritt zu allen Räumlichkeiten. Natürlich weiß ich, dass das Anbringen von Wanzen illegal ist. Laut § 201 StGB kann das fünf schmucke Jahre einbringen. Man hätte mich also durchaus rechtlich belangen können, aber halt nur, wenn ich erwischt worden wäre. Zwei Tage später hatte ich dann meine Spielzeuge wieder abgebaut. An diesem Abend hörte ich mir äußerst gewissenhaft alle Aufzeichnungen an. Schon bei der dritten schlich sich ein freudiges Leuchten in meine Augen.

Beim Anblick meiner Pistole bekam der vor mir stehende Kerl weiche Knie, und musste sich setzen. Er suchte stotternd nach einer guten Ausrede: „Ich … ich meine wir … wir … also das ist kein Grund zum Schießen. Es ist so, einige von uns waren Freunde von Erwin. Und Erwin hat morgen Geburtstag. Ella war doch seine Lieblingssau.

Wir wollten ihm lediglich in Anwesenheit von Ella gratulieren. Und da wir nicht genau wussten, ob wirklich alles am Tag der Feier funktioniert, oder ob wir vielleicht nicht doch erwischt werden, haben wir die Entführung schon ein paar Tage vorher durchgeführt. Sicher ist eben sicher. Und Ella geht es gut. Sie befindet sich zurzeit im Stall meines Bruders. Der ist Schweinezüchter. Zugegeben, es war Blödsinn, aber der Direktor hätte uns nie erlaubt, Ella auf legalem Weg zu Erwin mitzunehmen. Das ist doch bestimmt kein Grund, mich zu erschießen, oder?" Ich steckte meine P2000 wieder zurück in den Holster: „War sowieso nicht geladen". Er war sichtlich beruhigt, aber ich hatte ein schlechtes Gewissen, weil ich schon wieder gelogen hatte. Nach kurzem Reinemachen in meinem Hirn, kam ich zu dem Schluss, dass ich den Fall durchaus noch einen Tag ruhen lassen konnte. Nach der Geburtstagsfeier wäre Ella einfach wieder da, ich hätte meinen Auftrag erfüllt, und konnte abkassieren. So kam es dann auch.

Als der Cheftierpfleger erfuhr, dass ich eigentlich Privatdetektiv bin, war er sichtlich erfreut, dass ich meinen Job so schnell wieder aufgeben wollte. Alle anderen waren äußerst froh, dass Ella wieder da war, ohne dass man einen von ihnen für das Verschwinden zur Rechenschaft ziehen konnte. Schließlich bin ich an die Schweigepflicht gebunden. Falls ich will. Alles wäre richtig gut gewesen, wenn sich nicht einer meiner ungeschickten Füße beim Verlassen des Zoos erneut auf diesen dreimal beschissenen Rechen verirrt hätte.

Ordnung muss sein

Es war dunkel geworden, und die Hitze des Tages hatte glücklicherweise etwas nachgelassen. An dem altehrwürdigen Eisengeländer der Brücke waren neuerdings alle zwanzig Meter moderne Lampen angeschweißt worden. Unter dem nachgerüsteten Handlauf aus Edelstahl verliefen unsichtbar die dafür benötigten, elektrischen Leitungen. Edgar wusste, dass diese Kabel dort waren. Er hatte sie selbst verlegt. Damals, als er noch eine eigene Firma besaß. Seit dem Konkurs war er in dem Betrieb seines ehemaligen Konkurrenten als Elektromonteur angestellt. Sein Bruder meinte zwar, dass er sich damit ziemlich erniedrigen würde, aber er hatte die Stellung ganz bewusst angenommen. Er wollte seinem Widersacher auf die Schliche kommen. Wie konnte es sein, dass der Kerl immer und immer wieder bei den Ausschreibungen zehn Prozent unter das Angebot von Edgars Firma gehen konnte? Da war etwas faul, sogar oberfaul. Bei den herrschenden Materialpreisen hätte der Mensch zwangsläufig bei allen Aufträgen Minus machen müssen. Wie also finanzierte er seinen Betrieb? Wo kaufte er ein, und wo kam das Geld für seine Arbeiter her? Edgar hoffte, wenn er nur lang genug in dem Unternehmen arbeiten würde, dann käme er schon noch dahinter. Er hatte bereits die ersten Versuche unternommen, mit der Sekretärin des Chefs anzubandeln. Sie galt als das, was man eine graue Maus nennt, und sie hatte einen Ordnungs-Tick. Edgar dachte, gerade diese Umstände sprächen dafür, die Frau letztendlich umgarnen zu können. Die anderen

Männer waren nämlich davon bisher nicht gerade begeistert gewesen. Während er gemächlich über die Brücke schlenderte, schweifte sein Blick nach oben. Von dem hellen Licht magisch angezogen, kreisten unzählige Mücken aufgeregt um die Leuchtmittel herum. Das wussten auch die hungrigen Spinnen, die alle Laternen mit ihren Netzen verkleistert hatten. So ist es halt im Leben; der Stärkere frisst den Schwächeren. Das wird sich auch in der Natur nicht ändern. Aber vielleicht im Elektro-Business. Es begann zu nieseln. Edgar beschloss, seinen Spaziergang schleunigst zu beenden.

„Hallo Rosi!" Edgar Gruber schloss schwungvoll die Tür hinter sich. Die Sekretärin blickte unfreundlich auf: „Ich heiße Rosa und nicht Rosi. Das habe ich dir schon einmal gesagt". Edgar setzte sich lässig mit einer Pobacke auf die Schreibtischkante: „Entschuldige bitte zehnmal, liebste Rosa!" Die Frau stieß einen spitzen Schrei aus: „Pass doch auf! Du hast den Kugelschreiber verrutscht. Der liegt jetzt nicht mehr parallel zu den Bleistiften". Sie korrigierte kopfschüttelnd die Lage des Schreibgerätes: „Schließlich muss alles seine Ordnung haben!" Edgar rutschte vom Schreibtisch herunter: „Wäre es dann in Ordnung, wenn ich dich für morgen Abend ins Kino einladen würde?" Über Rosas Gesicht huschte ein flüchtiges Lächeln: „Aber nur, wenn ich auf einem Platz mit gerader Nummer sitzen darf!" Edgar versuchte ebenfalls zu lächeln: „Bei mir darfst du einfach alles!"

Das Kino war nicht besonders gut besetzt, und so war es kein Problem, für Rosa einen Sitzplatz mit gerader Nummer zu finden. Bevor sie sich setzte, zog sie ein Feuchttuch aus ihrem Täschchen, und wischte die Armlehnen ab. Als dann Edgar seinen Arm um sie legen wollte, zuckte Rosa zurück: „Bitte nicht, meine Bluse könnte verrutschen!" Nach der Vorstellung schlug Edgar vor, zusammen noch einen Kaffee zu trinken. Hätte er geahnt, dass Rosa nicht nur auf dem Tisch, an dem sie saßen, sondern auch noch auf den beiden Nachbartischen das aufgelegte Besteck akkurat ausrichtete, dann hätte er aller Wahrscheinlichkeit nach auf das Kaffeetrinken verzichtet.

Es waren inzwischen vierzehn Tage vergangen, und Edgar war seinem Ziel nicht einen einzigen Deut näher gekommen. Rosa plauderte einfach nichts relevantes aus, und direkt zu fragen verkniff sich Edgar lieber. Bestimmt wäre Rosa dann misstrauisch geworden. Langsam war aber Edgar mit seinem Nervenkostüm so gut wie am Ende. Bei der letzten Verabredung zum Essen hatte Rosa, sehr zum Missfallen des Servicepersonals, die Servietten und die Menükarten auf dem kleinen Beistelltisch des Obers minutenlang geordnet. Edgar wusste langsam nicht mehr, wie er zu seinen ersehnten Informationen gelangen sollte. Er beschloss, alles auf eine Karte zu setzen. Mit einer Flasche Champagner und einem Blumenstrauß in der Hand, klingelte er eines Abends an Rosas Tür. Er wollte sogar in den sauren Apfel beißen, und zur Not mit Rosa schlafen. Nachdem die Frau die Tür geöffnet hatte, blickte sie Edgar lange an. Dann bat sie ihn herein. In der Wohnung sah es tatsächlich so aus, wie es sich Edgar im Vorfeld ausgemalt hatte. Alles, aber auch alles, was sich in der Wohnung befand, war akkurat im rechten Winkel ausgerichtet. Rosa legte ihm Besucherpantoffeln vor die Füße. Natürlich richtete sie dieselben absolut parallel zueinander aus. Dann forderte sie ihren Gast zum Sitzen auf, und holte eine Vase. Sie steckte die Blumen Stängel für Stängel einzeln in das schlanke Gefäß. Nach der sechsten hörte sie auf, nahm die letzte Blume und brachte sie in die Küche, um dort die unschuldige Pflanze in den Abfall zu stopfen. Dann kam sie zurück und sagte als eine Art Entschuldigung: „Es waren sieben Blumen. Eine ungerade Anzahl. Ich mag nur gerade Zahlen". Edgar öffnete die Flasche: „Dann bring uns doch bitte zwei Gläser! Zwei ist nämlich eine gerade Anzahl". Als die Flasche leer war, wurde Rosa etwas lockerer. Edgar gedachte diese Tatsache auf der Stelle auszunutzen. Er knöpfte ihr die Bluse auf, und sie ließ es geschehen. Als er ihr aber dann das Kleidungsstück endgültig ausgezogen hatte, und es auf den Boden warf, schob sie Ihn mit einem spitzen Schrei von sich weg, hob die Bluse auf und legte sie ordnungsgemäß zusammen. Edgar kapitulierte: „Ich gebe auf! Ich kann das einfach nicht mehr". Er ließ sich rücklinks in seinen Sessel fallen. Rosa nahm zögerlich die Bluse wieder an sich, und zog sie über: „Was kannst du nicht? Was läuft hier?" Edgar ließ den Kopf hängen und blickte starr zu Boden: „Du wirst mich jetzt hassen, aber ich habe deine Bekanntschaft nur gesucht, um dich aushorchen zu können. Ich weiß, dass in der

Firma krumme Dinger gedreht werden, kann es aber nicht beweisen. Also brauche ich einfach mehr Informationen. Und die hoffte ich von dir zu bekommen. Jetzt kannst du mir getrost eine knallen!" Rosa setzte sich ebenfalls: „Ich bin nicht gewalttätig. Und ich bin dir seltsamer Weise auch nicht böse. Schließlich hast du es länger ausgehalten als alle anderen. So oft ist noch nie einer mit mir ausgegangen. Und was die Informationen angeht, da hättest du mich bloß fragen brauchen. Ich sage dir alles, was du wissen willst. Und wenn du nach Feierabend in mein Büro kommst, dann können wir auch die Akten durchsehen". Und so kam es, dass sich Edgar kopfschüttelnd auf den Heimweg machte, während er sich in einem Selbstgespräch selbst als Trottel beschimpfte. Und zwar deshalb, weil er über Wochen hinweg einen riesigen Aufwand betrieben hatte, wo nur eine einzige Frage von Nöten gewesen wäre.

Nach der Gerichtsverhandlung wurde die Firma wegen Geldwäsche im großen Stil geschlossen, und der Chef umgehend verhaftet. Neben vielen ehemaligen Angestellten standen nun aber auch Rosa und Edgar auf der Straße. Trotzdem kam es beiden wie ein persönlicher Sieg vor. Edgar lud deshalb die ehemalige Sekretärin zu einem letzten gemeinsamen Essen ein. Nachdem der Kellner die Bestellung aufgenommen hatte, fragte Edgar behutsam: „Warum hast du mir eigentlich so selbstlos geholfen?" Sie faltete konzentriert die etwas verrutschte Serviette nach: „Weil das Geschäftsgebaren einfach nicht in Ordnung war. Ordnung muss sein!"

Mittelmäßig

Der Mensch kann sich selbst aufgrund sogenannter Kognitiver Verzerrungen selten richtig beurteilen. Einige unterschätzen sich, und wären jedoch in Notfällen zu viel mehr fähig, als sie je geglaubt hätten. Die meisten Leute aber, meiner Erfahrung nach, überschätzen sich dagegen um Längen. Ich selbst hingegen bin einfach nicht in der Lage, mich und meine Arbeit angemessen zu bewerten. Wenn ich sagen würde, ich wäre ein guter Privatdetektiv, käme ich mir auf der Stelle wie ein Lügner vor. Sagte ich, ich wäre ein schlechter Detektiv, dann würde sich alles in meinem Inneren gegen diese Aussage sträuben. Bleibt nur noch der vernichtende Schluss übrig, dass mein Leben der verabscheuenswerten Mittelmäßigkeit anheimgefallen ist. Der Schriftsteller Thomas Mann beispielsweise sagte zu diesem Gedanken auch gern Mediokrität. Der Begriff ist abgeleitet vom französischen médiocrité, was auf den lateinischen Terminus Mediocritas zurückgeht, und sich doch schon viel besser als die besagte Mittelmäßigkeit anhört. Ich werde also bei zukünftigen Gesprächen so ganz nebenbei erwähnen, dass mein Leben in mediokritätischen Bahnen verläuft. Mal sehen, wer von meinen Gesprächspartnern dann weiß, was ich eigentlich damit auszudrücken gedachte. Derart putzige Gedanken kreisen oft in meinem Hirn. Besonders in der Stunde, bevor ich mein Büro für den Publikumsverkehr freigebe. Aber leider auch danach, wenn sich mal wieder kein Klient in meinen Geschäftsraum verirrt, und ich schier vor Langerweile umkomme.

Es war so gegen 15:00 Uhr. Die Bürotür öffnete sich langsam, und eine Frau trat ein. Mir lief ein eiskalter Schauer über den Rücken. Die Gute glich meiner Ex aufs Haar. Erst beim zweiten Blick erkannte ich, dass es sich Gottseidank nicht um meine Moni handelte. Ich hätte nämlich nicht gewusst, worüber ich mit meiner Geschiedenen noch reden sollte. Einen Auftrag hätte ich jedenfalls von ihr nicht angenommen. Dafür hatte mich Moni nämlich einmal zu oft hintergangen. Meine Besucherin nannte eine brünette Schüttelfrisur ihr eigen, hatte eine Art kakifarbene Hemdbluse mit weißen Tupfen, sowie eine schwarze Stoffhose und schwarze Sneakers angelegt. Sie setzte sich mit einem freundlichen Lächeln auf den Besucherstuhl und streckte mir ihre Hand über den Schreibtisch hinweg entgegen: „Ich bin Marion Rudolff. Rudolff mit zwei ‚F‘. Da draußen stehen zwei Namen dran. Sind Sie nun Herr Baer oder Herr Behr? Obwohl, das ist ja auch eigentlich ganz egal. Klingt beides fast genauso". Ich nahm ihre Hand. Sie hatte einen kräftigen, sympathischen Händedruck. Angenehm berührt sagte ich ebenfalls lächelnd: „Baer. Levin Baer. Mit ‚AE‘. Max Behr war mein verstorbener Freund und Kompagnon. Was kann ich für Sie tun?" Sie zog ihre Hand zurück: „Das tut mir leid, das mit ihrem Freund. Und Sie könnten wirklich etwas für mich tun, wenn da nicht das Schild an Ihrer Bürotür wäre". Ich hob anerkennend die Augenbrauen: „Sie gehören zu den wenigen Menschen, welche die Schrift an meiner Bürotür nicht ignorieren. Daraus schließe ich, dass Sie mit dem Schild meine Bekanntgabe meinen, dass ich nicht als Bodyguard arbeiten möchte.

Liege ich da richtig?" Sie wackelte mehrmals mit ihrem schlanken Zeigefinger in der Luft hin und her: „Da liegen Sie nicht richtig, denn wie ich sehe, liegen Sie nicht, sondern sitzen. Aber ich meine tatsächlich das mit dem Bodyguard. Warum wollen Sie eigentlich nicht als Personenschützer arbeiten?" „Weil ich damit einmal buchstäblich auf die Fresse gefallen bin". Sie winkte ab: „Ach, einmal ist keinmal. Ich bräuchte tatsächlich für kurze Zeit einen, der auf mich aufpasst und mich eventuell beschützt. Einen professionellen Bodyguard kann ich nicht bezahlen, und die Polizei hat in meinem Fall einen Personenschutz abgelehnt. Angeblich besteht keine akute Gefahr. Aber ich werde verfolgt. Da bin ich mir ganz sicher. Seit mindestens drei Wochen sehe ich beim Umdrehen immer und immer wieder den gleichen Mann. Er versucht sich zwar gelegentlich zu tarnen, mal mit einer Sonnenbrille, oder mal mit einem Hut. Aber ich kenne inzwischen das Gesicht ganz genau". Ich hakte ein: „Und hat er Sie bisher schon mal irgendwie belästigt oder terrorisiert?" Sie schüttelte den Kopf: „Nein, er verfolgt mich nur. Aber für mich ist das dennoch schon so etwas Ähnliches wie eine Belästigung. Vielleicht könnten Sie sich mal den Burschen vorknöpfen, nachdem ich Ihnen den Kerl gezeigt habe!" Ich überlegte angestrengt, ob ich wirklich den Auftrag annehmen sollte. Dann sagte das Geldzentrum in meinem Gehirn: „Zweihundert am Tag plus Spesen". An ihrem Gesichtsausdruck war deutlich abzulesen, dass ihr die Summe keinesfalls schmeckte. Doch dann schien sie sich zu besinnen: „Gut! Ich engagiere Sie für genau zwei Tage. Ab morgen sechzehn Uhr.

Wir treffen uns an der Bushaltestelle B1 am Bahnhof. Vierhundert kann ich mir leisten. Und wenn Sie den Kerl dazu bringen, dass er von mir ablässt, folgt noch eine Bonuszahlung. Einverstanden?"

Ihr Bus war leider nicht pünktlich. Ich dagegen schon. Nachdem ich eine Viertelstunde mit sinnlosem Herumtigern totgeschlagen hatte, traf das ersehnte Verkehrsmittel endlich ein. Marion Rudolff stieg aus, und zeigte sofort unauffällig hinter sich. Ein Mann mit hochgestelltem Mantelkragen und einem Walrossbart, den jeder auf eine Entfernung von fünf Kilometern als angeklebt identifizieren konnte, ging zielstrebig hinter meiner Klientin her. Worauf ich meinerseits zielstrebig hinter dem Herrn hermarschierte. Er blieb erst stehen, als meine Klientin in ihrem Haus verschwand. Um nicht aufzufallen ging ich an ihm vorbei, in der Hoffnung aus den Augenwinkeln mitzubekommen, wohin er jetzt strebte. Ich konnte es kaum glauben, aber er strebte hinter mir her, und zwar relativ schnell. Als er mich überholt hatte, stellte er sich mir in den Weg. Ich hatte schon die Fäuste geballt, aber er holte seine Zigaretten aus der Tasche und fragte höflich: „Entschuldigung, haben Sie vielleicht Feuer?" Ich verneinte mit dem Hinweis, dass ich Nichtraucher sei. Enttäuscht ging er weiter, und ich war mir nicht im Klaren, ob der Kerl wirklich nur rauchen wollte, oder ob er das vorgeschoben hatte, um sich mein Gesicht einzuprägen. Auf jeden Fall war jetzt eine Beschattung des Burschen wesentlich komplizierter geworden. Ein guter Privatdetektiv hätte bestimmt die Konfrontation von eben vermeiden können. Aber ich war halt bloß Mittelmaß. Ich folgte ihm noch eine ganze Weile. Schließlich hätte ich ja durchaus den gleichen Weg haben können wie er. Aus einiger Entfernung konnte ich sehen, wie er in einem Mehrfamilienhaus verschwand. Ich beauftragte mein Gedächtnis, die Adresse nicht wie üblich zu vergessen. Im Vergessen bin ich nämlich Meister. Was ich schon alles vergessen habe, das könnten sich selbst die Schüler dreier Abiturklassen nicht merken.

Ich hasse es sehr früh am Morgen aufstehen zu müssen. Und ich hasse es zu observieren. Ganz besonders hasse ich es, sehr früh am Morgen aufstehen zu müssen, um zu observieren. Aber am allermeisten hasse ich es, wenn ich gezwungenermaßen auf ein kleines Schlückchen von meinem Bourbon verzichten muss, bloß um den Führerschein zu behalten. Und nun saß ich hier stocknüchtern vor der Wohnung meiner Zielperson, hatte eine Thermosflasche mit Kaffee sowie zwei belegte Brötchen neben mir auf dem Beifahrersitz deponiert, und kämpfte dagegen, dass mir die Augen zufielen. Irgendwann musste ich dann doch eingeschlafen sein, denn mein armer Kopf fiel nach vorne. Das Lenkrad fing zwar die Bewegung ab, aber meine Nase beschloss trotzdem, etwas Blut abzusondern. Zum Glück tropfte es nur auf den unteren Teil des Lenkrades und nicht auf meine Klamotten. Ich neigte meine dumme Rübe nach hinten, und presste das Taschentuch gegen die Nase. Genau in diesem Moment trat der Kerl aus der Tür, diesmal ohne Bart. Er trabte in Richtung Stadtmitte. Ich hingegen musste feststellen, dass es einfach keinen Spaß macht, mit nur einer Hand Auto zu fahren, wenn man kein Automatikgetriebe besitzt. Und dann half mir zum Glück der sprichwörtliche Kommissar Zufall. Nun spricht man ja im wissenschaftlichen Sinn von Zufall, wenn für ein einzelnes Ereignis oder das Zusammentreffen mehrerer Ereignisse keine kausale Erklärung gefunden werden kann. So gesehen wäre alles für mich Zufall, da ich eigentlich für jegliche Ereignisse keinerlei Erklärungen abzugeben vermag. Sei es wie es sei, mein Opfer verschwand zu meinem Erstaunen in der Praxis meines Zahnarztes. Also suchte ich mir einen Parkplatz, um danach ebenfalls dem Zahnschlosser einen Besuch abzustatten. Da aber meine Beißerchen zurzeit einigermaßen in Ordnung waren, holte ich mir lediglich am Tresen bei der Zahnarzthelferin einen Termin für eine einfache Kontrolle. Danach ging ich betont langsam am Wartebereich vorbei, bis ich meinen Freund erblickte. Ich setzte mich neben ihn: „Entschuldigung, kennen wir uns nicht? Ihr Gesicht kommt mir so bekannt vor". Er drehte langsam seinen Kopf zu mir hin: „Ich glaube, ich habe Sie gestern auf der Straße um Feuer gebeten. Aber Sie hatten keins". Und schon hatte ich erreicht was ich wollte, nämlich unverfänglichen Smalltalk. Ich legte spielerisch meine Hand an die Wange: „Bei mir ist es einer der Weisheitszähne. Und bei Ihnen?" Er führte mit seinem Zeigefinger eine waagerechte Bewegung vor seinem Mund aus: „Bruxismus". Ich nickte wissend, obwohl ich das Wort noch nie im Leben gehört hatte. Genauso gut hätte er „Hollatrihia" oder „Hopsasa" sagen können. Mein Wissensstand wäre anschließend genau der gleiche gewesen. Aber eines stand wohl fest. Wenn sich einer auf einen nichtssagenden Smalltalk einlässt, und sogar seine Krankheit preisgibt, dann ist es möglicherweise doch kein verkappter Schnüffler, der ausgerechnet mich auf seinem Radar hatte. Ich täuschte vor, dass mein Handy summen würde, holte das Ding aus der Tasche und schoss dabei zwei Fotos. Als dann mein Kumpel aufgerufen wurde, verließ ich klammheimlich die Praxis. Natürlich nicht, ohne dabei über die Schwelle zu stolpern.

Ich finde es zutiefst beschämend, dass ein totes Ding wie ein Laptop mehr weiß, als ein lebender Privatdetektiv. Mein digitaler Partner teilte mir auf mein Bestreben hin mit, dass Bruxismus ganz einfach das wiederholte Knirschen oder Aufeinanderpressen der Zähne ist. Da frage ich mich doch ganz besorgt, warum wir immer mehr Wörter aus anderen Sprachen übernehmen müssen. Aber wer im Glashaus sitzt, sollte nicht mit Steinen werfen. Schließlich nenne ich mich ja auch Privatdetektiv. Das Wort privat ist nämlich von dem lateinischen privatus entlehnt, und Detektiv stammt vom lateinischen detegere. Das weiß ich auch alles von meinem Laptop. Und das Gerät half mir ebenfalls bei meiner Zielperson weiter. Als ich nämlich bei einem Programm mit dem Namen TinEye ein Foto des Observierten hochlud, spukte mein Laptop sechs Treffer aus. Bei einem der Links konnte ich den Namen, die Adresse und den Beruf des Kerls nachlesen. Es ist schon erstaunlich, wie viele Menschen freiwillig ihre Daten im Internet preisgeben. Ich, für meine Person, habe mir ja kein Konto bei ‚Gesichtsbuch' angelegt. Neudeutsch auch Account bei Facebook genannt. Aber im Gegensatz zu mir ist mein zu observierender Freund kein Feind von Werbung. Und er ist, was ich schon vermutete, ein Berufskollege. Seine Adresse kannte ich ja sowieso, und sein Name war Lukas Behling. Erhebt sich also nur noch die Frage: Warum ist der Schlingel hinter meiner Klientin her? Ich sollte es bald erfahren.

Es war Freitag, und ich hatte wieder einmal gute Laune. Dieser Gemütszustand erschloss sich aus der Tatsache, dass ich beim Frühstück nicht gekleckert hatte. Ja, ich kann auch bei kleinen Dingen Freude empfinden. Nachdem ich mein Geschirr abgeräumt hatte, wollte ich mich gerade auf den Weg zu meinem Büro machen, als es klingelte. Genauer gesagt, es gongte, da ich eine teure elektronische Türglocke mein eigen nenne. Kaum hatte ich meine Tür geöffnet, als ein junger Mann wie die Feuerwehr in meine Wohnung gestürmt kam. Er hatte ein Foto in der Hand, und ließ seinen Blick aufgeregt zwischen dem Bild und meinem Gesicht hin und her pendeln: „Sie sind es! Die Adresse stimmt auch. Jawohl Sie sind es! Sie brauchen es gar nicht abzustreiten!" Gelassen antwortete ich: „Ich bin natürlich ich. Und ich war auch noch nie ein anderer". Er brauste auf: „Sie können mich nicht mit Ihren blöden Witzen ablenken. Da!" Er hielt mir das Bild vor die Nase. Darauf war neben dem Gesicht meiner Klientin auch meine dumme Visage abgebildet. Immer noch die Ruhe selbst, sagte ich freundlich: „Möchten Sie mir vielleicht verraten, woher Sie das Bild haben, und vor allem, warum Sie deshalb so austicken?" Er steckte das Foto ein: „Das Bild hat Herr Behling gemacht. Der ist nämlich Privatdetektiv. Der hat auch Ihre Adresse herausgefunden. Da staunen Sie, was? Und jetzt sagen Sie mir, seit wann Sie eine Affäre mit meiner Frau haben!" Ich grinste über das ganze Gesicht: „Das nächste Mal sollten Sie nicht so einen Stümper engagieren. Dann wüssten Sie jetzt, dass ich keine Affäre mit Ihrer Frau habe, sondern dass ich auch ein Privatdetektiv bin. Und Ihre Frau hätte dann auch nicht bemerkt, dass sie von so einem unfähigen Trottel verfolgt wird. Deshalb hat sie mich nämlich beauftragt herauszufinden, wer da immer hinter ihr her latscht. Und ich habe es herausgefunden. Warten Sie, ich hole meine Papiere, damit Sie sehen, dass ich tatsächlich Privatdetektiv bin! In meinem Büro können Sie dann auch das Auftragsformular einsehen, das ihre Frau unterschrieben hat. Und jetzt noch ein guter Rat von mir. Gehen Sie zu einem Therapeuten, und lassen Sie sich Ihre übertriebene Eifersucht abtrainieren!" Er stand einige Augenblicke mit offenem Mund da. Dann ging er wacklig zu meiner Flurgarderobe und setzte sich auf das kleine Schränkchen: „Es tut mir leid. Es tut mir wirklich leid. Das habe ich nicht gewusst". Ich entgegnete etwas strenger: „Dann wären Sie ja auch nicht hergekommen. Aber dass Sie so einfach in meine Wohnung gestürmt sind, das nennt man Hausfriedensbruch. Das bedeutet laut § 123 StGB bis zu einem Jahr Gefängnis, oder eine Geldstrafe von 15 Tagessätzen. Das ist ein halbes Monatseinkommen". Er sank förmlich in sich zusammen:

„Bitte zeigen Sie mich nicht an! Und erzählen Sie meiner Frau auch nicht, dass ich hier hereingeplatzt bin. Und bitte verschweigen Sie auch, dass ich diesen Privatdetektiv engagiert habe. Wissen Sie was? Ich gebe Ihnen fünfhundert Euro, wenn Sie die Klappe halten. Was halten Sie davon?" Ich kratzte mich am Kopf: „Von den fünfhundert halte ich sehr viel. Aber meiner Klientin gegenüber werde ich nicht lügen. Das ist gegen meine Berufsehre. Und ich würde an Ihrer Stelle Ihrer Frau alles beichten!" Er stand auf: „Na gut, dann gibt es eben kein Geld!" Danach rauschte er davon, und ließ einen dümmlich schauenden Privatdetektiv zurück, dessen Gehirnareal, das für den schnöden Mammon zuständig war, mächtig dampfte. Der Rest des Hirns allerdings war froh, dass ich nicht mehr verheiratet war. Eifersucht ist nämlich nach meiner Erfahrung eine ziemlich schmerzhafte Emotion.

Am nächsten Tag schneite meine Klientin froh und beschwingt in mein Büro: „Sie sind ein Held. Was, zum Teufel, haben Sie mit meinem Mann gemacht? Er hat mir gestern alles eingestanden. Das mit dem Detektiv, das mit dem Eindringen in Ihre Wohnung, und auch, dass er mir selbst hin und wieder nachspioniert hat". Ich stutzte: „Und das stört Sie gar nicht?" Sie lachte: „Im Gegenteil. Das beweist doch nur, dass er mich liebt. Hier ist übrigens Ihr Honorar von vierhundert Euro. Und mein Mann hat noch fünfhundert draufgelegt. Danke und Auf Wiedersehen!" Und schon schwebte sie aus der Tür. Ich raffte meine neunhundert Euro zusammen, und verstaute sie in dem kleinen Bürotresor. Wahrscheinlich war ich doch kein so mittelmäßiger Detektiv, wie ich immer gedacht hatte. Und diesmal kaufte ich mir von dem Geld auch keinen Bourbon. Schließlich hatte ich ja noch drei Flaschen von diesem herrlichen Saft in meiner Küche gebunkert.

Der Arm

„Bitte was hast du gemacht?" Kommissarin Frauke Wiegand blickte ihren Werner mit großen Augen an. Grinsend entgegnete Kommissar Riemer: „Du hast schon richtig gehört. Ich habe dem Alten weisgemacht, dass nicht ich, sondern Bierbach den Fall gelöst hätte. Und wenn du dich an die Sache mit dem Kopflosen erinnerst, da habe ich das auch schon mal getan". Frauke Wiegand legte aufgebracht ihr Frühstücksbrötchen zurück auf den Teller: „Und warum, wenn ich fragen darf?" Riemer antwortete gelassen: „Du darfst fragen. Es ist ganz einfach. Bierbach hat auch schon zweimal, um sich bei mir einzuschleimen, dem affengesichtigen Hohlbach vorgegaukelt, dass ich einen Fall gelöst hätte, obwohl er es selbst in Wirklichkeit war. Jetzt habe ich eben gleichgezogen, er hat nichts mehr gut bei mir, und ich brauche auch kein schlechtes Gewissen mehr zu haben". Frauke schüttelte langsam ihren Kopf: „Weißt du was? Beim nächsten Mal erzählst du dem Alten, dass ich deinen Fall gelöst hätte. Mir macht es nichts aus, deswegen ein schlechtes Gewissen zu haben". Werner Riemer entgegnete mit vollem

Mund: „Du brauchst das nicht. An dir hat doch der Alte sowieso einen Narren gefressen. Und als einzige Frau in unserem Laden, bist du außerdem die Henne im Korb". Frauke Wiegand schluckte den letzten Bissen herunter, stand auf, und lächelte provokant: „Das heißt Hahn im Korb, und nicht Henne. Es geht darum, dass es auf vielen Bauernhöfen meist nur einen einzigen Hahn gibt, aber viele Hennen. Nach deiner Deutung müsste es im Gegensatz dazu nur eine einzige Henne geben, jedoch mehrere Hähne. Obwohl, wenn ich etwas länger darüber nachdenke, könnte das möglicherweise der Henne gut gefallen. Vielleicht wäre das für eine Menschenfrau auch ganz schön. Was meinst du?" Riemer stellte das Geschirr zusammen: „In diesem Fall wäre ich auf dein Gesicht gespannt, wenn du dich mit der Affenfresse Hohlbach paaren musst".

Hauptkommissar Hohlbach saß hoch aufgerichtet hinter seinem antiken Schreibtisch. Davor saßen die Kommissare Riemer und Bierbach. Der Hauptkommissar faltete seine Hände: „Ich habe mit Genugtuung festgestellt, dass Sie beide ein gutes Team abgeben. Bisher haben Sie zusammen vier Fälle bearbeitet, und auch alle vier gelöst. Jeder zwei. Das veranlasst mich dazu, ihnen beiden auch den aktuellen Fall als gleichberechtigte Partner anzuvertrauen". Riemer verzog den Mund: „Wie gut, dass ich heute schon gekotzt habe. Vielleicht erinnern Sie sich daran, dass ich mit Kommissarin Wiegand zusammen wesentlich mehr Fälle gelöst habe, als mit einer gewissen Nervensäge". Sörenfried Bierbach lächelte: „Ach komm!

Du als Sherlock Holmes und ich als Dr. Watson, das wird prima!" Riemer tippte sich an die Stirn: „Aber nur wenn ich mich nach London in die Baker Street 221b verziehen darf, während du hier bei unserem Professor Moriarty bleibst!" Bierbach winkte ab und wandte sich Hohlbach zu: „Was ist denn das für ein Fall?" Der Hauptkommissar nahm ein Blatt Papier vom Schreibtisch, blickte kurz darauf, und sagte dann: „In der alten Kiesgrube bei Littmanshausen hat ein Brombeersammler einen menschlichen Arm gefunden. Näheres ist noch nicht bekannt. Sie beide begeben sich jetzt sofort schnurstracks dorthin! Verstanden?" Riemer riss die Augen auf: „Was? Wegen eines popligen Armes werden zwei ausgewachsene Kriminalbeamte bemüht? Das schafft doch mein geschätzter Kollege auch locker ohne meine Hilfe!" Hohlbachs Stimme gewann an Schärfe: „Keine Widerrede! Wenn ich anordne, dass Sie beide den Fall bearbeiten, dann bearbeiten Sie beide gefälligst diesen Fall. Und nun Abmarsch!"

Auf dem Weg zum Fundort wandte sich Bierbach an den chauffierenden Riemer: „Die alte Kiesgrube ist meines Wissens nach seit mindestens zwei Jahren außer Betrieb. Da ist doch alles abgesperrt. Wieso kann dann dort jemand etwas finden?" In Riemers Augen flammte gespieltes Mitleid auf: „Ich verrate dir jetzt mal was. Aber mach dich auf alles gefasst. Du wirst es noch nicht wissen, aber es gibt Leute, die halten sich ab und zu nicht an geltende Regeln". Den Rest der Fahrt sagte Bierbach kein Wort mehr, was Riemer als äußerst angenehm empfand. Am

Zielort angekommen begrüßte sie Rolf König, der Leiter der Spurensicherung: „Wir haben schon alles abgesucht. Gefunden haben wir ein Stück schwarze Plastikfolie, die wohl nichts in einer Kiesgrube zu suchen hat. Ist schon auf dem Weg ins Labor. Ansonsten ist klar, dass der Arm nicht vor Ort abgetrennt worden ist, sondern lediglich hier abgelegt wurde". Kommissar Riemer blickte sich um: „Und wo genau liegt nun dieses Ding?" Bierbach zeigte nach rechts, wo ein weiterer Mitarbeiter der Spurensicherung stand und fotografierte: „Bestimmt dort, sonst würde der Kollege da keine Bilder machen". Riemer verzog den Mund: „Streber!" Dann bewegte er seinen adipösen Körper in Richtung des vermuteten Körperteils. Bierbach trottete ihm nach. Dort angekommen, sagte er hinter Riemers Rücken: „Der Arm liegt offen da und ist nicht mit Kies bedeckt. Ergo wollte ihn wohl niemand vergraben. Den hat schlicht und einfach jemand verloren". Um nicht verbal gegenüber seinem jungen Kollegen ins Hintertreffen zu geraten, ergänzte Riemer: „Und wie man deutlich sehen kann, ist das der Arm eines Schwarzen. Möglicherweise liegt hier ein rassistisches Motiv vor". Das inspirierte Bierbach zu einem seiner dummen Sprüche: „Frage: Ist man ein Rassist, nur weil man keinen schwarzen Humor mag?" Kommissar Riemer wurde böse: „Mal abgesehen davon, dass ich schon viel bessere Gags gehört habe, hätte ich da auch mal eine Frage. Sieht meine Nase genauso aus wie deine? Nein! Die Nase ist einfach nur ein menschliches Organ, und es ist absolut nicht ungewöhnlich, dass Nasen unterschiedlich sind. Und die Haut ist ebenfalls ein menschliches

Organ, und sie kann von Person zu Person ebenfalls unterschiedlich aussehen. Denk mal darüber nach, und lass deine rassistischen Witze!" Sörenfried Bierbach kommentierte Riemers Äußerung einigermaßen verständnislos mit dem kurzen Satz: „Ja, Papi!"

Die schlanke Gerichtsmedizinerin, Frau Dr. Martina Mertens, stemmte beide Arme in die Hüften: „Das kann doch jetzt aber nicht wahr sein! Riemer, wie oft habe ich Ihnen schon gesagt, dass Sie nicht ständig in meine Pathologie getrampelt kommen sollen?" Kommissar Riemer verzog keine Miene: „Genau dreihundertsiebenundzwanzig Mal. Und jedes Mal waren Sie so freundlich, mir trotzdem den Todeszeitpunkt und die Todesursache zu verraten. Warum sollte es diesmal anders sein?" Die forensische Pathologin entgegnete: „Weil der Krug solange zum Brunnen geht, bis er bricht!" Werner Riemer grinste: „Ei, schau an! Ein Zitat aus dem Mittelalter. Das Sprichwort stammt übrigens aus einer Sprichwortsammlung des 13. Jahrhunderts. Wussten Sie das?" Die Frau drückte den rechten Handrücken gegen ihre Stirn: „Das halte ich nicht aus! Jetzt faselt der Kerl schon genauso wie sein Kollege Bierbach. Wenn Sie mir versprechen, sofort wieder zu verschwinden, sage ich Ihnen alles, was Sie wissen wollen". Riemer hob beschwichtigend beide Hände: „Ich will nicht alles wissen, nur Todeszeitpunkt und Ursache". Martina Mertens nahm einen Computerausdruck vom Tisch: „Also, der membrum superius wurde äußerst fachgerecht abgetrennt. Das war kein Anfänger. Und es wurden im Cruor sanguinis keinerlei toxische Substanzen gefunden. Deshalb ist die Todesursache nicht genau bestimmbar. Das Ergebnis der Testreihen lässt aber die Schlussfolgerung zu, dass die Abtrennung post mortem stattgefunden hat. Und zwar ziemlich genau vor drei Tagen. That's all Folks!" Riemer zog die Augenbrauen hoch: „Schau an! Schon wieder ein Zitat. Diesmal ist es sogar der Schlusssatz der sogenannten Looney Tunes. Aber trotzdem danke für die erschöpfende Auskunft!"

Werner Riemer stand mit großen Augen vor seinem Kollegen: „Du hast was?" Sörenfried Bierbach hob die Schultern: „Na ja, ich habe mir gedacht, wenn dort jemand einen Arm ausversehen verloren hat, dann wäre es doch durchaus möglich, dass derjenige dort mit noch weiteren Gliedmaßen herumspaziert ist. Also habe ich den Bereich um den Arm herum großflächig umgraben lassen". Riemer steckte sich den Zeigefinger in den Hemdkragen: „Ohne mich zu fragen?" Bierbach antwortete standhaft: „Der Chef hat gesagt, dass wir in dem Fall als gleichberechtigte Partner ermitteln. Wenn du eine Idee hast, bittest du mich ja auch nie um Erlaubnis. Außerdem hatte ich recht. Die Kollegen sind noch am Sortieren. Arme, Beine, Torsos von mindestens vier Menschen liegen dort. Und sogar ein Schädel. Wir müssen nur noch herausfinden, wem das alles gehört!" Kommissar Riemer verlieh seiner Stimme einen möglichst spöttischen Anklang: „Sicher! Die Betonung liegt übrigens auf ‚nur'. Und ‚wir' heißt es plötzlich auch wieder. Also informiere mich bitte zukünftig über deine Schritte. Im

Übrigen habe ich schon einen Geistesblitz, wo wir ansetzen könnten. Diese Idee teile ich auch gern mit dir, jedoch erst, wenn ich das Ganze gründlich durchdacht habe. Aber jetzt ist erstmal Feierabend".

Frauke Wiegand blickte ungläubig zu ihrem Werner auf: „Wieso lässt du den armen Bierbach zappeln? Du hättest ihm doch gleich sagen können, was du denkst!" Kommissar Riemer hob dozierend den Zeigefinger: „Oh nein! Stell dir vor, ich liege falsch mit meiner Annahme! Dann hätte ich mich vor diesem kleinen Streber unsterblich blamiert". In der Stimme der Kommissarin schwang deutliche Missbilligung mit, als sie schroff erwiderte: „Und das würde dich ja auch irgendwie menschlich erscheinen lassen. Das geht selbstverständlich gar nicht. Der große Kommissario Riemer irrt sich eben nie". Werner Riemer zog ungläubig seine Stirn in Falten: „Was ist dir denn für eine Laus über die Leber gelaufen?" Kommissarin Wiegand stand auf und machte sich auf den Weg zur Küche: „Entschuldige! Aber ich muss jetzt was trinken. Hohlbach hat mir meinen Fall weggenommen. Angeblich wegen Voreingenommenheit". Als sie mit einer Flasche Wein zurückkam, fragte Riemer vorsichtig: „Was für einen Fall? Und wieso bist du voreingenommen?" Frauke setzte sich wieder: „Du weißt doch, dass meine Tochter damals eigentlich Medizin studieren wollte. Dann hat sie aber fluchtartig die Uni verlassen, weil ein Professor sie sexuell belästigt hat. Wir konnten zwar nichts beweisen, aber ich habe den Kerl gehörig zusammengestaucht, worauf er sich bei meinem damaligen

Chef nachdrücklich über mich beschwert hat. Das war noch bevor ich zu euch gekommen bin. Und jetzt ermitteln wir gegen diesen Herrn, weil er angeblich seine Ehefrau überfahren haben soll. Er behauptet natürlich, es wäre ein Unfall gewesen. Aber was solls, ich bin den Fall los. Den hat jetzt Bohrmann".

Riemer hatte wieder einmal den Zeigefinger hinter den Hemdkragen gesteckt, und schien außerdem einigermaßen verlegen zu sein: „Liebster Kollege Bohrmann, läge es eventuell im Bereich des Möglichen, dass du mich ein paar Dinge über deinen aktuellen Fall wissen lassen könntest?" Der Angesprochene zuckte nur kurz mit den Schultern: „Klar! Ein gewisser Professor Meinhauser scheint in seiner knapp bemessenen Freizeit ein ganz profaner Nutzer von einschlägigen Spielhallen zu sein. Auch ist er dem Wetten bei verschiedenen Pferderennen nicht gerade abgeneigt gewesen. Seiner Frau hat das in der Vergangenheit so gar nicht recht gefallen, zumal unser Professor einen ganzen Sack voll Schulden angehäuft hat. Da kam ihm die horrende Lebensversicherung seiner Gattin gerade recht. Mehr weiß ich zurzeit auch nicht". Riemer zog den Finger aus dem Kragen: „Was hat denn dieser Professor gelehrt?" Bohrmann schlug den Aktendeckel vor sich auf: „Irgendwas mit Medizin. Äh, genauer gesagt, Chirurgie". Riemer bedankte sich höflich, und brummelte im Weggehen leise vor sich hin: „Ich denke mal, das ist die Fachrichtung, bei der Studenten an Leichen herumschnippeln. Da wird doch nicht etwa …".

Auf seinem Gesicht machte sich ein teuflisches Grinsen breit.

Reiner Schimmler betrat Kommissar Riemers Dienstzimmer, drehte den Stuhl vor dessen Schreibtisch mit der Lehne nach vorn, und ließ sich lässig auf die Sitzfläche nieder: „Werner, mein Freund, du wirst es nicht glauben, Quatsch, du wirst es sicher glauben, aber unser Chef hat sich wieder einmal krankschreiben lassen. Als er gestern gehört hat, dass du schon wieder zwei Fälle in einem Rutsch aufgeklärt hast, ist sein Blutdruck in schwindelerregende Höhen katapultiert worden. Wie bist du eigentlich auf die Idee gekommen?" Kommissar Riemer entgegnete: „Moment! Schließlich war ich nicht der einzige Ermittler in den zwei Fällen. Bierbach, Bohrmann und anfänglich auch Frauke hatten da ihre Hände mit im Spiel. Und was die Idee angeht, die kam mir bereits zu Beginn der ganzen Sache, als mir die Pathologin sagte, dass der Arm sauber abgelöst worden war. Und wo fallen fachgerecht abgetrennte Körperteile an? Im Operationssaal und beim Studium der Chirurgie. Viele Menschen vermachen ihren Körper der Uni, damit nach ihrem Tode noch Studenten daran forschen können. Anschließend werden die Leichen, respektive Leichenteile, laut Vorschrift kremiert. Und das kostet Geld. Wenn man nun das Zeug unerlaubt in einer stillgelegten Kiesgrube verbuddelt, anstatt es in ein Krematorium zu bringen, dann kann man gefälschte Rechnungen erstellen, und anschließend den erschwindelten Schotter in die eigene Tasche stecken. You know?"

Frauke hielt die Porzellankanne hoch: „Noch etwas Kaffee?" Sörenfried Bierbach dankte höflich: „Nein, da kann ich heute Nacht nicht schlafen. Übrigens kennen Sie den? Ein Mann bestellt sich bereits den zehnten Kaffee. Fragt der Kellner: ‚Haben sie eigentlich nie Probleme mit dem Einschlafen, wenn Sie so viel Kaffee trinken?' Sagt der Gast: ‚Och, ich zähle bis drei und dann schlafe ich meistens ein'. Der Kellner darauf: ‚Sie zählen wirklich nur bis drei?' Sagt der Gast: ‚Na ja, manchmal auch bis halb vier'. Ist doch lustig, oder?" Aus Werner Riemers Mund drang ein deutliches Stöhnen: „Mann, Sörenfried, musst du wirklich immer solche hohlen Sprüche absondern?" Der Gescholtene antwortete gelassen: „Ich muss nicht, ich will!" Worauf Werner Riemer aufstand und seine Frauke anblaffte: „Wenn du noch einmal diesen Kerl zum Kaffee einlädst, betrachte ich das als Trennungsgrund!" Frauke Wiegand kommentierte lächelnd: „Wenn du glaubst, dass ich mich je wieder von dir trenne, dann kann ich dir nur versichern, dass sich der große Kommissar Riemer diesmal schwer geirrt hat".

Der Vermisste

„Zeihung, darf bitten ich wollen, dass Frage möglich? Sprechen nicht ich Sprache eure gut. Verstehen?" Der Mann war spindeldürr, etwa einen Meter siebzig hoch, hatte einen viel zu großen Mantel an, hielt seinen Hut unterwürfig mit beiden Händen vor dem Bauch und blickte mich erwartungsvoll an. Er war mir irgendwie zuwider, trotzdem sagte ich freundlich: „Nehmen Sie doch bitte Platz! Bis jetzt habe ich alles verstanden. Nun müssen Sie mir nur noch sagen, weshalb Sie einen Privatdetektiv brauchen!" Er setzte sich umständlich, nestelte ein Stück Papier aus der Manteltasche, welches er aufmerksam musterte. Dann sagte er: „Kommen weil Freund geraten, nix Polizei. Nix legal in Land ich und Freund. Aber wissen, Anwalt nix dürfen sagen. Freund weiß sicher wegen Schweinepflicht". Ich musste lachen: „Das heißt Schweigepflicht. Aber ich bin kein Anwalt". Er nickte: „Wissen ich. Nur Wort du bist nicht eingefallen. Nochmal sagen, bitte!" Ich tat ihm den Gefallen: „Ich bin Privatdetektiv. Sie können auch Privatermittler sagen!" Er winkte ab: „Wörter beide kompliziert viel. Sage Anwalt lieber. Ist Wort was kennen ich. Du mich nicht beraten bei Polizei?" Ich korrigierte erneut: „Man sagt verraten. Aber nein, ich werde Sie nicht verraten. Also, warum sind Sie hier?" Er reichte mir seinen Zettel: „Freund gemeinsames verschwunden. Bestes Freund sagen, du helfen. Du können. Du Anwalt". Der Zettel erwies sich als Computerausdruck mit einem Konterfei. Es zeigte einen Mann mit Schnauz- und Backenbart. Darunter stand in Großbuchstaben der Name Dmytro Slobodianyuk. Mein Besucher zeigte mit dem Finger auf das Bild: „Ist Freund dritter. Hat hier Haus eigenes. Wohnen alle bei ihm. Heimlich. Sagen Nachbarn Besuch langes immer. Tage vier er ist gegangen Supermarkt einsaufen. Dann weg". Ich verkniff mir diesmal das Lachen: „Sie meinen einkaufen. Aber ich weiß in diesem Fall überhaupt nicht, wo

ich da mit der Suche beginnen soll". Er hob den Zeigefinger: „Wir Plan. Dmytro nicht illegal. Nur zwei anderes
wir. Du gehen Polizei, sagen Dmytro Freund deines. Machen Vermisstenaufzeige. Polizei dann finden. Du uns
sagen!" Ich dachte nach. Theoretisch könnte das funkti-
onieren. Schließlich verfügt die Polizei über weit mehr
Möglichkeiten eine Person aufzufinden als ein einfacher
Privatdetektiv. Ich lehnte mich zurück: „Also gut. Aber
ich muss noch mehr wissen. Zum Beispiel die Adresse
des Hauses, wie alt ihr Freund ist, welchen Beruf er hat,
seine Telefonnummer, und wo er arbeitet. Wenn mir bei
der Polizei Fragen gestellt werden, muss ich ja möglichst
alles über meinen angeblichen Freund wissen. Am besten
wird sein, Sie schreiben mir das auf. Und dann hätte ich
auch noch gern Ihren Namen gewusst". Er nickte: „Name
meines Kyrylo. Abend heute ich Zettel, steht drauf alles
was wissen wollen. Schön dass helfen du. Aber Geld was
kosten?" Daran hatte ich noch gar nicht gedacht. Und das
kommt höchst selten vor. Bei mir gibt es nämlich eine
Gehirnregion, die nur für die Honorarbeschaffung angelegt ist. Ich druckste etwas herum: „Na ja, normalerweise
nehme ich zweihundert pro Tag". Er nickte: „Keine Rolle
Geld. Dmytro viel. Hat gewonnen Lotte". Ich korrigierte
erneut: „Lotto, das heißt Lotto". Kyrylo tippte sich an die
Stirn: „Naturlig, ich verwechselt, Lotto. Komme ich
abends aber bringe Zettel mit Informazia". Ich hätte mich
einfach nicht darauf einlassen sollen.

Die Tür zur Polizeiinspektion ließ sich nicht öffnen. Allerdings war daneben eine Lautsprecheröffnung zu

sehen. Darunter lud eine Art Klingelknopf meinen Daumen zum Drücken ein. Eine, durch scheinbar antiquierte Technik verzerrte Stimme fragte: „Sie wünschen bitte?" Meine Antwort fiel etwas lauter aus, als es wahrscheinlich notwendig gewesen wäre. Aber ich traute dieser Technik nicht. „Ich möchte jemanden als vermisst melden!" Das typische Summen eines elektrischen Türöffners ertönte, und die Tür schwang nach innen. Nach dem Eintreten stand ich vor einem größeren Fenster mit mehreren kleinen Sprachlöchern. Auf der anderen Seite der Scheibe wartete eine uniformierte Beamtin, die mich argwöhnisch musterte: „Wer wird denn vermisst?" Ich räusperte mich: „Mein Freund". Hinter meinem Rücken öffnete sich eine Tür und ein Mann in Uniform sagte streng: „Dann kommen Sie doch bitte zu mir herein"! Ich wurde zum Sitzen vor einem Stahlrohrschreibtisch aufgefordert. Der Polizeibeamte nahm dahinter Platz, zog ein Formular aus einer Schublade, und legte sich zwei Kugelschreiber zurecht: „Wie heißt denn Ihr Freund, und wo wohnt er?" Ich sagte brav mein Auswendiggelerntes auf: „Dmytro Slobodianyuk …" Er unterbrach mich: „Moment, bevor wir fortfahren, darf ich erst einmal Ihren Ausweis sehen?" Also kramte ich meinen Personalausweis hervor, und überreichte ihn mit einer Geste, als wäre es eine Platinkarte. Er stand auf: „Einen Augenblick, ich komme gleich wieder!" Dann entschwand er für einige Minuten, um mit einem Mann in einem zivilen Anzug zurückzukommen. Der Anzugträger gab mir meinen Ausweis zurück, und forderte mich auf, ihn in ein anderes Zimmer zu begleiten. So richtig wohl war mir in diesem Moment nicht gerade. Nachdem wir beide Platz genommen hatten, fragte mich der Mensch mit einem leicht schmierigen Unterton in der Stimme: „Wie lange kennen Sie denn Herrn Slobodianyuk schon?" Ohne groß zu überlegen antwortete ich: „Ach, etwa drei bis vier Jahre". Er nickte eine ganze Weile wie einer dieser Wackeldackel von der Hutablage mancher Autos aus den 1970er-Jahren: „OK. Und wussten Sie, dass Herr Slobodianyuk erst seit anderthalb Jahren in unserem Land weilt?" Mein Hirn schwankte zwischen zwei Alternativen. Entweder nun die Wahrheit einzugestehen, oder aber noch ein paar dickere Lügen zu erfinden. In meiner Dummheit sagte ich dann schlussendlich: „Ich habe meinen Freund Dmytro im Ausland kennengelernt. Äh, in … in Frankreich. So vor drei Jahren". Er lächelte überheblich: „War das damals, als Sie in Paris verhaftet wurden?" Autsch! Die hatten sich vorhin über mich informiert. Also war es wohl doch besser, Farbe zu bekennen. Recht kleinlaut sagte ich: „Tut mir leid! Wie Sie inzwischen bestimmt festgestellt haben, bin ich Privatdetektiv. Ich handle hier im Auftrag eines Klienten. Herr Slobodianyuk wird tatsächlich vermisst. Und wer könnte einen Vermissten besser finden, als die Polizei. Nur deshalb bin ich hier". Er zeigte mit dem Finger auf meine Brust: „Kennen Sie zufällig den Absatz 2 vom § 164 StGB?" Mit verkniffenem Gesicht entgegnete ich: „Sinngemäß. Ich darf mal zitieren: Es wird bestraft, wer wider besseres Wissen eine Behauptung aufstellt, die geeignet ist, ein behördliches Verfahren oder andere behördliche Maßnahmen herbeizuführen oder fortdauern zu lassen". Er lehnte sich zurück: „Gut! Dann darf ich Ihnen sagen, dass Herr Slobodianyuk nicht vermisst wird. Und auch, dass Sie diesen Umstand gegenüber Dritten auf keinen Fall erwähnen dürfen. Anderenfalls droht Ihnen eine Freiheitsstrafe von bis zu fünf Jahren. Haben wir uns da verstanden?" Jetzt war es an mir, den Wackeldackel zu spielen.

Nach dem Verlassen des Polizeigebäudes begab ich mich zu dem Haus dieses Dmytro und seinen beiden Freunden. Ich brauchte nicht zu klingeln, denn die Tür stand offen und ein paar Männer im Blaumann trugen Möbel hinaus, um diese auf der Straße zu lagern. Dann trat ein Mann aus der Tür, der ein Handy ans Ohr drückte, und seinen Blick intensiv auf mein Gesicht heftete. Wie es schien, tauschte er gerade mit seinem Gesprächspartner Informationen über meine Person aus. Nachdem er das Gespräch beendet hatte, kam er auf mich zu: „Herr Baer?" Als ich nickte, fuhr er fort: „Wahrscheinlich wollten Sie zu den beiden Herren, die sich bisher in diesem Haus aufhielten. Die zwei wurden in eine Unterkunft für Asylanten gebracht. Sie hatten sich beide noch nicht in unserem Land angemeldet. Wir müssen Sie allerdings bitten, keinen weiteren Kontakt mit den Herren zu suchen!" Ich legte meine Stirn in Falten und entgegnete angefressen: „Wer ist ‚wir'?" Er antwortete nicht, ließ mich einfach stehen, stieg in sein Auto und brauste davon. Warum, zum Kuckuck, wollte man mich hier dumm sterben lassen?

Ich bin ein Arsch! Wie ich mich beeinflussen lasse, das ist schon nicht mehr schön. Da meine Bourbon-Flasche am Abend zuvor ihren letzten Inhalt gespendet hatte, wollte ich am Morgen schnell noch vor Büroöffnung eine neue besorgen. Nun hatte ich am Abend im Fernsehen einen Bericht über die Costiera amalfitana gesehen. Ein Erwerbszweig ist dort der Anbau von Zitronen, insbesondere der Sorte Femminello sfusato, in kleinflächigem Terrassenanbau. Die Schalen der gelben Früchte werden massenhaft für die Produktion von Limoncello verwendet. Und als ich in das Spirituosengeschäft kam, standen dort in Reih und Glied geschätzt zwanzig Flaschen Limoncello. Ich ausgemachtes Rindvieh habe dann so eine Flasche erstanden. Und das auch noch gegen Geld. Etwa um 9:40 Uhr, ich verstaute die Flasche gerade für immer in meinem Schreibtisch, rüttelte jemand an meiner Bürotür. Nun öffne ich ja in der Regel erst um zehn mein Büro, aber manchmal habe ich eben gute Laune. Nachdem ich aufgeschlossen hatte, stürmte mein Klient Kyrylo herein und okkupierte meinen Besucherstuhl. Zwangsläufig setzte ich mich auf die angestammte Seite meines Schreibtisches: „Was gibt's?" Er zog einen Briefumschlag aus der Tasche: „Ich Asylantrag jetzt. Polizei gesagt Dmytro nix vermissen. Auftrag geheimes. Ich nicht sagen dürfen dir. Sonst beide wir müssen fünf Gefängnisjahre. Aber hier sein Honorar. Du Tage zwei gearbeitet vor mich. Vierhundert Euros". Er übergab mir sein Kuvert: „Bestes Freund zurück Heimat. Dmytro unterwegs geheim. Ich allein jetzt. Du wollen sein Freund bestes?" Bei dieser Vorstellung wurde mir etwas flau im Magen. Entgeistert wehrte ich ab: „Sie sind mein Klient. In Deutschland gibt es ein Gesetz, dass Detektive mit ihren Klienten keine Freundschaft schließen dürfen!" Er bedauerte, gab mir die Hand und ging. Und ich würde mir jetzt mindestens zwei Kühe kaufen müssen, denn was ich in diesem Fall schon zusammengelogen hatte, das ging garantiert nicht auf eine einzige Kuhhaut.

Phantom

In den Tiefen des Alls gibt es eine Galaxie, in der sich ein Himmelskörper dreht, welcher in unheimlicher Art und Weise unserer Erde gleicht. Die intelligentesten Lebewesen dort bezeichnen sich ebenfalls als Menschen, und es gibt eine ähnliche Fauna und Flora. Auf diesem Planeten liegt ein Land, in dem zwei gewaltige Institutionen um die Vorherrschaft kämpfen. Zum einen die zivile Regierung, zum anderen das eigenständige Militär. Um nicht ins Hintertreffen zu geraten, hat die Regierung im Verborgenen eine inoffizielle Polizeitruppe gegründet, welche die Aktivitäten der bewaffneten Macht ausspionieren soll. Die folgende Geschichte spielt nun also auf diesem weit entfernten Planeten.

Ted Carter, der Leiter der Geheimpolizei, kniff prüfend ein Auge zu: „Und du bist dir da völlig sicher?" Arnim Oboschwilly antwortete erregt: „Na sicher bin ich sicher! Der Bursche sieht genauso aus wie du und ich. Kein Unterschied zu uns Menschen. Ich habe ihn mit meinen eigenen Augen gesehen. Durch das Spezialglas von diesem

Sicherheitsraum. Na ja, ist ja eigentlich gar kein Glas, ist Kunststoff. Irgend so ein besonderes Polymer, das durch eine ganz spezielle Polyaddition hergestellt worden ist. Das ist das einzig existierende Zeug, was einen Holobot aufhalten kann. Ansonsten geht der Bursche in Notsituationen, oder falls es ihm einfach mal so einfallen sollte, durch Wände hindurch wie durch Butter. Als hätte er überhaupt keine Masse. Aber man kann ihn trotzdem richtig anfassen. Und er selbst kann die verschiedensten Materialien bewegen oder auch verformen. Es ist gruselig". Der Geheimpolizist fuhr sich mit dem Zeigefinger über die Nase: „Du redest immer von ‚er‘. Ist das Ding denn tatsächlich männlich?" Arnim breitete unsicher beide Arme aus: „Was weiß ich! Jedenfalls hat er für eine Frau viel zu massige Schultern. Aber der Holobot könnte theoretisch auch sächlich sein, denn man nennt das Ding ‚Das Phantom‘. Im Übrigen hoffe ich bald mehr zu wissen. Ich habe inzwischen die nötige Sicherheitsstufe erreicht, um die entsprechenden Dateien auf dem Firmencomputer aufrufen zu können. Allerdings muss ich erst noch herausfinden, wie man die Protokollierung umgehen kann, damit keiner von denen mitbekommt, dass ich ein bisschen rumgeschnüffelt habe". Ted Carter sagte besorgt: „Sei ja vorsichtig! Wenn die mitkriegen, dass du für uns spionierst, kann das dumm ausgehen".

Es war kurz nach Mitternacht, als plötzlich der Alarm in der Forschungseinrichtung ‚Futur‘ ausgelöst wurde. Die Wachleute der Sicherheitsfirma und der eilends herbeigeholte Direktor fanden nur noch einen gefesselten

Wachmann vor, der wütend vor einem großen, gezackten Loch in dem Spezialkunststoff zappelte. Von dem Phantom war rein gar nichts mehr zu sehen. Der Direktor hatte inzwischen mit dem Leiter der Forschungsabteilung telefoniert. Dieser war felsenfest davon überzeugt, dass das Phantom nie selbst den Kunststoff hätte durchbrechen können. Seiner Meinung nach musste ein abtrünniger Mitarbeiter das Loch von außen herbeigeführt haben. Der Direktor lies auf der Stelle alle Mitarbeiter in die Forschungseinrichtung rufen, und verhängte unter Androhung hoher Haftstrafen eine strikte Schweigepflicht. Anschließend ließ er sich über eine geschützte Leitung mit dem zuständigen Dreisternegeneral verbinden.

Lisa Kartreid war das, was man im Allgemeinen als einen süßen Fratz betitelte. Sie war ein fröhlicher, flachsblonder Wirbelwind, der kurz vor der Einschulung stand. Ihre Mutter flocht ihr morgens sorgfältig einen sogenannten französischen Zopf und achtete auch immer pedantisch darauf, dass die Kleidung des Mädels sauber, gut gebügelt und farblich aufeinander abgestimmt war. Was die Kleine aber meist nicht zu schätzen wusste, und bei Tagesausklang mit den beschmutzten oder gar zerrissenen Kleidern das Herz ihrer Mutter schier zum Zerspringen brachte. Alle Ermahnungen halfen nichts. Am nächsten Abend sah das Mädchen genauso ramponiert aus, wie tags zuvor. Kein Wunder, denn Lisa liebte es, wie ein Äffchen auf den unteren Ästen der Bäume des Parks herumzuhopsen, was gelegentlich auch zu einem kleinen Absturz aus niedriger Höhe in das weiche Gras führte.

Beim Versteckspiel mit den anderen Kindern suchte sie sich meistens dichte Büsche aus, die auch nicht gerade förderlich auf die Kleidung kleiner Mädchen einwirken. Lisas Vater, von ihr immer nur Papschi genannt, stand den ausufernden Aktivitäten seiner Tochter eher gelassen gegenüber, was seine Frau gewaltig nervte. Vielleicht war das der Grund, dass Lisa ein etwas besseres Verhältnis zu ihrem Vater hatte, als zu ihrer Mutter. Vielleicht lag es aber auch an dem kleinen Baumhaus, welches der Vater in mühevoller Heimarbeit zusammengenagelt hatte, und in dem sich Lisa stundenlang aufhalten konnte, falls ihr einmal nicht zum Herumtollen war. Puppen, Bilderbücher, Kissen, Decken und Naschwerk ließen dem Mädchen den Aufenthalt in ihrer ‚Burg' nie langweilig werden. Als sie an einem sonnigen Tag wieder einmal über die grob gezimmerte Leiter in ihr geliebtes Domizil kletterte, weiteten sich vor Schreck ihre Pupillen. In dem Holzhaus saß regungslos ein Mann. Nachdem sie ihre erste Angst überwunden hatte, kletterte sie gänzlich in das Innere, und fragte in ihrer angeborenen Unbekümmertheit: „Wer bist du? Und was machst du in meiner Burg?" Der Mann drehte langsam seinen Kopf in Lisas Richtung: „Ich heiße Phantom. Und ich verstecke mich hier". Lisa runzelte ihre kleine Stirn: „Phantom ist ein blöder Name. Ich sage lieber Charly zu dir. Charly war mein Goldhamster. Aber der ist tot. Weißt du Charly, wir haben Charly da unten im Garten begraben". Der soeben Umbenannte fragte verwirrt: „Was ist ein Goldhamster?" Lisa antwortete mit kindlichem Entsetzen: „Du weißt nicht was ein Goldhamster ist? Charly, du musst noch ganz schön viel lernen. Vielleicht lässt du dich ja mit mir zusammen einschulen. Aber warum versteckst du dich eigentlich? Spielst du Verstecken? Und mit wem?" Charly antwortete gedämpft: „Ich spiele nicht. Man will mich abschalten. Da bin ich geflohen". Lisa stemmte ihren rechten Arm in die Hüfte: „Kann man denn einen Mann abschalten? Außerdem bist du ja fast so groß wie mein Papschi. Und den könnte niemand abschalten. Wer will dich denn abschalten? Und warum denn?" Charly veränderte ein wenig seine Sitzposition: „Ich bin kein Mann. Ich bin ein Holobot. Und mein Konstrukteur hat mir unerlaubter Weise sogenannte Gefühle einprogrammiert. Das wollten die anderen nicht". Lisa vollführte mit ihrer kleinen Hand eine große Geste: „Ist mir egal. Wollen wir Freunde sein?" Charly nickte: „Freunde. Das ist gut. Wir sind jetzt Freunde". Lisa ließ sich nach hinten auf eines ihrer Kissen fallen: „Dann musst du mich aber auch immer beschützen. Und ich beschütze dich dafür. Willst du einen Bonbon?"

Arnim Oboschwilly zündete sich nervös eine Zigarette an. Ted Carter nahm sie ihm aus dem Mund und zerdrückte den Glimmstängel auf der Alu-Platte des Schreibtisches: „In meinem Büro wird nicht geraucht. Du solltest mit dem Mistzeug sowieso lieber aufhören. Es gibt heutzutage genügend Mittel gegen Nikotinsucht. Und jetzt raus mit der Sprache! Warst du es, der den Bot freigelassen hat?" Arnim schüttelte den Kopf: „Um Gottes willen! Ich weiß doch, wozu dieses Kraftpaket alles fähig ist. Nein, ich nehme eher an, dass es der alte Peter

Sharma war. Der ist der Chefkonstrukteur und hat gelegentlich ein wenig herumexperimentiert, wenn keiner hingesehen hat. Für ihn war der Bot so etwas wie ein Kind. Und Peter gehört zum Kreis der wenigen Mitarbeiter, welche die Computer-Protokolle manipulieren können. Wie ich inzwischen herausgefunden habe, hat der Mensch seiner Kreatur außerhalb des Protokolls auch noch allerlei unnötiges Wissen eingepflanzt, um den Bot menschlicher zu machen. Daraufhin sollte der Holobot wohl abgeschaltet werden. Aber der Alte war strikt dagegen". Der Leiter der Geheimpolizei legte seine Hand nachdenklich ans Kinn: „Da das Ganze von diesem beschissenen Militär begleitet wird, sollten wir in diesem Fall zunächst die Füße stillhalten. Aber uns kann trotzdem keiner verbieten, nach diesem Supergerät zu suchen. Sag mal, hat dieses Ding nicht irgendeinen Sender eingebaut, den man anpeilen kann?" Arnim Oboschwilly entgegnete bitter: „Hat er schon. Aber er kann ihn selbst abschalten". Ted Carter griff nach dem Revers an der Jacke seines Gegenübers, brachte sein Gesicht ganz dicht an dessen Ohr heran, und sagte gepresst: „Mal abgesehen von dieser schwachsinnigen Abschaltmöglichkeit wäre es trotzdem richtig gut, wenn unsere Organisation diesen holografischen Roboter aufspüren könnte! Du weißt also, was du zu tun hast!"

„Lisa! Lisa komm bitte essen!" Das Mädchen sprang auf: „Papschi hat gerufen. Kommst du mit essen?" Der Holobot schüttelte energisch den Kopf: „Nein. Mich darf niemand sehen. Auch ein Mensch namens Papschi nicht.

Außerdem brauche ich überhaupt nicht zu essen. Ich werde von einer sogenannten ewigen Batterie gespeist. Die hält ungefähr 200 Jahre bevor sie wieder aufgeladen werden muss". Lisa zuckte mit den Schultern: „Verstehe ich nicht. Du verspeist Batterien? Na, wie du willst. Ich gehe jetzt zum Essen. Du kannst ja hierbleiben, wenn du möchtest!" Sie begann leichtfüßig die Leiter herunterzuklettern. Charly rief ihr nach: „Du darfst keinem sagen, dass ich hier bin! Keinem! Hörst du?" Lisa nickte und verschwand im Haus.

Peter Sharma wanderte ohne Gerichtsverhandlung und in Handschellen in eine der vielen Zellen des großen Militärgefängnisses. Er stritt zwar ab, den Bot freigelassen zu haben, aber man glaubte ihm nicht. Beim Verhör war er geschlagen worden und blutete aus der Nase. Kurz nachdem man ihm die Fesseln abgenommen hatte, besuchte ihn der amtierende Direktor von ‚Futur' in seiner Gefängniszelle: „Peter, Mensch, wir kennen uns doch nun schon so lange. Seit mehr als zehn Jahren arbeiten wir zusammen. Und wie du weißt, sehr erfolgreich. Egal, ob du den Bot freigelassen hast oder nicht, du musst uns helfen, ihn aufzuspüren. Mit seiner Kraft und seinen Fähigkeiten, sowie den einigermaßen begrenzten Denkmustern stellt er eine große Gefahr für uns alle dar. Das ist dir doch klar, oder?" Der Gefangene setzte sich auf seine Pritsche: „Von hier aus kann ich doch kaum etwas unternehmen. Und das ist dir wohl deinerseits klar, oder?" Der Direktor nickte: „Ich werde mal schauen, was ich da machen kann. Schließlich will das Militär Ergebnisse sehen".

„Du willst wirklich nicht mit Erika spielen. Das ist doch ganz was Neues". Lisa blickte ihrer Mutter treuherzig in die Augen: „Nein Mami, ich möchte heute lieber in mein Baumhaus. Darf ich dein kleines Radio mitnehmen?" Die Mutter stutzte: „Das wolltest du doch noch nie haben. Aber von mir aus. Mach es aber ja nicht kaputt!" Als Lisa die Leiter erklommen hatte, hielt sie Charly das Empfangsgerät entgegen: „Hier! Da sind Batterien drin, die kannst du verspeisen!" Der Bot schüttelte mit seinem holo-mechanischen Kopf: „Das hast du falsch verstanden. Ich brauche keine Batterien zu essen. Ich habe eine große Batterie in mir drin". Lisa legte das Gerät auf den Boden: „Dann eben nicht. Wollen wir etwas spielen?" Der Holobot öffnete den Mund, erstarrte aber plötzlich zur Salzsäule. Nach einem kurzen Moment löste sich seine Starre: „Ich muss weg. Mein Freund Peter ist in großer Bedrängnis". Er stand auf und sprang in einer perfekt ballistischen Kurve direkt aus dem Baumhaus mitten in ein Blumenbeet. Dann rannte er los, ohne auf die verzweifelten Rufe des kleinen Mädchens zu hören.

Der General nahm einen Schluck aus seinem Wasserglas, stellte es bewusst langsam wieder zurück auf den Konferenztisch, und blickte den Direktor lange an: „Und Sie glauben tatsächlich, dass dieser Bot seinen bejahrten Freund aus dem Gefängnis befreien wird?" Der Direktor nickte selbstbewusst: „Auf jeden Fall. Die zwei haben ein Verhältnis wie Vater und Sohn. Aber es steht leider auch fest, dass wir den Holobot nie unter Kontrolle bekommen werden. Und einfangen lässt er sich mit seinen Fähigkeiten garantiert auch nicht mehr. Wir müssen ihn schlicht und einfach zerstören! Ansonsten kann er mir und Ihnen gewaltig schaden. Und ich meine nicht nur im Ansehen". Der General kratzte sich am Kinn: „Das sehe ich ein. Schade nur, dass seine Entwicklung uns dermaßen viel Geld gekostet hat. Ich werde den gesamten Gefängnisflur räumen lassen, und dann die entsprechenden Maßnahmen einleiten. Ich denke mal, eine einzige Magnetkanone wird ausreichen. Und Sie sorgen dafür, dass alle Unterlagen vernichtet werden!" Der Direktor wehrte ab: „Ohne die Unterlagen können wir keinen neuen Prototypen dieser Spezies entwickeln. Ich werde alles absolut sicher verwahren. An einem völlig unbekannten Ort". Der General erhob sich: „Dann tragen Sie aber die ganze Verantwortung". Zwei Tage später wurde das Militärgefängnis von einer beträchtlichen Explosion erschüttert. Die Sicherheitsleute fanden einen stark zerstörten Flur sowie eine völlig zerfetzte Männerleiche vor. Außerdem stellten sie einige seltsame Teile sicher, von denen keines einem bekannten Objekt oder irgendeiner anderen Sache zugeordnet werden konnte.

Zwanzig Jahre später wurde eine Journalistin namens Lisa Kartreid wegen Verrats von Militärgeheimnissen zu lebenslanger Haft verurteilt. Gleichzeitig kam der pensionierte Direktor eines etablierten Forschungsinstitutes unter mysteriösen Umständen ums Leben, nachdem sein

Versteck von geheimen Dokumenten aufgeflogen war. Wie gut, dass sich solche Dinge immer nur auf weit entfernten Planeten ereignen.

Die Kaffeekanne

Es ist schon recht peinlich, wenn man über eine Bordsteinkante stolpert. Noch peinlicher ist es, wenn das in einer belebten Fußgängerzone geschieht. Einem Privatdetektiv sollte so etwas einfach nicht passieren. Aber es hatte auch etwas Interessantes zur Folge. Man lernt nämlich dadurch den Charakter verschiedener Menschen kennen. Während sich ein paar Jugendliche vor lauter Schadenfreude ein zweites Loch in den Hintern lachten, versuchte mir eine ältere Dame aufzuhelfen. Ich konnte ihr nicht einmal zum Dank die Hand schütteln, weil die Innenflächen meiner Patschhände mehr Straßenstaub aufgesammelt hatten, als es der städtischen Kehrmaschine jemals möglich gewesen wäre. Also strebte ich eilends in die nächste öffentliche Toilette, um an dem dort vermuteten Waschbecken meiner Epidermis den zustehenden Hygienestatus zukommen zu lassen. Ich hätte den Wasserhahn nicht so schwungvoll aufdrehen sollen, denn im Vergleich zu meiner Mietwohnung war der Wasserdruck dort wesentlich stärker. Vielleicht sollte ich mal mit meinem Vermieter über dieses Problem reden. Übrigens ist es ebenfalls peinlich, mit Wasserflecken an der Hose durch die Fußgängerzone zu spazieren. Also suchte ich verärgert ein Restaurant auf, um meine Hosen bis zu ihrer endgültigen Trocknung unter einem Tisch zu verstecken. Ich war fest entschlossen, so lange zu essen und zu trinken, bis ich mich wieder ohne Häme zwischen anderen Menschen bewegen konnte. Während ich eine Portion Spaghetti Bolognese verdrückte, dachte ich darüber nach, was ich mir wohl am besten als Nachtisch bestellen sollte. Ich kam nicht einmal dazu, meine Spaghetti komplett aufzuessen. Ein junger Mann mit einem seltsamen Tattoo am Hals betrat den Gastraum. Ich konnte aus der Ferne nicht genau erkennen, ob es sich bei dem Bild um eine Eidechse oder einen Salamander handelte. Der Knall einer Pistole veranlasste mich zudem augenblicklich dazu, mit meinen Handflächen wieder einmal den Boden aufzuwischen. Unweit von mir fiel der leblose Körper einer Frau zu Boden, während die restlichen Gäste gefolgt vom Täter so schnell wie möglich das Lokal verließen. Dem Gastwirt dürfte somit einiges an Kleingeld durch die Lappen gehen. Erst nachdem es eine geraume Weile ruhig geblieben war, traute ich mich unter dem Tisch hervor. Der Wirt saß leichenblass in einer Bierpfütze vor seinem Tresen und starrte immer noch zitternd auf die Tote. Irgendeiner der Geflüchteten musste die Behörden verständigt haben, denn draußen waren Polizeisirenen zu hören. Kurz darauf strömten Bewaffnete in das Lokal. Und da ich als Einziger aufrecht stand, wurde ich trotz heftiger Proteste mit eisernen Armbändern verziert und in einen Streifenwagen verladen.

Der Beamte an der anderen Seite des Tisches hatte graue Haare und ein wettergegerbtes Gesicht. Ich rieb mir die Handgelenke, wo vor kurzem noch die ziemlich stabilen Handschellen gesessen hatten. Mein Gegenüber blätterte sinnlos in einer dünnen Akte herum: „Wieso führen Sie eine Pistole mit sich?" Das ging mir dann doch über die Hutschnur: „Wollen Sie mich verarschen? Sie haben mir doch meine Papiere abgenommen. Also wissen Sie ganz genau, dass ich Privatdetektiv bin und auch einen regulären Waffenschein für meine P2000 besitze". Er schlug den Aktendeckel zu: „Das stimmt nicht". Mir war nicht ganz klar, was er meinte: „Wollen Sie hier ein linkes Ding abziehen. Oder was soll ihre dumme Bemerkung sonst bedeuten?" Er legte lässig seine Handflächen auf den Tisch: „Ihr Waffenschein ist für eine P2000 SK und nicht für eine P2000 ausgestellt". Um ein Haar wäre ich implodiert. Einigermaßen wütend fragte ich: „Tut es eigentlich weh, wenn man Krümel kackt?" Er zeigte keine Reaktion. Stattdessen öffnete sich die Tür, und ein Uniformierter reichte meinem Widersacher ein Schreiben. Der Wettergegerbte las es sorgfältig durch, während die Uniform wieder aus der Tür verschwand. Dann blickte mich der Graukopf an und meinte, als wäre es die normalste Sache der Welt: „Wie mir die Ballistik mitgeteilt hat, wurde Ihre Waffe in letzter Zeit nicht benutzt. Außerdem stimmt das Kaliber auch nicht mit der Kugel in der Toten überein. Wenn Sie mir glaubhaft erklären können, wieso Sie sich ausgerechnet zum Tatzeitpunkt in dieser Gaststätte aufgehalten haben, können Sie gehen". Ich sah keinen Grund mir irgendetwas aus den Fingern zu saugen, und so erzählte ich ihm freiheraus von meiner feuchten Hose. Sein blödes Lachen addierte eine weitere Peinlichkeit zu meinem Gemüt. Deshalb sagte ich ihm trotzig auch nichts von dem Mann mit dem Tattoo. Hätte ich aber machen sollen.

Wenn ich nicht wegen eines Falles unterwegs bin, pflege ich Frühstück und Abendbrot in den heimischen Wänden einzunehmen. Aber um etwas zwischen die Kiemen schieben zu können, muss die entsprechende Nahrung zunächst erstmal den Weg in meinen Kühlschrank finden. Mit anderen Worten, auch ein Privatdetektiv muss gelegentlich einkaufen gehen. Ich stand also wieder einmal in der Schlange vor der Kasse des Discounters meines Vertrauens. Zwei Personen weiter vorn stand ein schlanker Kerl, der ungeduldig nach rechts und links schaute. Dabei konnte ich unzweifelhaft ein Tattoo an seinem Hals erkennen; einen Salamander. Ob der Mann meinen intensiven Blick gespürt hatte, oder ob es purer Zufall war, jedenfalls schaute er sich nach mir um, und erstarrte für einen kurzen Augenblick. Es gab keinen Zweifel, das war der verdammte Mistkerl, wegen dessen Schießwut ich in dem Restaurant den Boden geküsst hatte. Ich hoffte inständig, dass er nachher nicht allzu schnell verduften würde, damit ich ihm heimlich folgen konnte. Aber als ich aus der Ladentür trat, war weit und breit nichts mehr von dem Burschen zu sehen. Ich glaube, man muss nicht erwähnen, dass sich meine Laune wieder einmal recht nahe am absoluten Nullpunkt befand.

Nun bin ich es ja gewohnt, dass ich beim Frühstück ausgiebig kleckere. Und ich bin regelrecht enttäuscht, falls das einmal nicht stattfindet. Diesmal war es wieder so ein Tag ohne Kleckerei. Ich war gerade dabei mein Frühstücksgeschirr abzuräumen, als meine Wohnungstür mit einem trockenen Knall eingetreten wurde. Ein Teil des Schlosses wurde dabei abgesprengt und traf mich am Kopf. Da ich solcherart Vorkommnisse nicht unbedingt gewöhnt bin, entglitt meiner Hand die Kaffeekanne. Unnötig zu erwähnen, dass das Porzellan klirrend in mehreren Splittern durch die Gegend sauste. Ein kleines Teilchen davon erkor sich das linke Auge meines Eindringlings als Ziel. Logischerweise zuckte dieser zusammen und führte die Hand an sein Auge. Das war der Moment, in dem ich aus meiner Starre erwachte und mich an den Kurs in Selbstverteidigung erinnerte, von dem der arme Mensch ja nichts wissen konnte. Nachdem ich ihn ordnungsgemäß zusammengefaltet und gefesselt hatte, informierte ich telefonisch die Polizei von der soeben stattgefundenen Orgie, um danach meine ramponierte Tür zu inspizieren. Das Schloss war komplett herausgerissen worden. Da war nichts mehr zu retten. Wäre es nicht eine Tür, sondern ein Tier, bliebe nur noch eine Notschlachtung übrig. So aber rief ich meinen Vermieter an. Er war der Meinung, dass nicht er, sondern mein ungewöhnlicher Beruf an der Misere schuld sei. Ich solle mir gefälligst von dem Einbrecher die Tür ersetzen lassen. Als ich ihm mitteilte, dass ich entsprechend den §§ 535 ff. BGB eine satte Mietminderung vornehmen würde, und zwar solange bis der Schaden behoben sei, legte er einfach auf.

Dafür beschimpfte mich der am Bodenliegende laut und unflätig. Als ich ihm den Mund mit meinem Taschentuch stopfen wollte, musste ich feststellen, dass ich mich schon wieder einmal geirrt hatte. Die Illustration an seinem Hals war doch eine Eidechse. Inzwischen kamen auch zwei Streifenpolizisten die Treppe heraufgestürmt.

Es war der selbe Verhörraum, der selbe grauhaarige Beamte, und wohl auch der selbe Stuhl, auf dem ich saß. Der Kerl schien seine Stellung zu genießen: „Zum letzten Mal, warum haben Sie uns damals nichts von dem Mann mit dem Tattoo erzählt?" Ich antwortete grinsend: „Zum letzten Mal? Gottseidank! Ich dachte schon, Sie würden überhaupt nicht mehr aufhören zu fragen". Seine Laune nahm beschwingt ein paar Stufen in Richtung Keller: „Wissen Sie eigentlich, was auf Behinderung der Justiz steht?" Ich zitierte so lässig wie möglich: „Laut § 258 StGB kann jemand mit Gefängnis oder einer Geldstrafe belegt werden, falls er absichtlich ganz oder zum Teil vereitelt, dass eine Straftat geahndet werden kann. Ich habe aber nichts vereitelt. Konnte ich gar nicht, denn ich lag mit der Fresse im Dreck. Und dass ich zufällig ein Tattoo gesehen habe, ändert auch nichts an dieser Tatsache. In dem Raum waren mindestens fünf tätowierte Menschen. Der eine hatte übrigens das Bild einer Frau auf seinem Unterarm. Da der Mann aber scheinbar schon etwas älter war, sah das Gesicht beinahe so faltig aus wie Ihres". Der Verlauf des Verhörs gestaltete sich danach erwartungsgemäß ziemlich suboptimal. Schlussendlich konnte ich aber trotzdem die Polizeiinspektion als freier Mann verlassen.

Der Tischler gab sich große Mühe, die neue Tür an die alte Zarge anzupassen. Dazu musste er sie mehrmals ein und aushängen, um immer wieder die Bänder mit einem Hammer leicht in ihrer Lage zu verändern. Zum Schluss überreichte er mir die Schlüssel für das neue Schloss. Dabei war deutlich an seiner Nasenspitze abzulesen, dass er mit einem Trinkgeld rechnete. Auf Anraten meines Bankkontos wurde der freundliche Handwerker um die Erfahrung reicher, dass sich ein Mensch auch einmal verrechnen kann.

Wieder ein neuer Morgen, und wieder eine neue Frühstückszubereitung. Und auch wieder ein neuer Tobsuchtsanfall eines gestressten Privatdetektivs. Und nur, weil der Blödmann bei der ganzen Aufregung vergessen hatte, sich eine neue Kaffeekanne zu besorgen.

Industrieroboter

Es gibt einen dummen Spruch, der da lautet: Neun von zehn Befragten finden Mobbing gut. Diese neun dürften welche aus meiner Schulklasse gewesen sein, als ich noch in die Schule gehen musste. Die haben mich damals gemobbt. Fast alle. Besonders Anton. Anton Wanninger. Die Prügel habe ich stets verkraftet. Viel schlimmer war die Verbreitung demütigender Lügen. Zum Beispiel, dass ich ein Bettnässer sei. Gut, das war keine komplette Lüge. Das mit dem Popelfressen schon. Es war nur ein einziges Mal. Hinten auf dem Schulhof. Konnte keiner sehen. Anton hat ins Blaue hinein geraten. Und ich habe mich verplappert. Wir hatten damals noch die großen Klassentafeln. Nicht diese modernen Whiteboards. Als eines Tages die Tafel mit Öl eingeschmiert war, haben alle gesagt, dass ich das gewesen wäre. Anton hatte jedem meiner Mitschüler Geld für diese böswillige Schwindelei gegeben. Sein Vater war sehr reich. Damals habe ich mir geschworen, später einmal fürchterlich Rache an Anton zu nehmen. Nach zehn Jahren hatte ich das beinahe vergessen. Aber als ich beim Klassentreffen wieder auf Anton traf, kam alles wieder hoch. Zuerst hat er mich gar nicht erkannt. Oder er hat mich absichtlich ignoriert. Er protzte ziemlich lautstark herum, dass er jetzt ein großes Tier in der Automobilindustrie wäre. Als er dann mehrere Gläser geleert hatte, kam er auf mich zu. Er fragte mich in einer Lautstärke, dass es wirklich alle hören konnten, ob ich immer noch ins Bett machen würde, und ob ich denn immer noch Popel fräße. Viele waren unangenehm berührt, manche lachten. Ich ballte die Faust. Aber als ich ausholte, hielt mich einer mit der Bemerkung zurück, dass Anton das nicht wert sei. Ein anderer meinte, ich würde sowieso den Kürzeren ziehen. Das war ziemlich verletzend. Ich gehe nie wieder zu einem Klassentreffen. Auf alle Klassentreffen dieser Welt ist geschissen. Ich kümmere mich lieber um meine Roboter. Die aktuelle Taktstraße des großen, französischen

Automobilherstellers funktioniert dank meiner Arbeit jetzt reibungslos. Die Programmierung der zwanzig Industrieroboter hatte fast zwölf Monate gedauert. Ganz allein dank meiner, und nur meiner Programmierung. Jetzt läuft alle sechzig Minuten ein Auto vom Band. Mein Chef hat der Gehaltserhöhung zugestimmt. Nun habe ich erst einmal Urlaub. Lange. Dann kommt eine deutsche Firma dran.

Eine neue Arbeit. Zehn bis zwölf Stunden am Tag nur Fabrikhallen, Industrieroboter, Computerprogramme, Feinjustierungen. Abends ein fremdes Hotelzimmer, eine fremde Hotelbar. Der Flirt mit der Bardame war sinnlos. Sie meinte, jeder Mann müsse seine weibliche Seite in sich entdecken. Wozu, zum Teufel, brauche ich eine weibliche Seite? Am nächsten Tag das gleiche wie immer. Nur ein völlig neuer Roboter. Es hat schon Todesfälle durch Industrieroboter gegeben. Damals, als man die Roboter in Betrieb nahm, während sich noch ein Monteur im Schwenkbereich eines Roboterarmes befand. Zerquetscht. Ich habe einen kleinen Sender entwickelt, den Personen bei der Arbeit an den Robotern mit sich führen können. Zwei Sensoren kommen links und rechts unter den Rock oder in die Hosentaschen. Sollten die Roboter plötzlich unaufgefordert anfangen sich zu bewegen, braucht man nur mit der freien Hand auf einen der Sensoren zu klopfen. Sofort steht die ganze Produktionslinie still. Der erste Tag hatte übrigens eine unangenehme Überraschung für mich bereitgehalten. Der leitende Verbindungsmann zwischen meiner Firma und der

Firmenzentrale des Autoherstellers hieß Anton. Anton Wanninger. Als er sich das erste Mal vor Ort vom Fortgang der Arbeiten überzeugte, sagte er mir frech ins Gesicht, dass er eigentlich dagegen wäre, seine Roboter von einem Bettnässer anlernen zu lassen. Hat keiner gehört. Dann hat er mehrmals meine Arbeit behindert, indem er zwischen den Robotern hin und her gewuselt ist. Bestimmt absichtlich.

Ich arbeite nun bereits seit zwei Monaten an den Robotern in dieser Fabrik. Anton kommt immer wieder mal vorbei, nur um mich zu ärgern. Wenn ich einen Roboter in Gang setzen will, stellt er sich ausdrücklich daneben und grinst. Mit den dadurch bedingten Verzögerungen werde ich den vorgegebenen Zeitplan nicht einhalten können. Ich habe mich bei meinem Chef beschwert. Der meinte nur, der Kunde ist König. Mein Arbeitstag hat deshalb jetzt vierzehn Stunden. Die Hotelbar fällt dadurch aus. Ich bin viel zu müde. So kann das nicht weitergehen. Ich muss mir etwas einfallen lassen.

Drei Wochen später. Mein Plan steht. Anton kommt jetzt wirklich jeden Tag, um mich bei meiner Arbeit zu stören. Immer um die gleiche Zeit. Ich habe meinen kleinen Sender um eine Funktion erweitert. Er kann jetzt aus der Ferne die Roboter auch einschalten, ohne dass ich auf der Bildfläche erscheinen muss. Ich habe mich krank gemeldet. Ein Ersatzmann kann frühestens morgen eintreffen. Zu dem Zeitpunkt, an dem mich Anton immer aufsuchte, habe ich auf den Knopf gedrückt.

In den Zeitungen stand, dass es ein bedauerlicher Unfall gewesen sei. Die Ursache, warum die Roboter urplötzlich angefangen hatten zu arbeiten, würde zurzeit noch untersucht. Zunächst vermutete man Sabotage. Man hatte mich unter Verdacht, aber ich war ja zu dem gewissen Zeitpunkt gar nicht in der Fabrik gewesen. Das Hotelpersonal konnte das bestätigen. Nachdem die Ermittlungen eingestellt worden waren, war auch meine Krankheit vorbei. Ich arbeite jetzt wieder mit meinen geliebten Industrierobotern. Besonders mit dem, der Antons Hals zerdrückt hat. Der Duden spricht bei Rache von einer persönlichen, oft von Emotionen geleiteten Vergeltung eines persönlich erlittenen Unrechts. Ich habe mich aber gar nicht persönlich gerächt. Es war ein Industrieroboter. Kann man das tatsächlich als Rache durchgehen lassen? Man sagt auch, Rache sei süß. Ich empfinde nichts Süßes. Es ist lediglich in mir eine Art bitterer Nachgeschmack erhalten geblieben. Ich bin deprimiert. Was soll das alles noch? Ich habe meinem Lieblingsroboter einen Namen gegeben. Aaina. Das ist persisch. Es bedeutet Spiegel oder Spiegelbild. Wenn ich den Roboterarm ansehe, sehe ich mich, wie ich Anton erwürge. Das ist nicht gut. Ich habe mich neben Aaina gestellt und den Knopf gedrückt. Morgen werden die Zeitungsschreiber wieder einen spektakulären Unfall vermelden können.

Der Polizist

Manchmal stoßen wir Menschen in unserem langen Leben auf ein paar erstaunliche Dinge, die wir uns nicht so recht erklären können. Dann bemühen wir dafür meistens den Terminus Phänomen. Da ich mit meinem schwachen Intellekt nicht genau definieren konnte, was so ein Phänomen eigentlich genau ist, habe ich nachgeschlagen, und Folgendes gefunden: »Ein Phänomen, bildungssprachlich auch Phänomenon genannt, ist das Erscheinende, sich den Sinnen Zeigende«. OK, nun brauche ich nur noch jemanden, der mir das in ein verständliches Deutsch übersetzt. Wie auch immer, ich erlebe fast jeden Tag ein Phänomen. Ich kleckere nämlich ständig beim Frühstück, aber wundersamerweise nie beim Abendessen. Nie. Kann mir das vielleicht jemand erklären? Angeblich soll man ja Phänomene erklären können. Als Beispiel wird oft das akustische Phänomen namens Echo genannt. Physiker können durchaus begründen, wie so etwas zu Stande kommt. Aber ich habe bisher noch niemanden gefunden, der mir absolut schlüssig darlegen konnte, warum ich morgens kleckere und abends nicht. Irgendwann kam ich dann auf die glorreiche Idee, diesen Prozess umzukehren. Ich wollte mich abends absichtlich einsauen, um zu sehen, ob der Morgen des folgenden Tages ohne Kleckerei ablaufen würde. Nachdem ich mir das Oberhemd vollgeschmiert hatte, kam mir, leider zu spät, die Erleuchtung, dass ich Idiot nun ein Hemd zusätzlich zur Reinigung bringen musste. Was natürlich auch etwas mehr von der Sache erforderte, von der ich nicht gerade viel besaß. Nämlich Geld. Eigentlich müsste es verboten sein, dass einem geistigen Niedertreter wie mir erlaubt wird, als Privatdetektiv zu arbeiten. Die IHK hatte das damals anscheinend anders gesehen. Denn von dort habe ich ja auch seiner Zeit mein Zertifikat erhalten, das in meinen Kreisen als sogenannte Lizenz bezeichnet wird. Der 007-Agent James Bond hatte die Lizenz zum Töten, und ich habe scheinbar die Lizenz fürs Bekloppt-sein. Wie auch immer, entgegen meiner Hoffnung habe ich am nächsten Morgen erneut eine mittlere Sauerei angerichtet.

Gelegentlich denke ich, dass ich witzig wäre. Wenigstens ein bisschen. Leider nur solange bis ich erkenne, dass dem wohl ganz und gar nicht so ist. Beispiel gefällig? Im Englischen heißt Samstag „Saturday", was ich bisher immer als „Satterday" ausgesprochen habe, und zwar, weil Samstag für mich meist ein „satter Day", also ein satter Tag ist. Da schlage ich mir nämlich immer den Bauch voll, da ich am Sonntag frei habe und deshalb nicht unbedingt körperlich auf der Höhe sein muss. Es sei denn, ich habe gerade einen Fall zu bearbeiten. Das ist aber in den letzten zehn Wochen eben nicht mehr vorgekommen. Meine finanziellen Rücklagen verschwanden genauso schnell, wie die goldgelbe Flüssigkeit aus meinen Bourbon-Flaschen. Eine Art verzagter Hoffnung keimte in mir auf, als am Montag eine Frau in mein Büro schneite. Ich bilde mir zwar nicht viel auf meinen Geruchssinn ein, aber die Dame stank förmlich nach Geld. Ihr extravaganter Hosenanzug, der nicht so recht zu ihrem fortgeschrittenen Alter passte, hatte garantiert mehr gekostet, als ich durchschnittlich in drei Monaten an Honorar einnahm. Und für die perfekt gelegte Frisur ihrer schlohweißen Haare hatte sie bestimmt auch mehr hingeblättert, als die Kaufsumme meines derzeitigen Anzugs betrug. Den Preis ihrer Hermès-Birkin-Handtasche schätzte ich lieber nicht ein. Sonst wäre wahrscheinlich mein leidgeplagtes Gehirn stöhnend verendet. Nachdem die Dame Platz genommen hatte, stellte sie ihre Handtasche auf die Knie, und musterte mich anschließend von oben bis unten. Zumindest den Teil von mir, der oberhalb meiner Schreibtischplatte zu sehen war. Dann sagte sie mit der Stimme einer Gouvernante: „Besonders gut scheinen Sie nicht in ihrem Beruf zu sein. Beziehen Sie ihr Gewand aus einer der sozialen Kleiderkammern? Oder ist das nur Show, um nicht die ärmeren Leute abzuschrecken?" Ich ließ mir Zeit mit der Antwort, um meiner Empörung den nötigen Ausdruck zu verleihen. Dann sagte ich lächelnd: „Sind Sie so alt geworden, weil heutzutage im Essen so viele Konservierungsstoffe enthalten sind, oder sind Sie nur zu eitel, um zuzugeben, dass Sie schon lange nicht mehr leben?" Ich hatte erwartet, dass sie jetzt austicken würde, aber ich sah mich getäuscht. Nachdem sie kurz geschluckt hatte, wurde ihr Ton etwas sanfter: „Entschuldigen Sie bitte, aber ich hatte vergessen, dass ich mich hier nicht in meinen, sondern in Ihren Räumen befinde. Da es der Anstand gebietet, möchte ich Sie fragen, ob Sie trotz des Ausrutschers meinen Fall übernehmen möchten. Ich könnte es durchaus verstehen, wenn Sie jetzt ablehnen". Ich, sozusagen für mich, hätte es nicht verstanden. Für ein entsprechendes Honorar darf man mich ruhig beleidigen. Also antwortete ich scheinbar nachsichtig: „Fangen wir nochmal von vorn an. Was kann ich für Sie tun?" Sie holte eine kleine, goldene Schminkdose aus ihrer Handtasche und puderte sich die Nase: „Sie sollen für mich einen Polizisten ausfindig machen!" Ich antwortete betont gelassen, wobei ich absichtlich das Wort ‚teuer' einfließen ließ: „Da wäre doch der Weg zur Polizei wesentlich angebrachter, als einen teuren Privatdetektiv damit zu beauftragen". Sie steckte das Schminkdöschen weg: „Bei der Polizei war ich schon. Aber die wollten mir da keine Auskunft geben. Daraufhin hat mein Privatsekretär einen Detektiv mit dem Fall beauftragt. Aber dieser windige Kerl hat nur kassiert, und kein Ergebnis geliefert. Deshalb nehme ich jetzt die Sache persönlich in die Hand, und schaue mir die Personen gründlich an, die ich für mich arbeiten lassen möchte. Also, wollen Sie in meinem Auftrag ermitteln?" Ich nickte gespielt widerwillig: „Wenn Sie mir mehr Anhaltspunkte liefern, dann gerne!" Sie stellte ihre Handtasche auf den Boden und begann: „Angefangen hat es damit, dass ich mit meinem Porsche einen anderen Wagen ein klein wenig verbeult habe. Dass die Delle dann doch größer war als gedacht, liegt garantiert daran, dass diese ausländischen Autos allesamt nur aus spanischem Dackelblech fabriziert werden. Ich hatte zwar gebremst, war aber wahrscheinlich doch so schnell unterwegs gewesen, dass der Bremsweg nicht ganz ausgereicht hat. Dann habe ich aus Spaß zu dem herbeigerufenen, absolut attraktiven Ordnungshüter gesagt, dass ich leider schon sehr alt sei, und nur deshalb so schnell gefahren wäre, damit ich ankomme, bevor ich vergesse, wo ich eigentlich hin will. Ich glaube, er hat auch seinen Namen gesagt, aber ich habe nicht richtig hingehört. Ich weiß nur, dass er einen grauen Schnauzbart hatte. Als ich ihn nach seinem Alter fragte, hat er ausweichend geantwortet, dass er zumindest so alt sei, dass er seinen letzten Arbeitstag hätte, und am nächsten Tag in Pension gehen würde. Daraufhin habe ich ihn gefragt, ob wir zwei nicht mal zusammen essen gehen wollen. Dann hat mir dieser fesche Polizist auch noch ein Kompliment über mein Aussehen gemacht, aber dessen ungeachtet erdreistete er sich, anschließend eine Anzeige zu schreiben. Ist doch wohl klar, dass ich absolut nicht mehr daran gedacht habe, mit so einer impertinenten Person auszugehen. Und das bereue ich jetzt. Wissen Sie, ich bin den ganzen Tag nur von Schlägern und Spielern umgeben. Ich spiele nämlich leidenschaftlich Golf. Aber ich möchte von meinen Spielpartnern als auch von meinen Gegnern absolut keinen als Lebensgefährten haben. Nun denke ich, vielleicht könnte es mit diesem gewissen Polizisten klappen. Helfen Sie mir ihn zu finden?" Ich dachte kurz nach und kam zu dem Schluss, dass mir mein Hassfreund Hartmut garantiert bei dieser Sache helfen konnte. Der hatte Beziehungen in alle Kreise, ob in die höchsten oder auch in die niedrigsten. Allerdings ließ er sich seine Hilfe stets teuer bezahlen. Ich zog scheinbar skeptisch meine Mundwinkel nach unten: „Das kann aber sehr teuer werden!" In ihren Augen war deutlich eine gehörige Portion Hohn zu erkennen, als sie schmunzelnd antwortete: „Sehe ich so aus, als ob ich mir keinen Detektiv leisten könnte? Egal, was Sie auch verlangen, ich verdopple es!" Erwähnte ich schon, dass ich von Haus aus ein Naturtrottel bin? Ich weiß bis heute noch nicht, warum ich in dieser Situation nicht einfach eine Million verlangt habe. Stattdessen nannte ich nur das Doppelte meines Tagessatzes: „Vierhundert am Tag plus Spesen". Danach zog ich mit ziemlich zittrigen Händen ein Auftragsformular aus meinem Schreibtisch. Sie war empört: „Was soll das? Mein Wort muss Ihnen genügen!" Das Geldgierzentrum in meinem Gehirn war damit einverstanden. Also sagte ich: „Ok. Dann sagen Sie mir bitte Ihren Namen, damit ich wenigstens weiß für wen ich arbeite!" Sie hob ihre Handtasche auf, öffnete das vordere Fach und legte mir eine Visitenkarte auf den Tisch. Um ein Haar hätte ich losgeprustet. Sie hieß tatsächlich Ophelia Hühnerbein. Zum Glück konnte ich mich gerade noch beherrschen.

Am nächsten Tag rekelte ich mich in meinem Bürostuhl, während ich das Handy ans Ohr drückte: „Grüß dich, Hartmut! Ich bräuchte da wieder einmal deine Hilfe! Eine ganz simple Sache. Ich müsste einfach nur wissen, welche Polizisten in unserem Landkreis in den letzten Tagen pensioniert … äh, was ist los? Wo bist du? London? Und kannst du mir nicht auch von dort aus helfen? Kannst du nicht, aha! Dann wünsche ich dir noch ein paar schöne Tage im Nebel!" Mist. Jetzt hatte ich den Dreck im Karton. Wie, in aller Welt, sollte ich einen Mann finden, der wegen seines verdienten Ruhestandes nicht einmal mehr auf unseren Straßen patrouillierte. Es war wieder einmal nervenzermürbende Kleinarbeit angesagt. Ich begann also folglich damit, den ganzen Tag unsere Stadt zu durchkämmen, ob mir nicht zufällig ein älterer Herr mit ergrautem Schnauzbart vor meine entzündeten Augen käme. Kam er nicht. Am nächsten Tag setzte ich mich im Park auf eine Bank, um meinen geschundenen Füßen etwas Ruhe zu gönnen, als plötzlich ein Mann in den besten Jahren an mir vorbei ging, der unter der Nase eine stattliche, graue Rotzbremse trug. Ich sprang auf: „Entschuldigen Sie bitte! Waren Sie nicht bis vor Kurzem bei der Polizei?“ Er musterte mich abweisend von oben bis unten: „Nein, war ich nicht. Ehrlich gesagt, mag ich die Polizei nicht besonders!“ Dann ging er weiter, und ließ einen verzagten Privatdetektiv hinter sich. So würde ich in hundert Jahren nicht zum Ziel kommen. Ich musste schleunigst meine Taktik ändern. Wenn ich nur gewusst hätte wie.

Am nächsten Tag deckte ich, wie sonst auch immer, meinen Frühstückstisch. Natürlich, wie sonst auch immer, barfuß. Und selbstverständlich, wie sonst auch immer, stieß ich mir beachtenswert schmerzhaft den kleinen Zeh an einem Stuhlbein an. Ich glaube nicht besonders betonen zu müssen, dass ich während des Frühstücks opulent kleckerte. Wie sonst auch immer. Während ich genüsslich mein Brötchen mampfte, glitten meine Augen interessiert über die Morgenzeitung. In einem Artikel berichtete eine Journalistin über einen Verkehrsunfall, wobei sie besonders die Auskunftsbereitschaft eines Polizisten würdigte. Na bitte! Das wars doch! Ich würde einfach jeden Polizisten, der mir vor die Nase kam, nach pensionierten Kollegen befragen. Warum bin ich Trottel nicht gleich darauf gekommen? Wahrscheinlich deshalb, weil ich eben ein Trottel bin.

Gegenüber der Polizeiinspektion befand sich ein großer Besucherparkplatz. Und auf diesem Parkplatz befand sich jetzt auch mein Auto. Ich hingegen wartete auf der anderen Straßenseite geduldig darauf, dass einer unserer Ordnungshüter aus dem Gebäude kam, oder dieses betreten wollte. Sowie sich eine Uniform zeigte, ging ich darauf los, um mich nach dem speziellen Pensionisten zu erkundigen. Inzwischen hatte sich mein nerviges Tun herumgesprochen, und wenn ich auf eines meiner Opfer zuging, hoben diese nur die Hände und flüchteten vor mir. Am Abend fuhr ich wieder unverrichteter Dinge nach Hause.

Vom Frühstück am nächsten Morgen brauche ich sicherlich nichts zu erwähnen. Jeder kann sich denken, wie das ablief. Als ich dann aus der Tür ging, stand ich unvermittelt vor einem Streifenwagen. In meiner Straße hatte es einen kleinen Zusammenstoß zweier nicht ganz vorsichtiger Fahrzeuglenker gegeben. Während einer der Streifenpolizisten die zwei bedröppelt blickenden Verursacher befragte, lehnte der andere gelangweilt an dem Dienstwagen. Ich ging schnurstracks auf ihn zu: „Entschuldigung, ich suche dringend einen ihrer ehemaligen Kollegen. Er ist vor kurzem pensioniert worden, und trägt einen grauen Schnauzbart". Der Mann blickte mich nicht gerade freudetrunken an: „Was wollen Sie denn von ihm?" Ich setzte mein freundlichstes Gesicht auf zu dem ich fähig war: „Ach, er hat einfach einen unvergesslichen Eindruck auf eine Frau gemacht, und ich soll ihm etwas von dieser Dame mitteilen". Der Uniformierte richtete sich auf: „Ehrlich? Ich glaube es ja nicht. Seit seine Frau vor vier Jahren gestorben ist, hat er nie wieder eine andere angeschaut". Ich frohlockte: „Sie kennen ihn also. Sagen Sie, wie heißt er, und wo wohnt er?" Der Beamte antwortete etwas leutseliger als noch gerade eben: „Ich denke mal, es ist Ernst Weidmann. Von den fünf Ausgeschiedenen ist er der einzige mit einem Schnauzer. Aber wo er wohnt weiß ich leider nicht". Ich bedankte mich überschwänglich, ging zu meinem Auto und fuhr zum Büro. Besser gesagt, ich war so aufgeregt, dass ich nicht fuhr, sondern preschte. Diese Tatsache wurde von einem Blitzgerät definitiv dokumentiert.

Es dauerte nur ganz kurz, dann hatte das Telefonbuchprogramm meines Laptops fünf Ernst Weidmänner inklusive ihrer Adressen ausgespuckt. Drei davon wohnten in meiner Umgebung. Mit diesem Wissen ließ ich das Internet nach weiteren Daten durchsuchen, und zwar speziell nach Bildern. Wenige Augenblicke später leuchtete mir das Konterfei eines älteren Herrn mit ergrautem Schnauzer entgegen. Ich muss immer wieder sagen, ich finde es als Privatdetektiv geradezu fantastisch, dass Leute ungefragt alles von sich ins Netz stellen. Unter dem Profilbild stand nicht nur die Adresse, sondern auch der ehemalige Beruf und einschlägige Hobbys. Zufrieden grinsend klappte ich den Laptop zu, und griff nach meinem Smartphon. Dann verharrte ich einen Augenblick. Wenn ich jetzt meiner Klientin alles brühwarm erzählte, hätte sie keinerlei Grund mehr mich zu bezahlen. Ich hatte doch nichts Schriftliches in der Hand. Nachdem ich ihre Nummer gewählt hatte, sagte ich deshalb ausgesucht höflich: „Ich habe Name und Adresse Ihres Polizisten. Wenn Sie mit der Kohle verbeikommen, erfahren Sie alles!" Sie vertröstete mich unhöflich auf den Nachmittag. Inzwischen malte ich mir die Höhe meiner Gage aus. Ich hatte, alles in allem, vier Tage für diesen Fall benötigt. Vierhundert pro Tag hatte ich veranschlagt. Meine Klientin wollte, eigener Aussage nach, mein Honorar sogar verdoppeln. Das bedeutete summa summarum dreitausendzweihundert Glocken. Nun musste ich nur noch abschließend entscheiden, ob ich das Geld als Rücklage für schlechtere Zeiten verwenden sollte, oder dafür zu benutzen, um mir endlich wieder einmal einen Strandurlaub zu gönnen. Nach dem Mittagessen hatte ich meinen Entschluss gefasst. So gut mir auch ein Urlaub tun würde, das Geld sollte mir lieber über eine zuküunftig zu erwartende Durststrecke helfen. Kurz darauf öffnete sich die Tür und ein Mann mit einem Köfferchen trat ein: „Herr Baer, wenn ich nicht irre. Ich bin der Privatsekretär von Frau Hühnerbein. Hiermit überreiche ich Ihnen das Honorar für Ihre geleistete Arbeit. Ich darf mich empfehlen!" Dann rauschte er davon, während ich mit kaltem Schweiß auf der Stirn das Geld zählte. Zweimal. Es waren dreitausendfünfhundert Mäuse. Hochzufrieden genehmigte ich mir einen Schluck Bourbon aus der noch halbvollen Büroflasche.

Am nächsten Tag lümmelte ich in meinem Bürostuhl mit dem Hochgefühl, ein überaus erfolgreicher Detektiv zu sein. Es war so gegen 11:00 Uhr, als mein Handy klingelte. Eine wütende Männerstimme schrie mich an: „Sind Sie dieser Arsch, der meine Adresse an die durchgeknallte Tante verraten hat? Seit gestern habe ich keine einzige Minute Ruhe mehr wegen dieser Stalkerin. Ich möchte Ihnen am liebsten ihren beschissenen Hals umdrehen!" Nun muss sich ja ein erfolgreicher Privatdetektiv nicht alles gefallen lassen. Vor allem nicht von Leuten, die gar nicht mehr bei der Polizei sind. Ich überlegte mir in Windeseile, womit ich ihn hart treffen könnte, und sagte beinahe zärtlich: „Wenn hier einer ein Arsch ist, dann bestimmt nicht ich. Einer, der zu blöd für einen anständigen Beruf ist, und deshalb nur bei der Polizei unterkommen konnte, sollte sich nicht so aufblasen. Schonmal gar nicht, wenn er so dämlich ist, und alle seine Daten ins Internet gestellt hat". Seine Reaktion übertraf bei Weitem meine Erwartung. Er brüllte so laut, dass ich ihn wahrscheinlich auch noch ohne Telefon hätte hören können: „Das ist dein Todesurteil! In fünf Minuten bin ich da. Und dann poliere ich dir dermaßen die Fresse, dass dich selbst deine Mutter nicht mehr wiedererkennen wird! Du bist tot! Fürchterlich tot!" Danach war nichts mehr zu hören. Nun bin ich beileibe kein Angsthase. Und ich habe auch sehr erfolgreich einen Selbstverteidigungskurs absolviert. Trotzdem war mir etwas mulmig. Man sagt zwar landläufig, dass Hunde, die bellen, nicht beißen. Aber der Mann war kein Hund, sondern ein ehemals gut ausgebildeter Polizist. Vorsichtshalber beobachtete ich deshalb aufmerksam das Straßengeschehen durch mein blankgeputztes Bürofenster. Und siehe da, ein Auto bremste mit quietschenden Reifen vor dem Haus, aus welchem ein Mann mit Schnauzbart herausgepoltert kam. Eigentlich war es kein Mann, sondern mehr ein Hüne. Er rannte dermaßen schnell in Richtung Tür, dass ich nicht mehr viel unternehmen konnte. Blitzschnell verließ ich mein Büro und schloss die Tür ab, während seine Schritte schon auf der Treppe zu hören waren. Ein guter Detektiv muss auch ein guter Schauspieler sein. Also klopfte ich mehrmals an meine eigene Tür und rief: „Herr Baer, sind Sie da?" Inzwischen war mein Widersacher ebenfalls angelangt. Ohne auf mich zu achten, hämmerte er mit der Faust an meine Bürotür: „Mach auf, du Hurensohn!" Ich tippte ihn vorsichtig an: „Wie es scheint ist Herr Baer nicht zugegen. Wir werden am besten morgen wiederkommen". Dann ging ich mit Bedacht die Treppe hinunter. Der Schnauzbart überholte mich, laut vor sich hin schimpfend. Das war der Moment, in dem ich mich umentschied. Ich würde nun doch das Geld für einen längeren Urlaub verwenden.

Cassava

„Was du nur wieder hast! Unser Universum dehnt sich bekanntermaßen ständig aus, und ich folge lediglich diesem allgemeinen Trend!" Kommissar Riemer zog seine Lebensgefährtin zu sich heran: „Und vergessen Sie nicht,

Frau Kommissarin, dass ich im Moment vier Kilo weniger wiege, als bei unserer ersten Begegnung!" Frauke Wiegand machte sich von ihm los: „Es könnten aber zwanzig sein!" Werner Riemer protestierte: „Was? Zwanzig Kilo? Soll mich der Wind wegpusten? Du tust ja gerade so, als ob ich zu meinem Vergnügen esse". Frauke konterte unwillig: „Selbst bei zwanzig Kilo weniger bist du immer noch übergewichtig". Riemer lächelte: „Da will ich aber erst noch eine zweite Meinung hören!" Die Kommissarin stemmte ihre Hände in die Hüfte: „Kannst du haben! Uneinsichtig bist du nämlich auch noch! So!" Der Kommissar stand auf und fasste seine Frauke um die Taille: „Ach komm, so dick bin ich nun auch wieder nicht. Außerdem hast du mich doch bisher trotzdem recht gern gehabt". Sie streifte seine Arme ab: „Aber so dick zu sein ist nicht normal". Der Kommissar ließ sich zurück aufs Sofa plumpsen: „Der sogenannte Normalzustand ist angeblich der, welchen die meisten Menschen einnehmen. Da aber seit Jahren mehr Menschen tot sind als zurzeit leben, wäre es für uns beide durchaus normal tot zu sein. Meintest du das?" Frauke kam um eine Antwort herum, denn in diesem Moment klingelten gleichzeitig zwei Handys.

Hauptkommissar Hohlbach saß, nein thronte, hinter seinem robusten Schreibtisch: „Sie beide werden sich nach Waldlingen begeben. Dort hat man heute hinter einem Einfamilienhaus eine verkrümmte Leiche gefunden, welche dort wahrscheinlich schon eine ganze Weile gelegen hat. Sie müssen den Fall noch innerhalb dieses Monats aufklären. Haben wir uns da verstanden?" Im Hinausgehen sagte Riemer halblaut zu Frauke: „Der Blödmann hat schon wieder Angst, dass die Aufklärungsrate unserer Dienststelle absackt". Und Hohlbach rief Ihnen hinterher: „Das habe ich gehört!"

Dr. Mertens, die Gerichtsmedizinerin, war schon vor den beiden am Fundort der Leiche angekommen. Als die zwei eintrafen, teilte sie mit ihnen ihr Wissen, ohne vorher gefragt worden zu sein: „Die Leichenstarre hat sich bereits gelöst. Der Tote liegt also mindestens 24 Stunden hier. Das zeigt auch die Oculus-Eintrübung. Bei geschlossenen Lidern tritt die nämlich ebenfalls nach dieser Zeit ein. Da sich aber die Fingerkuppen bei jedem Menschen in diesem Stadium rötlich-braun verfärben, kann ich nicht mit Gewissheit auf eine Intoxikation schließen, jedoch die unversehrte Epidermis lässt diesen Schluss eventuell zu. Mehr kann ich erst sagen, wenn ich ihn auf meinem Tisch gehabt habe".

Kommissar Riemer deckte gerade den Küchentisch fürs Abendessen und sagte nebenher: „Morgen bekommen wir den Durchsuchungsbeschluss. Dann werden wir erst einmal die Wohnung des Toten gründlich auf den Kopf stellen". Und als Frauke nicht reagierte: „Hörst du mir überhaupt zu?" Die Kommissarin schreckte hoch: „Entschuldigung, aber ich grüble immer noch über das Gesicht des Toten nach. Mir ist, als würde ich ihn kennen. Aber der Name Gottfried Wendemar sagt mir rein gar nichts. Und noch etwas ist seltsam. Die Mertens lässt sich doch sonst jeden Wurm aus der Nase ziehen. Und das auch nur, wenn sie ihre Untersuchung abgeschlossen hat. Dieses Mal hat sie aber von ganz alleine angefangen zu plappern. Das finde ich einigermaßen seltsam". Riemer nickte: „Ist mir auch schon aufgestoßen. Mal sehen, ob ich sie morgen aus der Reserve locken kann!"

Dr. Martina Mertens, die forensische Pathologin, fauchte den eintretenden Kommissar wie immer an: „Wie oft soll ich es Ihnen noch sagen? Auch wenn Sie ständig hier hereingetrampelt kommen geht meine Arbeit nicht schneller voran". Werner Riemer entgegnete aufgeräumt: „Na bitte! Geht doch! Sie sind wieder die Alte". Worauf die Gerichtsmedizinerin mit etwas Schalk in den Augenwinkeln protestierte: „Die Alte? Von wegen alt. Gerade Sie müssen auf dem Alter herumreiten. Sie sind doch zehn Jahre älter als ich. Und durch Ihren Bauch wirken Sie sogar noch älter". Riemer tätschelte seine Ausbuchtung: „Ja, Schönheit ist eben eine Bürde. Aber wie wäre es jetzt mit der Todesursache?" Die Pathologin schnaufte genervt: „Na gut! Entsprechend des Inhalts des Ventriculus gehe ich davon aus, dass der Tote Vegetarier war und kurz vor seinem Ableben eine Gemüsenahrung zu sich genommen hat. Wahrscheinlich war das Toxikum dort beigemischt. Ich habe von unserem Labor eine ganz spezielle Blutuntersuchung vornehmen lassen. Der Stoff, der meiner Vermutung nach für den Tod verantwortlich sein könnte, ist zu 98 bis 99 % in den Erythrozyten und ebenfalls zu geringen Mengen im Blutplasma enthalten. Zuverlässige Messergebnisse bekommt man aber nur aus dem Konzentrat der Erythrozyten". Der Kommissar atmete tief durch: „Und wenn Sie mir nun noch verraten, welcher Giftstoff das ist, dann verspreche ich Ihnen, Sie nicht zu erschießen!" Die Medizinerin steckte die Hände in die Taschen ihres Kittels: „Cyanid. Ein ungebildeter Mensch wie Sie würde dazu auch Blausäure sagen. Aber Cyanide sind eigentlich Salze der Blausäure. Und wenn Sie in Chemie aufgepasst haben, dann wissen Sie, dass ich nicht Speisesalz damit meine. Und jetzt darf ich darum bitten dass eine große Fleischkugel aus meiner Pathologie entfernt wird".

Werner Riemer betrat vergnatzt Fraukes Dienstzimmer: „Kannst du dir vorstellen, dass diese rappeldürre Mertens sich erdreistet hat, mich eine große Fleischkugel zu nennen?" Die Kommissarin schaute auf: „Ich denke, sie hat Recht. Wenn du dich auf eine Waage stellst, dann zeigt die deine Telefonnummer an. Und wenn du weiter so isst, dann sogar mit Vorwahl". Riemer machte auf dem Absatz kehrt: „Immer auf die kleinen Dicken!" In seinem Büro angekommen, startete er den Computer. Er suchte nach Pflanzen, die Cyanide enthalten konnten. Schließlich war das Opfer Vegetarier. Synthetika aus der Chemieindustrie schloss er deshalb vorläufig aus. Er erfuhr zunächst auch nicht viel mehr, als er bereits wusste, nämlich dass in bitteren Mandeln, Steinobst, Aprikosen- und Apfelkernen der Stoff Amygdalin in meist hohen Konzentrationen nachgewiesen werden konnte. Viel interessanter fand er die Tatsache, dass in Lein, Hülsenfrüchten oder Maniok die Glykoside Amygdalin, Prunasin und andere cyanogene Stoffe vorkommen. Er klemmte sich noch einmal ans Telefon: „Werte Frau Dr. Mertens, kann man die Pflanzen-DNA von dem Zeug herausfinden, mit dem unser Opfer vergiftet wurde?" Die lapidare Antwort lautete: „Kann man". Kommissar Riemer wurde ein klein wenig ungehalten: „Dann machen Sie das bitte gefälligst auch!" Dr. Mertens antwortete gelassen: „Habe ich bereits. Es handelt sich um Cassava, gelegentlich auch Yuca genannt". Riemer zog die Brauen hoch: „Habe ich noch nie gehört". Da sich die Pathologin sicher war, dass das Folgende Riemer kein Stück weiter bringen würde, musste sie sich ein wenig das Lachen verkneifen: „Das ist eine Pflanzenart aus der Familie der Euphorbiaceae". Die Laune des Kommissars sank noch ein klein wenig tiefer: „Ich werde Sie doch eines Tages erschießen müssen. Wie wäre es, wenn Sie das Ganze noch einmal ohne diesen lateinischen Quatsch sagen würden?" Die Gerichtsmedizinerin machte eine kurze Pause. Dann sagte sie gedehnt: „Maniok. Stammt ursprünglich aus Brasilien und dürfte selbst einem Menschen mit Ihrem Bildungsniveau bekannt sein. Oder?" Riemer knallte wütend den Hörer auf das unschuldige Telefon.

Kommissarin Wiegand hatte das Badezimmer des Toten durchsucht, und kam zurück in die Wohnstube: „Schau mal was ich gefunden habe. Lippenstift, Nagellack und Kajal. Falls unser Opfer kein Transvestit war, hatte er eine Freundin". Werner Riemer hielt ein Kleid in der Hand: „Kann ich nur bestätigen. Der Kleiderschrank ist voll von Frauenklamotten. Und auf dem Nachttisch steht auch ein Bild von der Frau". Frauke Wiegand lenkte ihre Schritte ins Schlafzimmer, um entsetzt mit dem Bilderrahmen in der Hand zurückzukommen: „Jetzt weiß ich, wieso mir der Tote so bekannt vorkam. Ich habe ihn zwar nur einmal gesehen, aber es ist der neue Lebensgefährte meiner Freundin. Die muss ich sofort anrufen!" Riemer bremste sie: „Moment noch! Unser Mann ist schon etwas länger tot. Wir wollen erst einmal nachfragen, ob deine Freundin ihn überhaupt als vermisst gemeldet hat. Und wo ist deine Beste eigentlich? Hier jedenfalls nicht. Außerdem habe ich im Hinterkopf, dass du mir mal erzählt hast, deine Busenfreundin sei von Beruf Gärtnerin. Vielleicht wäre es besser zuvor herauszufinden, ob sie im Garten Maniok anbaut". Kommissarin Wiegand war bis ins Mark erschüttert: „Sag mal spinnst du? Du glaubst doch nicht wirklich, dass meine Freundin ihren neuen Freund vergiftet hat?" Riemer lenkte beschwichtigend ein: „Hab ich ja auch nicht gesagt. Aber wie ich dich kenne, bist du professionell genug, um das zunächst nachzuprüfen. Ausschließen können wir die Gute dann später immer noch". Frauke drehte sich um, und verließ ohne ein Wort die Wohnung. Riemer brachte kopfschüttelnd das Kleid zurück ins Schlafzimmer und brummte trotzig: „Dann suche ich eben alleine weiter!"

Als Riemer zurück in die Behörde kam, traf er im Flur auf Kommissar Straubinger. Der winkte ihn zu sich heran: „Falls du zum Alten willst, der ist mit Schimmler zusammen unterwegs". Werner Riemer zuckte mit den Achseln: „Na gut, dann erfährt er eben erst morgen von meinem Fund. Aber Frauke muss ich es sofort sagen". Straubinger hielt ihn fest: „Frauke ist auch nicht mehr da. Sie hat früher Feierabend gemacht. Ich soll dir aber ausrichten, dass sie ihre Freundin telefonisch erreicht hat. Die ist seit ein paar Tagen bei der kranken Mutter ihres Mackers". Riemer drehte sich fluchend um, und verließ die Dienststelle.

Als der Kommissar nach Hause kam, saß Frauke regungslos am Fenster. Er wollte ihr einen Kuss geben, aber sie drehte den Kopf zur Seite und sagte: „Geh weg!" Riemer setzte sich: „Das werde ich, verdammt nochmal, garantiert nicht tun! Und du hörst mir jetzt zu! Ich habe in dem Haus einen interessanten Fund gemacht. Nämlich fünf Pässe, alle mit dem Konterfei des Toten, sowie Bargeld in Höhe von umgerechnet zweihunderttausend Euro, aber in drei verschiedenen Währungen. Außerdem lag dort ein Dossier von dir, von mir und von seiner neuen Eroberung. Ich fürchte, deine Freundin hatte sich da einen ganz miesen Partner angelacht. Der Bursche hatte den Auftrag unsere Polizei zu unterwandern. Was das Vergiften angeht, wird das garantiert unter den Tisch gekehrt. Ich kann mir schon denken, wer dahinter steckt. Aber das ist nicht mehr unsere Gehaltsstufe. Morgen übergebe ich alles dem Alten, und der wird es dann dem Nachrichtendienst zustellen. Sollen sich doch die Nulpen von denen darum kümmern. Deine Freundin habe ich übrigens inzwischen auch erreicht. Gleich nachdem ich vorhin geparkt hatte. Die war natürlich nach deinem Anruf sehr aufgeregt und hat ihrer fast Schwiegermutter alles gesagt. Und da nun ihr Sohn mausetot ist, hat die Alte gebeichtet schon immer gewusst zu haben, dass ihr Filius im Ausland ausgebildet worden ist. Deine Freundin ist damit aus dem Schneider, weil sie tatsächlich nichts davon geahnt hat. Und ich bin morgen den Fall los. Es gibt also keinen Grund mehr für dich, weiterhin zu schmollen. Und wenn du wieder lieb zu mir bist, dann verspreche ich dir ein weiteres Kilo abzunehmen". Frauke blickte zu ihm auf: „Besser zwei. Damit du nicht wegen deines blöden Übergewichts irgendwann ins Gras beißen musst!" Kommissar Riemer legte ihr lächelnd die Hand auf die Schulter: „Das wäre dann auch nur halb so schlimm! Gras hat doch bekanntlich kaum Kalorien."

Die Vorladung

Mag sein, es gibt Leute, die nichts für Street Food übrig haben. Ich hingegen liebe Döner Kebab. Diese leckere Speise wurde ursprünglich im osmanischen Reich erfunden. Das heutige Rezept, bei dem nicht nur ausschließlich Hammel- oder Lammfleisch eingesetzt wird, wurde von Türken und Deutschen entwickelt, und ist inzwischen auf der ganzen Welt als German-Döner bekannt. Ich habe jedoch eine ganz spezielle Eigenheit für das Verspeisen meines Döners entwickelt. Ich verzichte auf jede Art von Soßen. Nicht wegen des Geschmacks, sondern aus Rücksicht auf mein Oberhemd. Ich kleckere bereits beim Frühstück in ausreichender Menge, da muss mich dann später kein Döner mehr dabei unterstützen. Die Übersetzung von Döner Kebab ist übrigens „Drehendes Grillfleisch". Wer hätte das gedacht? Nun nehme ich im Normalfall mein Mittagessen in dem Restaurant im Erdgeschoss des Hauses ein, in welchem sich auch mein Büro befindet. Manchmal, wenn mir halt danach ist, gehe ich aber auch um die Ecke an die Dönerbude. Der Inhaber ist ein Türke, der in Deutschland geboren und aufgewachsen ist. Er begrüßt mich jedes Mal mit den Worten: „Na, hat unser Privatdetektiv wieder Lust auf einen Döner? Wie immer ohne Soße?" Nun muss ja nicht unbedingt jeder wissen, womit ich meine Brötchen verdiene, aber etwas Reklame ist in meinem Metier auch nicht gerade schädlich. Deshalb wunderte ich mich auch nicht, als gegen 15 Uhr ein Mann mein Büro betrat und noch in der Tür sagte: „Ich habe gehört, Sie sind Privatdetektiv". Meine Antwort war: „Klar! Steht ja wohl auch draußen dran". Er setzte sich: „Passen Sie auf! In das Haus, in dem ich seit langem wohne, ist vor ein paar Tagen so ein Schwarzer eingewiesen worden. Soviel ich weiß, arbeitet der schwarz. Sie sollen ihn beschatten, damit ich das beweisen kann. Dann wird der Kerl nämlich wieder ausgewiesen". Ich stand äußerst beherrscht auf: „Wenn der schwarz ist, dann wird er auch schwarz arbeiten, falls sie diesen Gag überhaupt verstehen können. Und jetzt sehe ich dafür schwarz, dass ich jemals einen Auftrag von Ihnen ausführen werde. Auf Wiedersehen!" Er stand mit einem Gesicht auf, das ausgereicht hätte, sieben Liter Milch schlagartig sauer werden zu lassen: „So einer sind Sie also!" Dann ging er, ohne die Bürotür zu schließen.

Als ich daraufhin zur Tür stelzte, um diese Arbeit selbst zu übernehmen, bemerkte ich einen leichten Geruch, der mir irgendwie bekannt vorkam. Mein unterentwickeltes Hirn war aber nicht in der Lage an die Oberfläche zu spülen, was das für ein Zeug sein konnte, und wann mir dieser Geruch schon einmal unter die Nase gekommen war. Der Rest des Tages verlief ereignislos.

Vieles im Leben verdanken wir dem Zufall. Wobei ich persönlich bei diesem Begriff etwas skeptisch bin. Stellen Sie sich vor, Sie liegen im Urlaub an einem fernen Strand, und plötzlich steht dort ihr Nachbar vor Ihnen. „Was für ein Zufall", werden Sie vielleicht denken. Aber viele Menschen fahren regelmäßig an alle möglichen Strände. Außerdem haben Sie vielleicht vor ein oder zwei Jahren mit Ihrem Nachbarn gerade über diesen abgelegenen Strand gesprochen. Mit anderen Worten, je häufiger die Leute an Strände fahren, desto näher liegt die Möglichkeit dort einander zu begegnen. Und je mehr wir zusätzlich um eine Sache wissen, desto weniger wird für uns eine Begegnung einen Zufall darstellen. Allerdings scheint das nicht in jedem Fall so zu sein. Sonst wäre ich nicht zufällig dort vorbei gegangen, wo ein Polizeiauto mit seinem Blaulicht einen Leichenwagen anblinkte. Zwei Männer trugen eine zugedeckte Leiche auf einer Bahre an mir vorbei, wobei mich der eine Träger unhöflich zur Seite schubste. Und da stieg mir genau derselbe Geruch in die Nase, wie vor Kurzem in meinem Büro. Plötzlich machte irgendetwas klick in meinem Hirn. Es war Ligroin! Eindeutig Ligroin! Beim Arzt hatte mir einmal eine Krankenschwester die Klebereste eines Wundpflasters entfernt. Und auf der Flasche stand Ligroin. Also hieß es für mich, zurück ins Büro und den Laptop zum Leben erwecken. Aha, Ligroin ist eigentlich Leichtbenzin, besteht aus leichtentzündlichen Kohlenwasserstoffen und wird oft zur Entfettung in der Textilreinigung verwendet. In mir stieg eine böse Befürchtung hoch.

Als ich meinen Verdacht äußerte, blickte mich der Mann im Anzug an, wie eine Kuh wenn's donnert. Er schien mich nicht ganz verstanden zu haben. Also wiederholte ich geduldig: „Den Toten konnte ich nicht sehen. Ich denke aber, er hatte dunkle Hautfarbe. Stimmts? Und im gleichen Haus wohnt ein Mann, der in einer chemischen Reinigung arbeitet. Das sollten Sie schleunigst nachprüfen! Ich wette, an dem Opfer sind DNA-Spuren von dem Reinigungsfutzi!" Der Beamte stand auf: „Wir haben hier keine Zeit uns mit Privatspinnern zu befassen. Er stopfte seinen verrutschten Binder in die Jacke und zeigte auf die Tür. Ich ging unter Protest: „Sie werden noch an mich denken!"

Als ich an diesem Abend im Bett lag und langsam ins Traumland hinüberdämmerte, riss mich das Läuten meines Handys auf ekelhafte Art und Weise zurück in die Realität. Ich kämpfte mich augenreibend aus dem Bett, verfing mich natürlich mit dem großen Zeh im Bettbezug, und klatschte ungebremst auf die Fresse. Während ich mit einer Hand die schmerzende Nase rieb, drückte ich das Handy mit der anderen ans Ohr: „Baer. Wer spricht da?" Eine Frauenstimme sagte: „Entschuldigen Sie bitte die späte Störung, aber ich habe mich gerade mit meinem Bruder über Ihre Aussage bei der Polizei unterhalten. Kann es sein, dass die Tat Ihrer Meinung nach einen rassistischen Hintergrund hat? Ich bin nämlich von der Antirassistischen Registerstelle". Meine Antwort wurde von einem genervten Unterton begleitet: „Das habe ich heute schon versucht Ihrem Bruder beizubringen. Aber er hat mich rausgeschmissen". Sie bedankte sich höflich und legte auf. Und mein Körper legte sich wieder ins Bett.

Am nächsten Morgen konnte ich durch meine sündhaft teure Brille lesen, dass man den Täter anhand der gefundenen DNA-Spuren ermitteln konnte. Der Kerl hatte auch schon ein Geständnis abgelegt. Es war eindeutig ein Hassverbrechen gewesen. Für mich war damit der Fall beendet. Manchmal täusche ich mich eben.

Am späten Nachmittag betrat eine Frau mein Büro, mit deren Anblick mein vorurteilbehaftetes Hirn den abgenutzten Begriff „Mütterchen" assoziierte. Ihre Kleidung hatte bestimmt schon viele Lenze gesehen, und sie ging etwas gebückt. An ihrem Arm baumelte eine Handtasche, deren Fabrikationszeitpunkt garantiert noch vor meiner Geburt anzusiedeln war. Als sie sich gesetzt hatte, rannen ihr zwei Tränen über die Wangen: „Wir kennen uns schon länger als fünfzig Jahre und sind heuer dreiundvierzig Jahre verheiratet. Dreiundvierzig. Und jetzt hat er eine Andere. Bestimmt eine Jüngere. Obwohl er schon seit Jahren eine Glatze hat. Aber Männer nehmen sich immer eine Jüngere, egal ob Glatze oder nicht. Ich hatte in all den Jahren nie den Verdacht, dass er fremdgeht". Ich unterbrach ihren Redefluss: „Aber aus welchem Grund denken Sie denn das gerade jetzt?" Sie holte ein Tuch aus der Handtasche und putzte sich umständlich die Nase: „Er geht neuerdings jeden Tag aus dem Haus. Immer genau 14:15 Uhr. Angeblich spazieren. Er ist früher noch nie ganze drei Stunden lang spazieren gegangen. Ich bin ihm schon zweimal heimlich gefolgt. Aber ich habe ihn immer aus den Augen verloren. In meinem Alter ist man eben nicht mehr so gut zu Fuß. Darum habe ich mir gedacht, Sie könnten ihn vielleicht … wie sagt man dazu?" Ich ergänzte: „Observieren". Sie blickte mich ungläubig an: „Obst servieren?" Lachend korrigierte ich: „Observieren. Das bedeutet Beobachten oder auch Überwachen". Sie nickte: „Ja. Und Sie sagen mir dann, ob es stimmt. Das mit der anderen". Um sie nicht gleich mit einer konkreten Summe abzuschrecken, sagte ich: „Das kostet aber einiges an Geld". Sie winkte ab: „Wir waren immer genügsam. Da kommen im Laufe eines Lebens schon ein paar schöne Groschen zusammen. Ich gebe Ihnen, sagen wir mal, tausend Euro". Ich protestierte energisch: „Oh nein! Gute Frau, um ihrem Mann zu folgen benötige ich höchstwahrscheinlich nur einen Tag. Das kostet lediglich zweihundert. Aber ich brauche Ihre Adresse, den Namen Ihres Mannes, und unbedingt ein aktuelles Bild vom ihm!" Sie kramte in der Tasche herum und förderte eine Fotografie zu Tage: „Mein

Mann heißt Willi. Also eigentlich Wilhelm. Und wir heißen Gröber. Ich bin aber eine geborene Reimann. Mein Mann ist ein geborener Gröber. Hier, das ist eine Aufnahme von unserem vierzigsten Hochzeitstag". Ich nahm das Bild entgegen: „Na ja, heute ist es wohl schon zu spät. Also werde ich gleich morgen mal sehen, wie der Hase läuft. Ich sage Ihnen dann am Abend Bescheid". Sie bedankte sich und ging davon. Ich ging auch. In meinen verdienten Feierabend.

Am nächsten Tag stand ich pünktlich parat und pirschte dann unauffällig dem Glatzköpfigen hinterher. Die Jagd ging quer durch die Stadt, drei Stationen mit dem Bus, und dann wiederum eine weitere Strecke zu Fuß. Schließlich betrat der Mann ein großes Gebäude, an welchem ein Schild mit der Aufschrift prangte: „Klinik für Strahlentherapie und Radioonkologie". Damit schien für mich die Sache klar zu sein. Ungefähr eine Stunde musste ich mir die Beine vertreten, bis der Knabe wieder erschien. Ich ging schnurstracks auf ihn zu, um meine zurechtgelegte Fangfrage zu platzieren: „Entschuldigung, kommen Sie aus der Praxis von Doktor Wendler? Ist da viel los, oder lohnt es sich noch anzumelden?" Er blickte mich erstaunt an: „Ich kenne keinen Doktor Wendler. Ich war hier nur zur Bestrahlung". Dieser Satz veranlasste mich dazu, bedeutend zu nicken: „In diesem Fall biete ich Ihnen an, Sie nach Hause zu fahren. Und ich empfehle Ihnen, ihrer Frau von der Krebserkrankung zu erzählen. Dann braucht sie nämlich keinen Privatdetektiv mehr zu engagieren, weil sie befürchtet, ihr Mann gehe nach dreiundvierzig Ehejahren fremd". Er weinte die ganze Fahrt über.

Bevor ich mich an den Frühstückstisch setze, hole ich immer erst die Morgenzeitung aus dem Briefkasten. Manchmal finden sich dabei auch Briefe an. Meist sind es als regulärer Brief getarnte Werbeanzeigen. Aber diesmal war es eine offizielle Ladung vor das Landgericht. Der Kerl mit dem spezifischen Geruch, der wegen meines Hinweises verhaftet worden war, verklagte mich auf einhunderttausend Euro Schmerzenzgeld, weil er ohne mein aktives Zutun nie in seine missliche Lage geraten wäre. Das war ein weiterer Baustein zu meiner Überzeugung, dass es zwar künstliche Intelligenz gibt, aber keine natürliche.

Die Gerichtsverhandlung war bereits nach einer halben Stunde beendet. Wie zu erwarten war, musste ich selbstverständlich nicht blechen. Ich hätte nun beschwingt nach Hause gehen können, aber irgendetwas in den Tiefen meines Gehirns verhinderte das Anfliegen guter Laune, indem es sagte, dass ich etwas Wichtiges vergessen hätte. Nach längerem Grübeln fiel es mir dann wie Schuppen von den Augen. Ich hatte wegen der ganzen Aufregung seit zwei Tagen keinen einzigen Schluck Bourbon zu mir genommen. Aber wie sagt der Volksmund doch so richtig: „Aufgeschoben ist nicht aufgehoben!"

Tagebuch eines Singles

Wer, wie ich, am 31. Dezember Geburtstag hat, der gehört zu den wenigen Menschen, die zur Silvesterfeier auch noch Geschenke bekommen. Meine Kumpels versuchen dann möglichst witzige Dinge an den Mann zu bringen. Außerdem brachten sie die letzten drei Jahre immer das eine oder das andere Mädchen mit zur Feier, weil ich bisher noch nie eine Freundin gehabt habe. Als ich meinen 19. feierte, schenkte mir die Rasselbande unter anderem auch ein Tagebuch. Mit glitzernden Strasssteinen. Zum Glück war es nicht rosa. Sie schütteten sich über mein blödes Gesicht förmlich vor Lachen aus. Angeblich wäre ich schon wegen meines Nachnamens verpflichtet täglich etwas zu schreiben. Ich heiße nämlich Schiller. Genau wie dieser berühmte Dichter. Aber mein Vorname ist halt nicht Friedrich. Und ich bin gerade in der dreijährigen Berufsausbildung zum Drucker. Das heißt übrigens seit August 2011 offiziell „Medientechnologe Druck". Also nahm ich mir vor, auch aus Trotz meinen Kumpels gegenüber, zukünftig für eine gewisse Zeit dieses Tagebuch zu führen.

1. Januar:
9:00 Uhr morgens. Die Silvesterparty war der absolute Knaller. Ich bin immer noch besoffen und habe gerade die letzten beiden Kerle hinausgeworfen. Es war sowieso nichts mehr zu trinken da. Jetzt muss ich erst einmal schlafen. Aufräumen werde ich lieber morgen.

2. Januar:
Wenn ich sagen würde, ich hätte einen Kater, dann wäre das fürchterlich untertrieben. Trotzdem bekam ich einen gewaltigen Schock als ich ins Wohnzimmer kam, denn unter den Sofadecken lag ein schlafendes Mädchen. Nachdem ich sie geweckt hatte, ging sie gähnend und auch wie selbstverständlich zu meiner größten Verwunderung in die Küche, und bereitete aus meinen kläglichen Lebensmittelresten wortlos ein Frühstück. Auf meine zaghafte Frage, wer sie eigentlich sei, und wie sie hierhergekommen wäre, erklärte sie mir sehr energisch, dass sie erst kurz vor Ende der Party von einem meiner Freunde von der Straße geholt worden wäre, und ihr Name sei Mila. Warum sie denn immer noch da sei und warum sie auch noch das Frühstück zubereitet hätte, traute ich mich aufgrund ihres strengen Tons nicht zu fragen. Dann haben wir zusammen meine Bude aufgeräumt.

3. Januar:
Mila ist immer noch da. Sie ist resolut und bestimmend. Ich habe Angst davor wie sie reagiert, wenn ich sie rauswerfen will. Während sie in der Küche das Geschirr säuberte, habe ich zufällig beim Bettenmachen noch eine volle Flasche Korn gefunden. Deren Inhalt wird mir über meine Angst hinweghelfen.

4. Januar:
Mila hat einige Klamotten und Hygieneartikel von ihrem Zuhause zu mir umgelagert. Ich bin machtlos. Als ich

endlich den Mut fand ihr zu eröffnen, dass ich sie nicht mehr in meiner Bude sehen wollte, lachte sie nur.

5. Januar:
Mila hat eingekauft. Woher sie das Geld nahm, hat sie nicht erwähnt. Ich wusste bisher gar nicht, dass ich Vegetarier bin. Schmeckt aber trotzdem gut.

6. Januar:
Großreinemachen. Mila hat dafür einen Generalstabsplan erstellt. Ich muss Fensterputzen und Staubsaugen. Habe ich sonst ja auch immer gemacht. Allerdings nicht alles am gleichen Tag.

8. Januar:
Als kulturbegeisterter Mensch gehe ich ab und zu ins Theater. Hat Mila festgestellt. Da ich Schiller heiße, waren wir gestern in „Die Räuber". Ich dachte erst, es wäre ein Stück über das Finanzamt. Aber es handelt von der Rivalität zweier gräflicher Brüder. Ich weiß jetzt auch, dass Friedrich Schiller mit vollem Namen eigentlich Johann Christoph Friedrich Schiller hieß, und auch mal Medizin studiert hat.

15. Januar:
Allmählich beginne ich mich an Mila zu gewöhnen. Aber ich mache mir langsam Gedanken, was sie den ganzen Tag über treibt, während ich in meiner Lehre bin. Auf meine Frage hat sie aber keine Antwort gegeben.

20. Januar:
Mila hat online ein Bett bestellt. Sie war der Meinung, dass ich der Meinung bin, dass sie nicht für immer auf dem Sofa schlafen kann.

25. Januar:
Es wird eng im Schlafzimmer. Ich schlafe neuerdings verdammt schlecht. Noch nie ist nachts ein weibliches Wesen in meiner Nähe gewesen. Ich höre sie atmen. Dabei ist mir neulich zu Bewusstsein gekommen, dass ich noch nicht einmal ihren Nachnamen kenne.

1. Februar:
Ich habe mich endlich getraut, Mila nach ihrem Familiennamen zu fragen. Sie meinte, dass ich so einen Namen noch nie in meinem Leben gehört hätte. Sie hieße Müller. Es war das erste Mal, dass sie richtig gelacht hat.

20. Februar:
Mila hat wieder eingekauft. Und schon wieder ohne mich nach Geld zu fragen. Als ich das erwähnte, sagte sie nur, dass ich doch froh darüber sein könnte. Weitere Fragen beantwortete sie einfach nicht mehr.

2. März:
Meine Klamotten sind unmöglich. Das wusste ich bisher gar nicht. Mila wusste es. Wir sind deshalb einkaufen gegangen. Mila sogar freiwillig. Ich hätte früher nie solche Sachen getragen, aber mir gefällt mein neues Outfit. Sagt Mila. An der Kasse bekam ich fast einen Herzinfarkt,

aber Mila hat anstandslos die Knete hingelegt. Woher, zum Kuckuck, hat sie das Geld? Ich mache mir langsam Sorgen. Vielleicht ist sie kriminell. Vielleicht bei der Mafia. Ich erinnerte mich sorgenvoll an meine anfängliche Angst. Aber ich durfte keinen Korn kaufen.

7. April:
Mila hat mich das erste Mal geküsst. Auf die Wange. Dabei habe ich bemerkt, dass sie grüne Augen hat. Ich hätte wetten können, ihre Augen wären früher blau gewesen. Trägt sie farbige Kontaktlinsen?

3. Mai:
Ich habe endgültig akzeptiert, dass Mila für immer bei mir wohnen wird. Möglicherweise liegt es auch ein bisschen daran, dass ich seitdem keine Geldsorgen mehr habe. Fragen nach ihrer Familie weicht sie aus.

30. Mai:
Es ist nicht ausgeblieben, dass ich mich mit der Zeit zu Mila hingezogen fühle. Schließlich sieht sie nicht gerade schlecht aus. Meinen vorsichtigen Versuchen sie zu berühren, entzieht sie sich ziemlich geschickt. Bestimmt will sie mich nur zappeln lassen. Denn wenn sie mich nicht mögen würde, wäre sie doch bestimmt schon davon gerannt.

17. Juni:
Ich will absolut nicht zu einem Besäufnis mit meinen Kumpels gehen. Hat mir Mila mitgeteilt. Ich wusste das

zunächst nicht. Aber Mila kennt mich anscheinend inzwischen besser, als ich mich selbst.

1. Juli:
Wandern war schon immer mein Hobby. Sagt Mila.

8. August:
Mila hat geäußert, es wäre schon immer mein sehnlichster Wunsch gewesen, im Urlaub einen Tanzkurs zu belegen. Zugegeben, Mila in den Arm zu nehmen, ist recht angenehm.

6. September:
Wir haben uns geküsst. Lange. So richtig. Mir rasen die Hormone durch den Körper, dass es nur so eine Freude ist. Ich durfte sie auch an bestimmten Stellen anfassen. Leider wars das dann auch schon. Aber wenn sich alles genauso weiterentwickelt, habe ich eine durchaus berechtigte Hoffnung.

9. Oktober:
Ich lerne jetzt Französisch. Wie Mila gesagt hat, wollte ich das schon immer. Qui l'eût cru ?

10. November:
Diese Nacht vergesse ich nie mehr im Leben. Auch wenn ich zweihundert Jahre alt werden sollte. Wir haben uns geliebt, als gäbe es kein Morgen. Mila hatte ihr Bett neben meins geschoben, und wir beide haben die ganze

Spielfläche ausgenutzt. Immer wieder. Ich bin stolz auf meine Kondition.

30. Dezember:
Mila hat mir eiskalt eröffnet, dass sie mich morgen verlassen wird. Sie hätte von Anfang an vorgehabt, nur ein einziges Jahr bei mir zu verbringen. Ich hatte ein Gefühl im Magen, als ob ich sterben müsste. Alles Bitten half nichts. Sie ließ mich einfach abblitzen. Ich bin dann auf die Straße gerannt. In die Eckkneipe. Seit einem Jahr hatte ich keinen Alkohol mehr getrunken. Keine Ahnung, wie ich Saufkopf nach Hause gefunden habe.

31. Dezember:
Der beschissenste Geburtstag meines Lebens. Mir geht es nicht besonders gut. Ich habe alle meine Kumpels ausgeladen. Keiner hat es verstanden. Mila sitzt gefesselt auf einem Stuhl in der Küche. Ich werde sie gleich losbinden und mich entschuldigen. Sie muss in der Nacht ihren Auszug vorbereitet haben. Es ist nichts persönliches mehr da. Keine Klamotten, keine Schminke, kein Schmuck. Wieso ich sie überhaupt festgebunden habe, kann ich mir nur durch den Suff erklären. Ich bin sonst nicht so.

1. Januar
Ich habe mich gestern mehrmals entschuldigt. Als ich sie losband, habe ich ihr gesagt, dass ich sie liebe. Deshalb würde ich ihr nicht mehr im Weg stehen. Sie solle glücklich werden, und zwar so, wie sie es möchte. Sie hat mich

lange angeschaut, und dann gesagt, dass ich es widererwarten doch wert sei, eine Erklärung für alles zu bekommen. Allerdings erst später. Dann ist sie gegangen.

1. Februar:
Es ist verrückt. So verrückt, dass es mir niemand jemals glauben wird. Als ich vor die Tür trat, spürte ich einen starken Sog. Meine Füße hoben von der Erde ab, und ich fand mich in einem Ufo mitten unter Aliens wieder. Unglaublicher Weise sahen die genauso aus wie wir. Ich denke mal, dass jeder, der diese Zeilen liest, wahrscheinlich überzeugt davon ist, dass ich entweder verrückt geworden bin, oder mir einfach nur einen dummen Scherz erlaube. Mag jeder denken, was er will! Jedenfalls teilte man mir mit, dass Mila beauftragt gewesen sei herauszufinden, wie weit Frauen auf der Erde ihre Männer manipulieren können. Irgendwie wunderte mich das gar nicht, zumal die Crew des Raumschiffes ausschließlich aus Frauen bestand. Es war aber bei Milas Erhebungen etwas Unvorhergesehenes eingetreten. Sie mochte mich, warum auch immer. Deshalb ließ man mir die Entscheidung, ob ich hier bleiben oder mit Mila zusammen die Erde verlassen möchte. Ich entschied mich für Mila, bat aber darum, noch einmal nach Hause zurück zu können, um mein geliebtes Tagebuch abzuschließen. Die Nachwelt sollte erfahren, dass es tatsächlich Außerirdische gibt. Irgendwann würde ja irgendwer mein Tagebuch finden.

2. Februar:
War'n Scherz. Mila war nie gefesselt, meine Kumpel wurden nie von mir ausgeladen, und ein Ufo habe ich auch nie zu sehen bekommen. Es ist nur so, dass ich keine Lust mehr habe, weiterhin das Tagebuch zu führen. Und ich wollte es einfach mit einem richtigen Kracher beenden, damit potentielle Leser wissen, dass ich auch über Humor verfüge.

1. März:
Der tatsächliche Kracher kommt jetzt. Wir haben geheiratet. Und ich schwöre, das hat nichts mit Milas Lottogewinn von rund eineinhalb Millionen zu tun. Ich schwöre! Tschüss Tagebuch!

Die Traumdeuterin

Falls man Wissenschaftlern trauen kann, dann ist es wohl so, dass der Mensch jede Nacht träumt. Es sei denn, er hat Nachtschicht und schläft tagsüber. Trotzdem kann ich mich meist nicht daran erinnern, wovon ich eigentlich geträumt habe. Diesmal war das anders. Ich hatte von meinem verstorbenen Freund Max Behr geträumt. Sein angestaubter Schreibtisch steht übrigens immer noch im Büro meiner Detektei. Nun gibt es ja Leute, die Träumen eine bestimmte Bedeutung unterstellen. Man soll es nicht glauben, aber es existieren sogar Tabellen mit sogenannten Traumsymbolen. Dort kann man beispielsweise nachlesen, dass ein Traum von verfaulten Zähnen die Angst vorm Verlassenwerden bedeuten kann. Und wenn man träumt, man trinke kaltes Wasser, bedeutet es, dass man besonders auf körperliche Gesundheit achtet. Hingegen einen Toten lebend im Traum zu sehen verkündet, dass man seiner Trostlosigkeit wieder Herr werden sollte. Nun bin ich mir nicht ganz sicher, was mit dieser Trostlosigkeit in meinem ganz konkreten Fall gemeint sein könnte. Ich habe mich bisher immer trösten können. Mit einem Schluck Bourbon. Außerdem habe ich erst das zweite Mal von Max geträumt. Das erste Mal war damals im Fieberwahn, als ich angeschossen wurde. Übrigens war das nicht meine einzige, beruflich bedingte Verletzung. Ich habe immer noch die Narbe am linken Unterarm von damals, als ein Geländewagen absichtlich in mein Auto bretterte. Die Schwellungen und blauen Augen, die gelegentlich bei Auseinandersetzungen mit unfreundlichen Menschen entstanden waren, sind inzwischen zum Glück alle wieder verheilt. Allerdings konnte ich nicht ahnen, dass ich sehr bald schon wieder eins auf die Gusche kriegen würde.

Es begann alles wie immer. Nachdem Studium meiner Morgenzeitung und dem obligatorischen Kleckern mit der Marmelade, fuhr ich ins Büro, um mich dort mit einem winzigen Schluck Bourbon auf den Tag vorzubereiten. Etwa gegen 16:30 Uhr betrat eine Dame meine heiligen Hallen. Mittleres Alter, sommerliches Kleid, stark geschminktes Gesicht, hässliche Handtasche. Sie wirkte einigermaßen nervös. Nachdem sie vorsichtig auf dem gepolsterten Besucherstuhl Platz genommen hatte, sagte sie zaghaft: „Ich werde bedroht. Man will mich umbringen". Dann zog sie ein paar Papiere aus ihrer Handtasche, die sich bei näherem Hinsehen als Drohbriefe entpuppten. Allesamt Computerausdrucke, logischerweise ohne Unterschrift. Laut dieser A4-Blätter sollte die Gute erstochen, ertränkt, erdrosselt und vergiftet werden. In welcher Reihenfolge war nicht ganz klar. Ich reichte ihr die Blätter zurück: „Damit müssen Sie unbedingt zur Polizei gehen!" Sie stopfte ihre Schreiben wieder zurück in die Tasche: „War ich schon. Die Ermittlungen laufen. Aber sie laufen schon seit einem halben Jahr. Inzwischen hat man mir die Fensterscheiben eingeworfen, meine Gartenbeete völlig verwüstet, und auch versucht mein Garagentor anzuzünden. Ich kann vor Angst nicht mehr schlafen. Und meinen Beruf kann ich auch nicht mehr ausüben, weil ich viel zu nervös bin um einen klaren Gedanken zu fassen". Neugierig fragte ich: „Welchen Beruf üben Sie denn aus, wenn ich fragen darf?" Sie antwortete stolz: „Ich bin freiberufliche Oneirologin". Nun muss ich leider zugeben, dass man in der Regel an meinem Gesicht ablesen kann, was ich denke. Beziehungsweise, dass ich so gut wie nichts denke, weil ich wieder einmal null Ahnung habe. So war es wohl auch diesmal, denn meine Besucherin ergänzte mild: „Oneirologin bedeutet Traumdeuterin. Die Traumdeutung beruht übrigens auf den Forschungen des Österreichers Sigmund Freud. Dessen psychoanalytische Theorie benennt das Traumgeschehen als wichtige Informationsquelle über Unbewusstes". Ich überlegte ganz kurz, ob ich ihr von meinem Traum mit

Max erzählen sollte, verwarf das aber wieder ganz schnell. Schließlich konsultierte die Dame mich, und nicht umgekehrt. Inzwischen hatte ich mir ein Konzept zurecht gelegt, wie ich in diesem Fall vorgehen könnte: „Sagen Sie mal, gibt es in Ihrem Haus ein Gästezimmer oder eine andere Möglichkeit für zwei oder drei Tage bei Ihnen unterzukommen? Ich würde mich nämlich gern dort umsehen. Besonders nachts". Sie nickte: „Ein Gästezimmer gibt es schon. Allerdings ohne Bad. Nur eine Toilette mit Waschbecken. Wenn Ihnen das genügt, dürfen Sie sich gern darin aufhalten". Ich ließ sie eines meiner Auftragsformulare ausfüllen und unterschreiben: „Wenn es Ihnen nichts ausmacht, dann komme ich morgen so gegen achtzehn Uhr mit Sack und Pack zu Ihnen. Allerdings müssen wir uns noch auf einen Preis einigen! Normalerweise verlange ich zweihundert pro Tag". Sie zuckte kurz zusammen: „Dann engagiere ich Sie nur für drei Tage. Mehr kann ich mir nicht leisten. So viel bringt Traumdeuterei nämlich auch nicht ein". Sie verabschiedete sich, und die restliche halbe Stunde bis zum Feierabend döste ich ohne weitere Aktivitäten vor mich hin. Als ich dann nichtsahnend auf die Straße trat, kam ein Mann auf mich zu und schlug mir ohne Vorwarnung mit der Faust ins Gesicht. Ich hörte gerade noch die Worte: „Du steckst also mit dieser Schlampe unter einer Decke", dann ging das Licht aus.

Der nächste Arbeitstag verlief frei von allen intellektuellen Belastungen meiner grauen Zellen. Allerdings hatte ich auch völlig ausreichend damit zu tun, meine linke

Gesichtshälfte mit einem Eisbeutel zu verwöhnen. Nach Feierabend bezog ich pünktlich das Gästezimmer bei meiner Klientin. Dann hatte ich ausreichend Zeit darüber nachzugrübeln, wer oder was einen Mann dazu bringen könnte, mir das Antlitz zu verbeulen. Das hielt mich aber nicht davon ab, mit meinem Nachtglas in regelmäßigen Abständen aufmerksam die nähere Umgebung zu studieren. Da aber ein derartiges Fernglas eine vergrößerte Austrittspupille besitzt, muss man eine ruhige Hand haben, sonst wackelt das Bild ziemlich stark rauf und runter. Ich hatte zurzeit nur eine geschwollene Wange und keine ruhige Hand. Um das zu kompensieren, stützte ich mich mit meinen Ellenbogen auf dem Blech des Fenstersimses ab. Das brachte mir außer recht dreckigen Armgelenken auch keine weiteren Resultate ein. Erst als es völlig dunkel geworden war, schien sich im angrenzenden Garten etwas zu bewegen. Ich legte das Fernglas beiseite und griff mir die teure Kamera mit dem eingebauten Restlichtverstärker. Da es inzwischen auch recht still geworden war, erschien mir das Klicken des Kameraverschlusses als unangemessen laut. Dem Individuum dort unten ging es übrigens auch so. Die Person machte sich schleunigst vom Acker. Aber ich hatte den Menschen ja fototechnisch eingefangen. Das Betrachten der Aufnahme bestätigte dann auch ein gewisses Bauchgefühl. Es war mein geliebter Schlägertyp.

Die nächsten beiden Tage passierte nichts mehr. Wahrscheinlich hatte meine Anwesenheit den Kerl endgültig verscheucht. Nachdem ich mein Honorar kassiert hatte, verabschiedete ich mich von meiner Klienten, räumte meine Sachen zusammen, und trollte mich von dannen. Zu Hause angekommen unterhielt ich mich zunächst eine ganze Weile mit meiner Bourbon-Flasche. Dann fütterte ich auf meinem Laptop eine Rückwärts-Bildersuche mit dem Foto des Brutalos. Keine Treffer. Mist. Also vergrößerte ich ein wenig das Gesicht meines Widersachers und druckte es danach im A5-Format aus. Da mich der Kerl damals direkt vor meiner Tür gestreichelt hatte, bestand ja die Möglichkeit, dass er sich weiterhin in der Nähe herumtrieb. Vielleicht hatte ihn ja jemand in der Zeit von damals bis heute bemerkt und vielleicht auch gesehen, in welche Richtung er sich verdrückt hat. Das hätte zu mindestens mal einen ganz kleinen Ansatzpunkt für meine privaten Ermittlungen ergeben. Wäre ich nicht Privatdetektiv sondern Hellseher gewesen, hätte ich mir die ganze Arbeit sparen können.

In der unteren Etage des Hauses, in dem auch mein Büro liegt, befindet sich eine Gaststätte. Wenn ich an meinem hochverdienten Feierabend die Treppe nach unten nehme, komme ich zwangsläufig daran vorbei. Dabei ist es mir schon hin und wieder passiert, dass genau in diesem Moment einer der abgefüllten Gäste nach draußen gestürmt kommt. Die schwungvoll aufgestoßene Tür sucht sich dann liebend gern meine Nase als Stopper aus. So auch heute. Der einzige Unterschied zu früheren Ereignissen lag lediglich in der Tatsache, dass diesmal kein Unbekannter, sondern mein Rambo schwankend vor mir stand. Seinen Zustand ausnutzend packte ich ihn am

Schlafittchen: „So, Kumpel, raus mit der Sprache! Wieso hast du mir eine gedonnert?" Er leistete keine Gegenwehr, sondern begann zu heulen: „Ihr seid schuld. Du und deine blöde Zimtziege". Ich bugsierte ihn am Kragen quer durch den Gastraum in die Herrentoilette. Nachdem ich ihm mehrere Liter kaltes Wasser ins Gesicht geplanscht hatte, startete ich eine erneute Befragung: „Woran soll die Frau oder ich schuld gewesen sein?" Er blickte mich mit großen Augen an: „Das musst du doch am besten wissen. Die Mistkrücke arbeitet doch mit dir zusammen. Ich hab gesehen, wie sie aus deinem Büro gekommen ist. Brauchst du gar nicht erst abzustreiten. Aber der Kanaille hab ich es gegeben! Und wenn da nicht so ein Kerl aufgetaucht wäre, hätte ich auch noch mehr Ärger gemacht". Ich wurde langsam ungeduldig: „Jetzt sag mir endlich, was dein Motiv für diesen ganzen Schwachsinn ist!" Er bekam schon wieder Tränen in die Augen: „Weil mich Irene verlassen hat. Wegen dieser dämlichen Tussi!" Ich begriff nicht ganz, was sich in der geistig hochstehenden Äußerung „Hä?" entlud. Seine Antwort wurde mit weiteren Tränen begleitet: „Irene hat doch von einem brennenden Haus geträumt. Da war sie bei dieser verkackten Traumdeuterin. Die hat gesagt, wenn etwas brennt, dann ist das ein Symbol für Abschied oder Trennung. Und Feuer bedeutet angeblich auch die Gefahr einer sexuellen Abhängigkeit. Da hat mich Irene verlassen". Ich hatte genug gehört und zog den Zusammengesunkenen mit der linken Hand zu meinem Gesicht hoch, während ich mit der rechten meine Pistole aus dem Holster fingerte. Mit knirschenden Zähnen hielt ich ihm das

Schießeisen vor die Nase: „Jetzt höre mir mal gut zu! Wenn du dich noch einmal näher als hundert Meter an mich oder an die Traumdeuterin heranwagst, dann verpasse ich deinem Kopf ein kleines Löchlein! Kapiert?" Er begann zu zittern: „Ok. Ok. Alles klar". Scheinbar hatte mein Tun die gewünschte Angst in ihm hervorgebracht. Der arme Kerl konnte ja nicht wissen, dass ich leider ziemlich vergesslich bin, und die Waffe seit der letzten Schießübung nicht wieder geladen hatte. Und wer mich kennt, der weiß, dass das mit dem Loch im Kopf schrecklich gelogen war. Aber lieber eine Lüge in die Welt gesetzt, als noch einmal so ein Ding in die Fresse zu bekommen.

Rollrasen

Frauke Wiegand setzte langsam ihre Kaffeetasse ab: „Werner, unsere Küche brennt, hörst du?" Kommissar Riemer hatte das Kinn in die Hand gestützt und seinen Blick starr in weite Ferne gerichtet. Er antwortete geistesabwesend: „Ja, wurde auch Zeit!" Frauke schlug mit der Faust auf den Tisch: „Du hörst mir einfach nicht zu!" Werner Riemer schreckte hoch: „Was hast du gesagt?" „Dass du mir nicht zuhörst! Wo hast du nur wieder deine Gedanken?" Der Kommissar atmete tief durch: „Bei meinem aktuellen Fall von diesem Rollrasenproduzenten. Er behauptet steif und fest, dass ihm seine Frau weggelaufen ist. Aber einer seiner Nachbarn hat uns angerufen, weil er beobachtet haben will, dass der Mensch einen großen Sack auf seinem Anwesen, direkt an dem kleinen Brunnen, vergraben haben soll, und zwar an der dem Haus zugewandten Seite. Aber da haben wir nichts gefunden, so tief wir auch gegraben haben". Frauke Wiegand nahm die Kaffeetasse wieder auf: „Vielleicht hat sich der Nachbar getäuscht, und der Sack liegt an der anderen Seite". Riemer warf seiner Lebensgefährtin einen abschätzigen Blick zu: „So schlau waren wir auch. Wir haben rund um den Brunnen mit einem Abstand bis zu drei Metern alles aufgewühlt. Da war aber nix, rein gar nix". Kommissarin Wiegand nahm einen kleinen Schluck, und setzte die Tasse wieder ab: „Vielleicht kam ja der Anruf gar nicht vom Nachbarn. Möglicherweise hat der Verdächtige das Telefonat nur getürkt, um euch in die Irre zu führen. Und ihr seid ihm auf den Leim gegangen. Hast du mal mit dem Nachbarn gesprochen?" Riemer verzog abfällig das Gesicht: „Oh, Frau Neunmalklug, da wäre ich doch von ganz alleine gar nicht drauf gekommen. Mensch, ich hätte es längst gemacht, aber der Nachbar ist seltsamerweise auch verschwunden. Was sagst du nun?" Frauke stand auf und räumte ihre Tasse ab. Auf dem Weg zur Küche sagte sie halblaut: „Nur weil ein gewisser Kommissar keinen Durchbruch in seinem Fall hat, braucht er nicht eine gewisse Kommissarin unqualifiziert vollzupflaumen!" Riemer drehte langsam seinen Oberkörper zur Seite und blickte nach hinten: „Und von welchem Kommissar redet die gewisse Kommissarin da?" Aber Frauke Wiegand antwortete nicht.

Als es klopfte, rief Kommissar Reiner Schimmler, ohne den Blick vom Bildschirm zu nehmen: „Herein, wenn es kein Kommissar ist!" Frauke Wiegand trat ein: „Es ist tatsächlich kein Kommissar, sondern eine Kommissarin. Übrigens habe ich diesen blöden Satz in dieser Dienststelle bisher kaum zweitausendmal gehört". Reiner Schimmler schaute auf: „Und du hast garantiert schon zweitausendmal diese ach so witzige Antwort gegeben. Aber sag mal, wieso klopfst du neuerdings an?" Die Kommissarin setzte sich: „Weil ich heute hochoffiziell zu dir komme. Es geht um Werner. Seit er den Rollrasenfall bearbeitet, ist er unausstehlich". Reiner Schimmler hielt den Kopf schief: „Solltet ihr da nicht lieber zu einer Eheberatung gehen?" Die Kommissarin schüttelte den Kopf: „Wie du weißt, sind wir nicht verheiratet. Mir geht es nur darum, dass du einen zweiten Mann auf den Fall ansetzt, damit endlich Erfolge erzielt werden!" Kommissar Schimmler kratzte sich am Kopf: „Einen zweiten Mann? Oder meintest du vielleicht eine zweite Frau?" Frauke beugte sich vor: „Mir wurscht, Hauptsache der Fall wird schnellstens abgeschlossen, damit mein erfolgsverwöhnter Werner endlich wieder gute Laune bekommt!" Kommissar Schimmler wehrte ab: „Mit dieser Bitte musst du schon zum Alten gehen! Das kann ich nicht über seinen Kopf hinweg entscheiden". Die Stimme der Kommissarin wurde eindringlich: „Aber der Alte ist heute im Innenministerium, und du bist sein Stellvertreter. Also entscheide!" Reiner Schimmler stand auf: „Never ever, Madam! Du musst schon bis Morgen warten!"

„Werner? Hallo! Deine Tochter ist gestorben. Hörst du?"
Werner Riemer starrte bewegungslos auf seinen Abend-
brotteller: „Schön, schön". Frauke sprang auf: „Jetzt
reichts! Du bist seit zwei Tagen völlig geistesabwesend.
Du isst kaum was, im Bett wälzt du dich nur noch herum,
und reden kann man auch nicht mehr mit dir. Am besten,
du gibst den Fall ab!" Riemer blickte seine Lebensgefährtin mit Dackelaugen an: „Entschuldige, aber ich
komme einfach nicht weiter, mit diesem Rollrasen-Futzi.
Solange ich keinerlei Beweise für einen Mord vorlegen
kann, bekomme ich nicht einmal einen Durchsuchungsbeschluss für seine Wohnung. Schließlich haben sich ja
auch die Grabungen an seinem Brunnen als falsch erwie-
sen. Morgen soll ich den Fall an das Vermisstendezernat
abgeben. Mein Bauch sagt mir aber, dass der Kerl schul-
dig ist". Frauke ließ sich zurück auf den Stuhl sinken:
„Genügend Bauch dafür hast du ja!" Das Gesicht von
Kommissar Riemer verfinsterte sich: „Willst du mich
jetzt auch noch ärgern?" Die Kommissarin schüttelte
mild den Kopf und sagte versöhnlich: „Weißt du was?
Ich gehe jetzt ins Schlafzimmer, und dann mache ich alles, was du willst". Worauf Riemer mürrisch entgegnete:
„Dann mach mir eine Flasche Wein auf!"

Frauke Wiegand hatte gerade erst ihr Dienstzimmer betreten, als sich bereits ihr Telefon gellend meldete. Kaum
hatte sie den Hörer abgenommen, ertönte lautstark Hohlbachs Stimme: „Kommen Sie in mein Büro!" Die Kommissarin begab sich neugierig auf den Weg. Hauptkommissar Hohlbach saß wie immer stocksteif hinter seinem

antiken Schreibtisch: „Wie Sie wissen war ich gestern im Innenministerium. Zusammen mit allen anderen Dienststellenleitern unseres Bundeslandes. Dort konstatierte man, dass die Aufklärungsrate in meiner Dienststelle … äh … in unserer Dienstelle leicht rückläufig ist. Diesmal wurde nicht ich, sondern ein Amtskollege geehrt. Mit einer Urkunde. Das ist für mich einfach nicht zu akzeptieren. Kommissar Riemer hat doch da einen Fall mit zwei Vermissten. Wenn wir nun herausfänden, dass die beiden tot sind, könnten wir unsere Aufklärungsrate durch Ermitteln des Täters auf einen Schlag gleich um zwei Punkte verbessern. Ich dachte deshalb, dass ich Sie Ihrem Riemer an die Seite gebe. Sie haben doch zusammen schon einiges an Fällen gelöst. Und vier Augen sehen ja bekanntlich mehr als zwei". Frauke zuckte mit den Schultern: „Das wird nichts nützen. Solange wir keinen Durchsuchungsbeschluss haben, solange werden wir auch keine Beweise finden. Da nützen vier Augen genauso wenig wie hundert". Hohlbach hob weinerlich die Hände: „Keine Chance! Der Kerl hat uns inzwischen schon verklagt, weil wir neben seinem Brunnen gebuddelt haben. Zwar haben wir alles wieder zugeschüttet, aber dieser Rasenroland will den Rollrasen ersetzt bekommen, den wir angeblich für immer zerstört haben. Da kriegen wir nie einen Beschluss". Über Fraukes Gesicht huschte ein leichtes Lächeln: „Aber soviel ich weiß, ist doch Ihre Frau eine Freundin der Frau des Innenministers. Und ich meine, fragen kostet doch nichts, oder?"

Die Kommissarin schmatzte ihrem Werner einen feuchten Kuss auf die Wange: „So, mein Liebster, jetzt kannst du aus deiner Lethargie erwachen. Deine Beste hat einen Durchsuchungsbeschluss für das gesamte Anwesen, einschließlich Telefonate und Kreditkartenabrechnungen bekommen. Laut seiner Bankauskunft hat er vor Kurzem einem Installateur dreitausend Mäuse überwiesen. Und jetzt kommts! Dieser Klempner ist auch verschwunden. Was sagst du nun?" Kommissar Riemer steckte seinen Zeigefinger in den Hemdkragen und kratzte sich nachdenklich am Hals. Ein Ritual, dass er immer unbewusst ausführte, wenn er stark nachdachte, oder auch, wenn er etwas verlegen war. Dann blickte er Frauke mit großen Augen an: „Was wäre, wenn der Mensch weiß, dass ihn sein Nachbar angeschwärzt hat? Also musste dieser weg. Und da unsere Kollegen von dem Brunnen wussten, haben sie natürlich auch rund um den Brunnen gegraben. Nur, dass der Rollrasenheini inzwischen einen Klempner beauftragt hatte, diesen Brunnen zu versetzen. Unsere Beamten haben also in ihrer Schlichtheit am falschen Platz rumgewühlt. Und damit der Installateur nicht singt, musste er auch ins Gras beißen. Sozusagen in den Rollrasen, der genialer Weise die Grabstätte unsichtbar macht. Was hältst du von dieser Theorie, mein Schatz?" Frauke schwang sich auf seinen Schoß: „Du bist wie immer ein Genie. Ich werde gleich morgen früh den Kollegen mit dem Bodenradar anfordern".

Als sich Kommissar Riemer mit seiner Suppenschüssel von dem Fenster der Essensausgabe wegdrehte, bekam er große Augen: „Frauke, was machst du denn hier in der Kantine? Ich denke du sitzt mit diesem Individuum im Verhörraum". Die Kommissarin schmunzelte: „Vielleicht überwache ich dich, damit du nicht wieder so viel isst. Aber mal Spaß beiseite, Hohlbach verhört unseren Kandidaten höchstpersönlich. Er möchte mit der Aufklärung des Falles beim Innenministerium punkten. Jede Wette, dass er dann deine Theorie als seine eigene ausgibt. Schließlich haben wir dadurch drei Leichen gefunden. Also wird er sich, wie so oft, mit fremden Federn schmücken". Riemer setzte sich: „Dann nenne ich ihn ab sofort nicht mehr Affenfresse". Frauke zog die Brauen hoch: „Ach was? Wie denn dann?" Werner Riemer tauchte den Löffel in die Suppe: „Gefiederte Affenfresse!"

Der Hellsehende

Es war einer der seltenen Tage, an dem ich mir ausnahmsweise eine Auszeit genehmigte. Ich hatte einen dicken Fall abgeschlossen, und grinste mit meinem Bankkonto um die Wette. In der Vorfreude auf ein leckeres Softeis schlenderte ich durch die sonnenüberflutete Fußgängerzone meines Heimatstädtchens. In der Nähe der Postfiliale saß ein älterer Bettler. Vor ihm auf der Straße stand ein ziemlich speckiger Hut, in welchem sich drei einsame Münzen furchtbar langweilten. Meine gute Laune befahl mir überraschend, einen Fünf-Euro-Schein in seine Filz-Geldbörse zu versenken. Ich hatte das Geld kaum losgelassen, als der Mann mein Handgelenk umklammerte: „Sir, ich möchte gern für das Geld eine Gegenleistung erbringen! Wenn sie mögen, werde ich Ihnen die Zukunft voraussagen". Ich befreite mich von seinem Griff: „Danke, aber das ist nicht nötig. Außerdem glaube ich nicht an Hellsehen". Er gab noch nicht auf: „Dann eben als Beweis die Vergangenheit oder die Gegenwart. Hören Sie gut zu! Sie befinden sich in einem Gewissenskonflikt. Es geht um ein Möbelstück. Es hat einem Menschen gehört, der Ihnen sehr nahe stand. Sie können sich nicht entscheiden, ob sie dieses Teil behalten oder aber entsorgen sollen. Habe ich recht?" Ich war völlig von der Rolle. Woher konnte der Kerl wissen, dass in meiner Detektei immer noch der angestaubte Schreibtisch meines längst verstorbenen Freundes Max stand? Was ging hier vor? Nun wäre ich kein guter Detektiv, wenn ich nicht der Sache auf den Grund gehen würde. Mein Gehirn brauchte nur den Bruchteil einer Sekunde, um mein weiteres Vorgehen zu entwickeln. Dann lud ich den armen Schlucker zu einer Tasse Kaffee und einem Stück Kuchen in dem kleinen Café auf der anderen Straßenseite ein. Die Kellnerin rümpfte zwar etwas die Nase, bediente uns dann aber anstandslos. Als er seinen ersten Schluck getrunken hatte, startete ich meinen Angriff: „Also, wie konnten Sie das wissen, das mit dem Schreibtisch". Er ließ sich mit der Antwort Zeit: „So, so. Es handelt sich also um einen Schreibtisch. Nun ja, Menschen wie mir ist es meistens möglich, bestimmte Dinge assoziativ zu erfassen. Auch wenn sie es nicht glauben, es besteht eine permanente Verbindung zwischen den Menschen einer bestimmten Kulturgruppe, und einige von uns können diese Beziehung erfühlen. Das kann man nicht erlernen, das ist angeboren". Meine skeptische Miene ließ ihn noch einen draufsetzen: „Es gibt Dinge, die geschehen erst, nachdem sie ein anderer Mensch gedacht hat". Jetzt wurde ich dann doch etwas neugierig: „Wie meinen Sie das?" Er kaute zunächst genüsslich ein Stück von seinem Kuchen. Nachdem er es heruntergeschluckt hatte, antwortete er im Ton eines Deutschlehrers: „Kennen Sie den Roman Futility des 1915 verstorbenen amerikanischen Schriftstellers Morgan Robertson? Er ist 1898 erschienen und handelt von einem Liebespaar auf dem Passagierschiff Titan, das nach einem Zusammenstoß mit einem Eisberg im Nordatlantik sinkt. Vierzehn Jahre später sankt dann die Titanic ebenfalls nach einer Kollision mit einem Eisberg. Merken Sie was? Und kommen Sie mir nicht mit einem schlichten Zufall! Sonst bombardiere ich Sie mit einer langen Reihe weiterer Ereignisse dieser Art. Wieso konnte beispielsweise die Wahrsagerin Buchela im Jahr 1953 schon vorher wissen, dass Konrad Adenauer Bundeskanzler werden würde? Ganz einfach, es war genau anders herum. Nur weil die Frau diesen Fakt in die Welt gesetzt hat, und ausschließlich deswegen, trat es dann auch wirklich ein. Ich wette, Sie halten mich jetzt bestimmt für einen ausgemachten Spinner! Ich kann das nämlich deutlich spüren. Aber wenn ich tatsächlich nur fantasiere, wie konnte ich dann die Sache mit Ihrem Schreibtisch wissen?" Ich warf einen Geldschein auf den Tisch und stand abrupt auf: „Falsch! Es ist nicht mein

Schreibtisch, sondern der Schreibtisch meines Freundes!" Dann verließ ich leicht vergnatzt meinen schmuddeligen Begleiter, um mir endlich das ersehnte Softeis zu holen. Aber ich wusste immer noch nicht genau, woher der Mensch den Schreibtisch von Max kannte. Und belesen war er unbestreitbar auch. Der Bursche war bestimmt alles Mögliche, aber garantiert kein Bettler.

Am nächsten Morgen verabschiedete sich wieder einmal eine gewisse Menge der Frühstückskonfitüre von dem zuständigen Brötchen, um frohgemut in Richtung Erdmittelpunkt zu stürzen. Meine Füße beendeten dieses Streben. Das war in meinem Fall immer noch besser, als dass das Zeug auf meinem Oberhemd oder gar auf dem Teppich gelandet wäre. Ich bewege mich in meinen häuslichen Räumen nämlich stets barfuß. Also war Füße waschen angesagt. Da ich über eine gewisse Grundfaulheit verfüge, wollte ich mich für dieses Vorhaben nicht erst wieder entkleiden, sondern stellte mich einfach in die Badewanne, nachdem ich den größten Teil des Schmodders mit einem Lappen entfernt hatte. Dann zog ich die Hosenbeine hoch, griff zur Handbrause, und betätigte den Hebel für warmes Wasser. Bisher hatte ich mich mehrmals bei meinem Vermieter über den geringen Wasserdruck beschwert. Diesmal aber reichte er aus, um schlagartig den Schlauch von dem Sprühkopf zu trennen. Das dadurch in seinem Lauf unbehinderte Wasser nässte aufs Schändlichste meine Kleidung und alle daraus hervorstehenden Körperteile ein, natürlich außer meinen Füßen. Da leider das eigentlich stabile Gewinde des Schlauches unbrauchbar geworden war, wie ich fluchend feststellen musste, säuberte ich armer Gemarterter meine unteren Extremitäten halt mit dem Schlauch, um danach meine Klamotten zum Trocknen aufzuhängen. Meinen Vorsatz, mich das nächste Mal vorher auszukleiden, hatte ich bereits auf dem Weg zum Büro wieder vergessen.

So gegen 14:30 Uhr betrat ein Mann mein Büro, den ich auf den ersten Blick in den Bereich der Obdachlosigkeit verortete. Man konnte nicht unbedingt sagen, dass er dreckig gewesen wäre, aber seine Kleidung schien trotzdem schon einige Zeit auf eine Entschlackung zu warten. Er setzte sich und sagte mit kratziger Stimme: „Ich heiße Bernhardt, und mein Kumpel hat mir erklärt, dass ich mit meinem Anliegen zu Ihnen gehen soll. Er kann nämlich Hellsehen und hat mir vorausgesagt, dass Sie meinen Fall pro … pro Bohne übernehmen werden". Ich korrigierte: „Pro bono. Das steht für die lateinische Wendung pro bono publico, und bedeutet zum Wohle der Öffentlichkeit. Im meinem Fall heißt das, dass ich auch mal ohne Honorar arbeite. Das mache ich aber in Absprache mit meinem Bankkonto nur recht selten. Worum handelt es sich denn bei Ihnen?" Er zierte sich etwas: „Könnten wir nicht Du zueinander sagen?" Ich stutzte: „Und warum?" Er griente über das ganze Gesicht: „Weil mein Kumpel gesagt hat, beim Brüderschaft machen bekommt man immer einen Schnaps. Und er hat auch gesagt, dass hier eine Flasche versteckt ist". Das war mir dann doch zu viel. Ich sprang auf: „Wenn Sie Ihr Kumpel hergeschickt hat, um mich zu verarschen, dann sehen Sie zu, dass Sie wieder

Land gewinnen!" Er war ehrlich entsetzt: „Nein, nein! Ich will Sie nicht verarschen. Es ist nur so, dass Elli verschwunden ist. Ich bin bisher immer mit Elli gemeinsam Flaschen sammeln gegangen. Und wenn wir was zu essen hatten, haben wir es stets geteilt. Aber jetzt ist sie seit zwei Tagen nicht mehr zu finden. Helfen Sie mir bitte pro ... pro Dingsbums?" Ich beförderte meinen Hintern wieder zurück auf den Stuhl: „Haben sie schon eine Vermisstenanzeige aufgegeben?" Er senkte zögernd den Kopf: „Ich kann nicht zur Polizei gehen. Bitte fragen Sie nicht warum!" Irgendwie tat er mir leid. Aber das war nicht der Grund, warum ich dann seinen Fall doch übernahm. Ich tat es wegen seiner Verbindung zu diesem undurchsichtigen, weissagenden Kumpel.

Die Stelle im Gebüsch, an der sich die besagte Elli meistens aufgehalten hatte, war mit einer alten Decke überspannt, und beherbergte neben ein paar leeren Flaschen auch eine abgeschabte Strickjacke, sowie eine Zeitung neuerem Datums. Meinem märchenhaft geschultem Detektivauge fiel sofort auf, das eine Stelle des Papiers mit erdbrauner Farbe umrandet war. Ich nahm die Zeitung an mich, und erläuterte meinem Freund Bernhardt, dass ich erst weitere Untersuchungen anstellen müsste, bevor ich etwas Näheres sagen könnte. Er solle mich in zwei Tagen wieder aufsuchen. Dann trollte ich mich wieder zurück in mein Büro. Wie geahnt, handelte es sich bei dem umrandeten Bereich um die Lottozahlen. Sollte diese Elli vielleicht im Lotto gewonnen und sich still und leise vom Acker gemacht haben? Aber woher hatte sie das Geld für einen Lottoschein? Da war wohl unausweichlich wieder einmal eine gewisse Kleinarbeit angesagt.

Wer hätte gedacht, dass mein kleines Städtchen dermaßen viele Lottoannahmestellen besitzt. Am Ende des Tages wussten das zumindest meine Füße. Aber mein Erfolg ließ mich die schmerzenden Sohlen vergessen. Ich hatte Elli getroffen. Sie war gerade dabei, einen Gewinn in Höhe von 1437 Euro zu kassieren. Erst auf der Straße sprach ich sie an: „Woher hatten sie das Geld für den Lottoschein?" Sie musterte mich mit einem Blick, der einem durchschnittlichen Mann komplett den Vollbart abrasiert hätte: „Das geht dich ja wohl einen Scheißdreck an!" Ich ließ mich nicht aus der Ruhe bringen: „Dann werde ich wohl der Polizei einen Wink geben müssen. Laut § 242 StGB steht auf Diebstahl eine Freiheitsstrafe bis zu fünf Jahren". Das schien sie dann doch zu beeindrucken: „Ich hab den Schein nicht geklaut. Der Kumpel von meinem Freund Bernhardt hat ihn mir geschenkt". Ich hakte nach: „Und wenn das stimmt, warum waren Sie dann zwei Tage unauffindbar?" Sie antwortete schon etwas freundlicher: „Ich wollte meine Freunde mit dem Geld überraschen, und das wurde doch erst heute ausgezahlt. Wenn ich dort geblieben wäre, hätte ich mich garantiert verplappert". Ich bedankte mich für die Auskunft, und machte mich, noch immer von inneren Zweifeln angenagt, in Richtung Fußgängerzone auf den Weg. Zum Glück saß mein Hellseher immer noch oder vielleicht auch schon wieder dort. Er begrüßte mich mit einem Kopfnicken. Ich setzte mich neben ihn auf den staubigen

Boden: „Woher hatten Sie den Lottoschein?" Er schien eine Weile nachzudenken: „Ah, sie meinen den Schein, den ich Elli gegeben habe. Hat der vielleicht was gebracht?" Ich nickte: „Über tausend Euro". Er klatschte sich mit der flachen Hand auf den Oberschenkel: „Ich Rindvieh! Hätte ich das Ding doch behalten! So'n Schiet! Ein Besoffener hat mir vor Kurzem den Schein in den Hut geworfen. Wenn ich gewusst hätte, dass die Zahlen darauf tatsächlich gezogen werden, hätte ich Elli den Schein niemals geschenkt!" Ich grinste ziemlich überheblich: „Ha! Hatte ich doch Recht! Sie können gar nicht Hellsehen. Aber nun mal raus mit der Sprache! Woher wussten Sie das mit dem Schreibtisch und der versteckten Flasche?" Er lächelte hinterhältig: „Sie erkennen mich nicht, oder? Erinnern Sie sich noch an den Waldarbeiter mit dem Holzfällerhemd. Man hatte mich damals fälschlicherweise für tot erklärt. Und ich war in ihrem Büro, um mir von Ihnen helfen zu lassen. Da haben Sie mir einen Bourbon angeboten und erzählt, was es mit dem zweiten Schreibtisch auf sich hat. Aber wie sie sehen, bin ich inzwischen ein bisschen abgerutscht. Quasi bin ich für den Rest der Welt nun doch gestorben". Ich schüttete das restliche Kleingeld aus meinem Portmonee in seinen Hut und verabschiedete mich. Er blickte mir nicht hinterher.

Die Bürotür wurde aufgerissen, und Bernhardt nebst Elli schwebten herein. Bernhardt schob in der Manier eines Gentlemans seiner Freundin meinen Besucherstuhl unter den Hintern. Dann zog er eine Flasche Bourbon aus seiner ausgeleierten Hose: „Da, ich wollte mich bedanken. Und unser Kumpel hat gesagt, dass Sie gern Bourbon trinken. Wir haben die Flasche amtlich gekauft, und nicht gestohlen!" Ich grinste: „Das glaube ich sofort. Aber ich habe pro bono gearbeitet. Soll heißen, ich will gar nichts von Ihnen. Sie trinken am besten die Flasche auf mein Wohl zusammen mit Ihren Kumpels!" Sie verabschiedeten sich höflich und stoben fröhlich mit der Flasche davon. Und ich musste danach zum wiederholten Male feststellen, dass ich ein prämierter Erztrottel bin. Ich wollte mir einen Schluck darauf gönnen, dass der Fall ohne große Arbeit für mich abgeschlossen war. Und natürlich hatte ich vergessen, dass ich bereits am Vortag meiner Büroflasche den letzten Tropfen entlockt hatte. Hätte ich Blödman vorhin nicht so vorschnell … Ach, was solls. Gelegentlich braucht auch mal eine Leber Urlaub.

Zwei Löwinnen

Es war einmal, da trafen an einem schönen Sommertag in einem Binnenstaat im südlichen Afrika zwei junge Löwinnen unvermittelt aufeinander. Es entwickelte sich zwischen Ihnen ein interessantes Gespräch:

„Was ist los? Das glaube ich ja jetzt nicht! Du spinnst doch wohl hochgradig! Du bist eine Löwin. Und Löwen fressen Fleisch. Ende der Diskussion!"

„Aber ich habe doch in einem kleinen Zoo das Licht der Welt erblickt. Ich bin dort aufgewachsen, und vor kurzem erst hier ausgewildert worden".

„Bist du deppert? Hier kann man sich doch nicht auswildern lassen. Wir Löwen stehen hier vor einer ziemlich großen Bedrohung. Mehr als 90 Prozent von uns sind mit dem Felinen-Immunschwäche-Virus infiziert. Kurz FIV genannt. Gut zwei Drittel davon zeigen Symptome, das den Aids-Folgen beim Menschen gleichen. Willst du dich etwa freiwillig anstecken?"

„Nein, nein! Bestimmt nicht. Aber was soll ich denn machen? Ich wurde nun mal hier freigelassen. Ich kenne doch nichts anderes. Aber wieso bist du denn eigentlich hier?"

„Weil ich hier meine Arbeit habe. Ich muss mit meiner Schwester neben den Touristen aus dem Busch treten und ein Stück neben ihnen hergehen. Das Ganze nennt sich "Walking with lions". Die Ausländer müssen für den Quatsch zweihundert Dollar abdrücken. Und wir bekommen dafür jede Menge Fleisch zu fressen. Wenn sich einer der Touristen vor Angst in die Buchse gemacht hat, gibt es sogar eine Extraportion".

„Hä? Habt ihr als Fleischfresser nicht manchmal Lust ein kleines bisschen in die Menschen zu beißen?"

„Das hat Lea einmal gemacht. Jetzt liegt ihr Fell vor dem Kamin von so einem reichen Futzi. Seitdem bekommen wir sogar noch mehr zu fressen. Damit wir immer schön satt sind. Die Menschen können es sich auch nicht leisten, dass immer mehr von uns das Fell über die Ohren gezogen wird. Die Zahl der Löwen hat in Afrika in den vergangenen Jahrzehnten drastisch abgenommen. In einigen Regionen sind Löwen leider sogar vom Aussterben bedroht".

„Dagegen solltet ihr doch was unternehmen!"

„Ach, was weißt du Zooratte schon von uns Löwen".

„Nun ja, wir gehören zu den Raubtieren, genannt Carnivora, genauer gesagt Landraubtiere mit dem Rang Fissipedia. Wir gehören zur Familie der Katzen, auch Felidae genannt, und sogar zu der Gattung Großkatzen, lateinisch Panthera. Mehr weiß ich auch nicht".

„Und das ist schon viel zu viel! Dich haben sie eindeutig verzogen. Was ist nun? Willst du das Fleisch noch, oder kann ich mir es nehmen?"

„Nimm nur, nimm! Ich habe dir doch vorhin schon gesagt, dass ich Vegetarierin bin".

„Ich verstehe das einfach nicht. Ich fresse am Tag manchmal sechs Kilo Fleisch. Wie hältst du das ohne aus? Wildlebende Katzen wie wir brauchen doch beispielsweise Taurin, was ausschließlich im Fleisch zu finden ist, und keinesfalls im Gemüse. Bist du sicher, dass du ohne leben kannst?"

„Bisher schon".

„Und wie ist es mit der Jagt? Katzen sind Jäger. Jagst du vielleicht fliehendes Gemüse?"

„Du hast dich aufzuregen. Du trottest lammfromm neben Touristen her, und bekommst dafür Fleischbrocken vorgeworfen. Das hat doch wohl auch nichts mit Jagt zu tun".

„Pass ja auf, Frau Siebengescheit. Wer aus dem Zoo kommt, der kann hier ganz schnell mal einen Riss im Fell haben!"

„Gib nicht so an! Ich habe bisher Kraftfutter bekommen. Leg dich lieber nicht mit mir an!"

„Ach du heilige Scheiße! So eine Angeberin. Der einzige Grund, warum ich dich noch nicht in der Luft zerrissen habe, ist der, dass man Vegetarier nach ihrem Ableben kompostieren muss. Und hier gibt es nun mal keinen Komposthaufen".

„Noch son'n Spruch, Knochenbruch! Was willst du dämliche Arschgeige eigentlich machen, wenn es irgendwann mal kein Fleisch mehr gibt?"

„Dann fresse ich Vegetarier!"

„So, das war's endgültig! Jetzt ziehe ich dir das Fell über die Ohren!"

Im vergangenen Sommer meldeten verschiedene Nachrichtenagenturen Folgendes:
In Simbabwe wurde ein deutscher Tourist tödlich verletzt, als er aus Versehen zwischen zwei kämpfende Löwinnen geriet. Seine Frau berichtete unter Tränen, dass der Mann, um aktiv sein Leben zu verlängern, vor kurzem erst Vegetarier geworden war.

Andrea

Immer dann, wenn meine teure, blaugestreifte Zahnpasta alle ist, kaufe ich mir eine sehr billige streifenlose. Und umgedreht. Wenn es nach mir ginge, würde ich ausschließlich die teure kaufen, weil das Mundgefühl meiner Meinung nach einfach besser ist. Aber es geht nicht nach dem, was ich will. Mein Bankkonto schreibt mir mein Einkaufverhalten gnadenlos vor. Ein Privatdetektiv hat nun mal nicht jeden Tag einen Fall zu bearbeiten, und gehört deshalb leider nicht zu den Großverdienern. In früheren Zeiten waren übrigens die Zahnpastatuben aus Aluminiumblech. Wenn man die ausgequetscht hatte, blieb nur noch ein schrumpeliges Etwas zurück. Heutzutage bestehen die hochpreisigen Tuben aus Kunststoff-

Laminat, das innen mit Aluminium beschichtet ist, die billigen nur aus einfacher Plastik. Wenn man nun eines dieser preisgünstigen Teile vorsichtig ausdrückt, kann man sie anschließend mit einer anderen Substanz befüllen, ohne dass man die Manipulation mit bloßem Auge wahrnimmt. Ich kenne allerdings nur einen einzigen Menschen, der so etwas Blödes auch wirklich in die Tat umsetzt. Andrea. Diese Frau ist nicht nur meine neueste Errungenschaft, sondern auch der Grund, dass ich versucht habe meine Beißerchen mit Delikatess-Mayonnaise zu putzen. Ich hatte Andrea bei einem meiner seltenen, abendlichen Spaziergänge im Stadtpark getroffen. Sie schien etwas zu suchen. Als Gentleman, der gern behilflich ist, habe ich sie angesprochen. Sie vermisste ihre Brille. Nun besteht ja die nicht ganz falsche Annahme, dass der Mensch immer von sich auf andere schließt. Ich persönlich hätte wahrscheinlich meine Brille ganz in Gedanken weggepackt, ohne mich später daran erinnern zu können. Also deutete ich großspurig auf ihre Handtasche: „Haben Sie schon einmal da nachgesehen?" Ihr Blick verfinsterte sich: „Halten Sie mich für blöd? Wenn ich die Brille da hinein gesteckt hätte, könnte ich mich daran erinnern!" Ausgesucht höflich entgegnete ich: „Ich halte Sie keineswegs für blöd. Nur für einen Menschen. Und für einen hübschen Menschen dazu. Menschen aber können gelegentlich Fehler machen, oder auch etwas Unterbewusstes tun. Würden Sie mir zuliebe in Ihrer Tasche nachsehen?" Ihr Anblick war unbezahlbar, als sie ihre Brille aus der Tasche zog. So hat alles angefangen. Ich hätte nie gedacht, dass sich nach der Scheidung von Moni noch einmal eine hübsche und fröhliche Frau in meiner Wohnung tummeln würde. Allerdings hat das auch ein paar Nachteile. Zum Beispiel, wenn Andrea wieder einmal viel zu fröhlich ist, und mir irgendwelche dummen Streiche spielt. Wissen Sie, was das für ein Gefühl ist, wenn man das Badezimmer verlassen will, und jemand hat von außen den kompletten Türrahmen mit einer Klarsichtfolie bespannt? Wissen Sie nicht! Es sei denn, es ist Ihnen zufällig auch schon einmal passiert.

Es war an einem Sonntag im Mai. Ich hatte mich soeben mit ein paar Schlucken Bourbon gerüstet, um die nächste Scherzattacke meiner Guten besser überstehen zu können. Aber es erfolgte kein Scherz an diesem Tag. Komisch, sonst hatten mich die Streiche meistens mächtig genervt, jetzt fehlten sie mir. Andrea lief zu meiner Verwunderung auch nur noch mit einem ziemlich ernsten Gesicht durch die Wohnung. Das gipfelte darin, dass sie sich sogar nicht mehr von mir anfassen ließ. Auf meine Fragen gab sie ausweichende Antworten, oder reagierte überhaupt nicht. Am Montag war sie verschwunden. Einfach so. Ihre Klamotten und sämtliche Schminkutensilien ebenfalls. So etwas fordert natürlich den Spürsinn eines außergewöhnlichen Privatdetektives heraus.

Ich saß in meinem Büro und grübelte. Ich kannte von Andrea nur den Vor- und Nachnamen. Andrea Schulz. Nicht einmal ihre ehemalige Adresse hatte sie mir verraten. Aber ich wusste, dass sie tagsüber in einer Herren-Boutique Klamotten vertickte. Sie hatte mir angeboten, mich dort komplett neu einzukleiden. Da ich das aber abgelehnt hatte, wusste ich nicht einmal, welcher Laden das eigentlich war, und vor allem nicht, wo er sich befand. Folglich musste ich ein Modegeschäft nach dem anderen abklappern. Da ich in einer Kleinstadt lebe, waren das zum Glück nicht allzu viele. Im dritten Laden entdeckte ich sie. Sie schien einen Kunden zu bedienen, aber plötzlich küssten sich die beiden. Unvermittelt schien mir ein eiskaltes Messer in den Bauch zu fahren. Erst Moni, und jetzt auch Andrea. Wahrscheinlich gehöre ich zu der Kategorie von Männern, die man einfach hintergehen muss. Ich schlich mich wie ein geprügelter Hund nach Hause, um das Ganze mit einer Flasche Bourbon ausgiebig zu diskutieren.

Am nächsten Tag bestand meine wesentliche Büroarbeit im schlechte Laune haben und Kopfschmerzen ertragen. Gegen Mittag betrat ein Mann mein Refugium, gerade als ich mir vorgenommen hatte, mein Büro in Richtung Apotheke zu verlassen, um ein Mittel käuflich zu erwerben, welches mit Linderung versprechender Salicylsäure versetzt war. Der Kerl nahm Platz und eröffnete mir treuherzig: „Mein Name ist Walter Kerner. Ich sage es Ihnen lieber gleich, ich bin schwul". Ich hob gelangweilt die Schultern: „Ist mir doch scheißegal! Aber ich argwöhne, dass dieser Umstand nicht rechtfertigt einen Privatdetektiv aufzusuchen!" Er nickte, wobei sein Kopf nur ganz klitzekleine Bewegungen ausführte: „Sie müssen wissen, ich bin ganz alleine. Ich habe keine Verwandten und auch keine Freunde. Das einzige Licht in meinem Leben hat

Rolf angezündet. Und nun hat er mich verlassen". Ich glaubte zu wissen, was er von mir wollte: „Und jetzt soll ich herausfinden, wo er sich aufhält". Er schüttelte den Kopf. Diesmal recht energisch: „Nein, ich weiß wo er ist. Ich traue mich nur nicht zu ihm zu gehen und zu bitten, dass er zu mir zurückkommt. Ich habe aber auch niemanden, der an meiner Stelle dort hingehen könnte. Da dachte ich, dass ich mich an jemanden wende, der beruflich immer zu Leuten hingehen muss. Würden Sie das für mich tun? Ich bezahle auch gut". Der letzte Satz veranlasste das Geldzentrum in meinem Gehirn zu einem deutlichen: „Ja, das würde ich!" Er gab mir die jetzige Adresse seines Freundes einschließlich seiner eigenen Telefonnummer, damit ich ihn gleich über das Ergebnis meiner Mission in Kenntnis setzen konnte.

Der Mann drängte mich von der Haustür weg in den kleinen Vorgarten: „Hören Sie, meine Frau darf nichts davon wissen. Es war ein kleiner Ausrutscher. Ich bin zu ihr zurückgekehrt, weil ich erfahren habe, dass sie schwanger ist. Sagen Sie bitte Walter, es war eine schöne Zeit, auch wenn es nur ganz kurz dauerte. Ich werde aber auf keinen Fall zu ihm zurückkehren". Dann ließ er mich stehen und ging wieder ins Haus. Ich zückte mein Handy und wählte die Nummer meines Klienten. Als er sich meldete, teilte ich ihm schonungslos mit: „Ich habe mit Ihrem Rolf gesprochen. Er lässt Ihnen ausrichten, dass er garantiert nicht mehr zu Ihnen zurückkommen wird". Mein Klient fragte weinerlich: „Warum denn nicht? Hat er Ihnen gesagt warum?" Ich überlegte eine Weile, ob ich ihm den wahren Grund mitteilen sollte. Dann sagte ich: „Weil er verheiratet ist, und seine Frau … Entschuldigung, ich muss Schluss machen!" Ich ließ ihn einfach in der Leitung hängen, denn mir war nämlich in diesem Moment ein Licht aufgegangen.

Andrea wurde etwas blass um die Nase, als ich die Boutique betrat, und schnurstracks auf sie zusteuerte. Sie öffnete den Mund, um etwas zu sagen, aber ich presste ihr meinen Zeigefinger auf die Lippen: „Du bist verheiratet, stimmts? Und du wolltest deinen Mann verlassen. Aber dann hast du festgestellt, dass du schwanger bist. Also bist du zu deinem Mann zurückgekehrt, damit das Kind einen Vater hat". Sie drückte meine Hand beiseite: „Woher …" Ich würgte ihre Rede ab: „Woher ich das weiß? Hast du vergessen, dass ich Privatdetektiv bin? Vielleicht wäre ich ja auch als Vater geeignet gewesen. Glaubst du nicht?" Sie blickte zu Boden: „Gerade weil ich nicht vergessen habe womit du dein Geld verdienst, bin ich gegangen. Du weißt doch manchmal nicht, ob du dir morgen noch etwas zu essen kaufen kannst. Wie willst du dann eine ganze Familie ernähren? Ich hätte das mit dir bestimmt durchstehen können. Aber nicht mit meinem Kind. Bitte geh jetzt!" Sie drehte sich um, verschränkte die Arme, und sagte kein Wort mehr. Als ich den Laden verließ, trat ich mir zweimal auf die Ohren. Natürlich im übertragenen Sinn, oder was haben Sie gedacht?

Der Therapeut hat gesagt, ich solle nach vorn schauen. Kunststück! Schließlich sind beim Menschen die Augen so angeordnet, dass er in der Regel nach vorn schaut, außer er verrenkt sich den Hals. Und er hat mir auch eindringlich ans Herz gelegt, dass ich in nächster Zeit wohl besser meine Hände vom Bourbon lassen sollte. Jedoch wie man freihändig trinken kann, hat er mir nicht gesagt. Und ich solle mich auch von nichts und niemanden fremdbestimmen lassen, sondern mich selbst finden. Aber wieso ich mich finden muss, obwohl ich mich gar nicht suche, konnte er mir dann auch nicht beantworten. Zumindest jedoch habe ich eine Erkenntnis aus der Sitzung bei diesem Kerl mitgenommen. Nämlich, dass ich nicht nutzloser Weise auf andere hören sollte. Wenn ich Bourbon trinken will, dann trinke ich eben Bourbon.

Fritz

Quantenmechanik ist der größte Scheiß ever! Die Elementarteilchen führen dermaßen seltsame und ungewöhnliche Bewegungen aus, dass sich der ganze Quatsch irgendwie gegenseitig ausgleicht, und deshalb Materie stabil vor sich hin existieren kann. Hat mir Fritz so erklärt. Fritz ist Privatgelehrter. Eigentlich heißt er Friedrich, aber er besteht darauf, Fritz genannt zu werden. Weil man dadurch gewissermaßen eine Silbe einspart. Das ist effizienter. Fritz legt sowieso großen Wert auf Effizienz. Von seiner Frau hat er sich mit der Begründung scheiden lassen, dass ein kurzer sexueller Ausrutscher nicht die Effizienz seiner weiteren Forschungen behindern darf. Ich war seinerzeit mit Fritz in der selben

Schulklasse. Allerdings bin ich ein Jahr älter. Man kann ja durchaus mal in einer Klasse hängenbleiben. Da bin ich bestimmt nicht der einzige. Ich traf Fritz auf einer Jahresfeier wieder. Ich erzähle gern, und Fritz kann gut zuhören. Irgendwann habe ich ihn dann gebeten, sein Labor in Augenschein nehmen zu dürfen. Er schien erfreut darüber zu sein, dass sich tatsächlich jemand für seine Arbeit interessierte. Seitdem suche ich ihn gelegentlich in seiner Arbeitsstätte auf. Es ist eigentlich kein richtiges Labor, mehr so eine Werkstatt. Auch wenn in einer Ecke ein sündhaft teures Mikroskop steht. Daneben ist ein kleiner Brutschrank für Bakterien-Kolonien, sowie ein Regal mit dutzenden von braunen Säurefläschchen. Woran aber Fritz im Grunde genommen forschte, blieb mir stets verborgen. Vielleicht wusste er es selbst nicht. Auf jeden Fall führte er zielstrebig das ererbte Vermögen von seinem Vater dem Nullpunkt entgegen.

Falls ich mich richtig erinnere, dann muss es an einem Dienstag gewesen sein. Ich hatte inzwischen das vorgeschriebene Alter erreicht, und war seit einer reichlichen Woche im Vorruhestand. Mit einer Flasche Williams-Birne im Gepäck hatte ich mich zu Fritz aufgemacht, um wieder einmal in Ruhe schwatzen zu können. Das Tor seiner Werkstatt war aber fest verschlossen. Kein Klopfen oder Rufen half. Also machte ich mich unverrichteter Dinge wieder auf den Weg nach Hause. Als ich mein Wohnzimmer betrat, traf mich fast der Schlag. Fett grinsend lümmelte Fritz in einem meiner Sessel: „Wird Zeit, dass du kommst! Ich langweile mich bereits". Verdattert ließ ich mich in den anderen Sessel fallen, und stellte meine Flasche auf den Couchtisch: „Wie kommst du hier herein? Und vor allem, warum?" Er grinste noch breiter: „Weil ich es kann!" Mein Gesicht verdüsterte sich zusehends: „Das ist die blödeste Erklärung, die ich in meinem Leben je gehört habe. Kannst du nicht etwas konkreter werden?" Er deutete auf die Flasche: „Wenn du mir einen einschenkst, dann werde ich dir anschließend alles brav erläutern!" Ich holte zwei Gläser, goss ein, und stieß mit ihm an. Nachdem wir einen Schluck genommen hatten, begann er zu erzählen: „Du wolltest doch schon immer wissen, woran ich eigentlich arbeite. Jetzt, nachdem alles zum Erfolg geführt hat, kann ich es dir ja sagen. Ich habe seit fünfundzwanzig Jahren an der Raumzeit geforscht. Du erinnerst dich? Schule, Physik, Einstein?" Ich verstand immer noch nicht. Wahrscheinlich war das an meinem dümmlichen Gesicht abzulesen, denn Fritz dozierte weiter: „Nehmen wir mal ein Beispiel! Ein Dreher bearbeitet auf seiner Drehbank eine Stahlwalze. Das dauert eine gewisse Zeit, und es fallen Späne an. Diese Späne hätte es nicht gegeben, wenn noch keine Zeit verflossen wäre, welche man nun mal unbedingt für einen Zerspanungsvorgang benötigt. Die inzwischen heruntergefallenen Späne sind also eindeutig ein Bestandteil des Werkstückes, befinden sich aber jetzt an einem anderen Ort als vorher. Wenn man nun das komplette Werkstück zerspanen würde, wäre das gesamte Material nach einer gewissen Zeitspanne an einem anderen Ort. Stimmts? Und bei mir ist das ganz genauso. Ich kann jetzt auch nach einer gewissen Zeit komplett an einem anderen Ort auftauchen". Ich konterte: „Das kann ich auch. Ich muss nur hinlaufen. Dann bin ich je nach Laufgeschwindigkeit ebenfalls nach einer bestimmten Zeit an einem anderen Ort. Und zwar auch komplett". Er deutete auf sein leeres Glas: „Aber bei mir funktioniert das blitzschnell und auch unabhängig von der Entfernung. Und ich werde nicht im Ganzen, sondern zerlegt in ganz kleine Teilchen transportiert, bis ich dann am Zielort wieder komplett zusammengesetzt bin. Verstehst du?" Ich verstand, glaubte aber nicht. Während ich sein Glas befüllte, knurrte ich vor mich hin: „Im Fernsehen nennen sie das beamen". Sein Gesicht strahlte: „Jetzt hast du es verstanden!" Ich stellte die Flasche ab: „Dann beame dich doch mal wieder zurück in dein Labor. Ich möchte zu gern sehen, wie die Sache funktioniert!" Sein Enthusiasmus verflog: „Geht nicht. Ich muss zurück leider laufen. Von hier käme ich nur weg, wenn bei dir genau das gleiche Gerät stehen würde wie in meinem Labor. Deshalb vollführe ich auch bloß kleine Sprünge. Theoretisch könnte ich mich auch auf den Mars teleportieren, aber ich käme halt nicht mehr zurück. Deshalb werde ich wohl noch einige Zeit forschen müssen, um mein Gerät so zu miniaturisieren, dass ich es überall mit hinnehmen kann". Als wir dann die Flasche bis zur Neige geleert hatten, war ich mir nicht mehr so ganz sicher, ob sich Fritz tatsächlich beamen konnte, oder nur bei mir eingebrochen war, um mich zu veralbern.

Ich hatte geraume Zeit nichts mehr von meinem Freund Fritz gehört, und machte mich deshalb wieder einmal auf den Weg zu seinem Labor. Aber dort war alles verriegelt und verrammelt. Ich nahm an, wenn ich zu Hause ankommen würde, wäre der Kerl bestimmt wie das letzte Mal in meinem Wohnzimmer anzutreffen. Aber er war nicht da. Dafür stand eine Flasche Williams auf dem Tisch. Na gut, dann hatte Fritz einfach nur die Flasche hingestellt und sich wieder verkrümelt. Nachdem ich den Fernseher eingeschaltet hatte, drapierte ich schwungvoll meinen Hintern in den Sessel, der vor der Glotze stand. Dann öffnete ich die Flasche und nahm einen Schluck. Nach etwa zehn Minuten berührte mich jemand von hinten an den Schultern. Ich war derart erschrocken, dass ich vom Sessel rutschte, und mit dem Gesäß recht schmerzhaft auf dem Boden landete. Fritz zog mich mit beiden Händen wieder nach oben: „Mann, bist du schreckhaft!" Ich war richtig schön böse: „Sag mal, spinnst du? Wie kannst du mich denn dermaßen erschrecken. Um ein Haar hätte ich einen Herzanfall bekommen. Ich verbitte mir zukünftig, dass du ohne meine Erlaubnis in meiner Wohnung erscheinst! Auch wenn du eine Flasche Williams herbringst". Er nahm im Sessel neben mir Platz: „Die Flasche habe ich nicht hergebracht. Die habe ich direkt aus dem Supermarkt zu dir gebeamt". Ich brauchte einen Moment, um die Tragweite des Gesagten zu erfassen: „Bist du denn wahnsinnig? Das ist Diebstahl". Fritz antwortete lässig: „Diebstahl wird in unserer Gesellschaft nur bestraft, wenn er auch bewiesen wurde. Kein Beweis, keine Bestrafung! Und da man den Diebstahl bei meiner Methode nicht beweisen kann, ist es logischerweise auch kein Diebstahl. Capische? Also pass auf! Was wünscht du dir? Ein Auto? Ich beame es dir genau vor die Haustür". Ich tippte an meine Stirn: „Du hast doch eine Macke! Autos müssen zugelassen werden. Dazu braucht man einen Kaufvertrag". Er winkte unwillig ab: „Dann eben etwas, das man nicht zulassen muss. Brot, Wurst, Käse, Butter oder vielleicht Bier? Schau her, ich habe mein Gerät weiterentwickelt. Es ist nur noch so groß wie ein Handy. Vielleicht etwas dicker. Ich kann jetzt von jedem Ort zu einem beliebigen anderen hüpfen. Und ich kann alles heranholen was ich will, egal wo es sich gerade befindet. Möchtest du ein paar Goldbarren aus der Staatsreserve? Das wäre auch kein Problem". Ich verwahrte mich energisch gegen eine solche Idee: „Das ist und bleibt Diebstahl. Da mache ich nicht mit!" Fritz schien mächtig enttäuscht zu sein. Von einer Sekunde auf die andere war er verschwunden.

Ich suchte keinen Kontakt mehr zu Fritz, und er nicht zu mir. Dann kam der Tag, an dem die Firma, in welcher mein Sohn bisher gearbeitet hatte, an einen Investor verkauft wurde. Die Folge war eine Reihe von Entlassungen. Nun stand mein Filius auf der Straße. Mit dem bisschen Arbeitslosengeld kam er nicht so ganz zurecht, und mit meiner kargen Vorruhestandsrente konnte ich ihn auch nicht großartig unterstützen. Ich fand es einigermaßen ungerecht, dass vor Geld stinkende Investoren immer noch reicher wurden, während die kleinen Leute darbten. Da kam mir Fritz in den Sinn. Der könnte das ändern. Also machte ich mich auf den Weg zu seinem Labor. In meinem Kopf stritten ein Engelchen und ein Teufelchen heftig darüber, was auf dieser Welt gerecht und vielleicht trotzdem unerlaubt ist, und ob man das moralische Recht hat, etwas dagegen zu unternehmen. Je näher ich an das Anwesen herankam, desto mehr gewann das Teufelchen an Oberhand. Fritz blickte mich erstaunt an: „Ich dachte, du magst mich nicht mehr". Ich wiegelte ab: „Dich schon, aber bisher deine Aktivitäten nicht". Er horchte auf: „Bisher? Soll das heißen, du hast deine Meinung geändert?" Ich nickte ganz schwach: „Findest du es nicht auch ungerecht, dass eine Handvoll Leute mehr Knete besitzt, als der gesamte Rest der Bevölkerung?" Er stemmte seinen rechten Arm in die Hüfte: „Schau an! Du willst mit meiner Hilfe Robin Hood spielen. Soll mir recht sein. Mit guten Taten könnte ich vielleicht auch mein Gewissen reinwaschen. Ich habe nämlich in letzter Zeit einiges ohne Geld eingekauft. Wollen wir gleich anfangen?" Ich war sofort einverstanden, und nannte ihm die Villa des Investors, der die ehemalige Firma meines Sohnes an sich gerissen hatte. Fritz tippte eine Weile auf seinem Gerät herum, und sagte dann beträchtlich enttäuscht: „Der muss einen wahnsinnig dicken Tresor haben. Ich komme nicht durch die Wandung durch. Das ist mir noch nie passiert. Ich schlage vor, wir warten bis heute Nacht, dann beamen wir uns beide bis direkt vor den Safe. Wenn ich in der Nähe von dem Ding bin, dann reicht die Wirkung des Geräts bestimmt aus". Ich Dussel ging auf diesen Plan ein.

Wir hatten uns für alle Fälle zur Sicherheit maskiert. Fritz programmierte umständlich das Gerät, und drückte auf den Startknopf. Es passierte genau nichts. Daraufhin rief Fritz ein sehr unanständiges Wort und drückte erneut, und erneut und erneut. Im Endeffekt teilte er mir dann völlig aufgebracht mit, dass seine Erfindung höchstwahrscheinlich dem Fehlerteufel anheimgefallen sei. Wütend holte er aus, und bevor ich ihn davon abhalten konnte, schmetterte er das Gerät auf den Boden. Es blitzte kurz auf, und ich stand plötzlich mutterselenallein in einer Wüste. Ringsherum war Sand, und nichts weiter als Sand. Nach zwei Tagen sinnlosem Herumtrottens kam zufällig eine Karawane vorbei, sonst wäre ich wahrscheinlich verdurstet und heute nicht mehr am Leben. Von Fritz habe ich seither nie wieder etwas gesehen oder gehört. Sein Labor ist inzwischen in sich zusammengefallen. Und es ähnelt damit dem Zustand meiner immer noch so sehr ersehnten Gerechtigkeit.

Wieder in der Bar

Hallo Franky! Ich bin mal wieder da. War lange nicht mehr hier. Mindestens zwei Tage. Oder war das bloß ein Tag. Egal! Mach mal 'nen Scotch! Verdammt, habt ihr die Barhocker höher gemacht? War'n Scherz. Ist das 'ne andere Sorte? Kratzt so. Wer ist denn die Tussi da drüben? Hübsche Fassade. Kannst du mich mit der bekannt machen? Und bitte noch einen Scotch! Aber ab jetzt bitte immer Doppelte! Hallo Süße! Hoppla, Lady! Keine Beleidigungen! Ich will dich nicht anmachen! Man wird sich doch nochmal unterhalten dürfen. Franky, noch so 'n Scotch! Seit wann lässt du denn solche Schlampen in deine Bar? Die hat doch eine Fresse wie ein toter Lurch. Sicher stinkt die auch. Mach mal noch 'n Scotch! Keine Angst, heute kann ich bezahlen. Hab beim Pferderennen gewonnen. Weißt du übrigens wie man einen Cowboy ohne Pferd nennt? Sattelschlepper. Ich könnte mich ausschütten vor Lachen. Ist doch gut, oder? Mach mal noch 'n Scotch. Ich hab noch einen. Ich meine einen Witz. Kommt ein Rennstallbesitzer nachts nach Hause, und entdeckt seine Frau mit seinem besten Jockey im Bett. Weißt du, was der Betrogene da gesagt hat? Nein? Ich sag's dir: „Sofort absteigen! Das war das letzte Mal, dass Sie für mich geritten sind!" Mich zerreißts gleich. Franky, mach mal noch 'nen Scotch. Hast du was mit den Barhockern gemacht? Ich glaube, die schwanken hin und her. Sag mal, kommt hier auch manchmal was zu bumsen rein? Is ja gut, ich reiß mich ja schon zusammen! Trostlose Bar! Die Alte da drüben scheint doch nicht ganz so hässlich zu sein. Bring der mal so 'n Prosecco! Mit einem schönen Gruß von Mir. Die Weiber trinken immer gern Pros ... Pro ...ecco. Weißt du übrigens, was Frauen und Wirbelstürme gemeinsam haben? Es fängt mit blasen an, und dann ist das Haus weg. Tschuldigung! Wusste nicht das du so ete ... so ete ... so etepetete bist. Mir wird irgendwie anders. Ich glaube, ich brauche noch ... noch einen Scotch. Hast du der Schnalle den Pro ... Pro ... secret gebracht? Die Alte will ich heute noch klarmachen. Gibt's bei dir noch Nüsse? Oder Sa ... Salzstangen? Meine Ex hat immer gesagt, dass ich nicht so viel

Knabbabbabern soll. Wegen 'm Bauch. Mach mal 'n Scotch! Weißt du, wann einem das Abnehmen am leichtesten fällt? Wenn das Te … Telefon klingelt. Ich werde das Weib da drüben am besten anru … fen. Hast du ihre Nelefon-Tummer? Hoppla, das tat weh! Franky, heb mich bitte hoch! Und mach endlich mal 'nen Scotch!

Wein, Bier, Bourbon

Es gibt einen Spruch, der da lautet: „Wein auf Bier, das rat ich dir. Bier auf Wein, das lass sein!" Was man aber nach Bourbon trinken soll, das sagt der Volksmund gemeinerweise nicht. Ich kenne mich da nicht aus, denn ich bin schließlich kein Kampftrinker. Ich mag einfach keine Alkoholintoxikation in meinem Kopf. Kurz Kater genannt. Wussten Sie übrigens, dass das Wort Katzenjammer die entschärfte Version von „Kotzen-Jammer" aus dem 19. Jahrhundert ist? Geht mich persönlich aber nichts an. Ich behalte alles drin, und muss mich deshalb viel länger mit den Nachwirkungen quälen als manch anderer. Übrigens stammt der Spruch mit dem Bier und dem Wein aus dem Spätmittelalter, und hat in seiner Grundbedeutung nur im weitesten Sinne etwas mit Alkohol zu tun. Damals tranken nämlich die armen Leute Bier, und die Reichen tranken Wein. Wenn man also in höhere Kreise aufgestiegen war, durfte man sich nach dem vielen Bier dann endlich einigen Wein einverleiben. Das gönnte man seinen Mitmenschen, wenn auch mit einer Spur Neid. In diesem Sinne hieß es also: Wein auf Bier, das rat ich dir. Und umgekehrt, wenn man in die Unterschicht absteigen musste, dann gab es halt statt des Weins nur noch profanes Bier. Das sollte einem eben tunlichst nicht widerfahren. Aber es klärt immer noch nicht, was man nach Bourbon trinken soll. Eigentlich nehme ich ja immer nur vor dem Öffnen meines Büros ein kleines Schlückchen. Aber diesmal war es ein wenig mehr gewesen. Ich hatte nämlich zum Glück wieder einmal innerhalb kurzer Zeit einen großen Fall gelöst, und deshalb privat ein bisschen gefeiert. Dabei hatte mich nicht einmal jemand mit dem Fall beauftragt. Ich bekam nur durch Zufall mit, dass so ein mieser Typ auf dem Schulhof Stoff an die Schüler vertickte. Also bin ich ihm vorsichtig gefolgt, und habe dadurch eine Meth-Küche sowie einen Lagerraum entdeckt, in welchem Rauschgift mit einem Marktwert von fünfhunderttausend Euro lagerten. Nach Meinung der Polizei war ich ein richtiger Held. Und ich habe das tatsächlich auch geglaubt. Zumindest für kurze Zeit.

Es war wieder einmal der Punkt im Leben meines kleinen, roten Autos gekommen, an welchem ich mein Lieblingsgefährt dem TÜV vorstellen musste. Also beeilte ich mich mit meinem obligatorischen Frühstück, um nach Abstellen meines Fahrzeuges bei der Prüfstelle noch rechtzeitig mit dem Bus zu meinem Büro zu gelangen. So zumindest war mein Plan. Die erste Planänderung trat ein, als ich die Fahrertür öffnen wollte. Es drang ein vernehmliches Knacken an mein Ohr, die Klinke löste sich aus ihrer angestammten Verankerung, und ich konnte aus den Augenwinkeln sehen, wie ein kleines Metallteil davonschnippte, um im nahegelegenen Gully auf Nimmerwiedersehen zu verschwinden. Na gut, dann würde ich eben mein Wägelchen meiner Autowerkstatt zustellen, welche dann nach getaner Reparatur meinen Liebling zur Prüfstelle bringen konnte. Aber zuerst musste ich in das Innere des Wagens gelangen. Das ging auch ganz gut durch die Beifahrertür, nur dass ich beim Hinüberrutschen zum Fahrersitz mit einem empfindlichen, männlichen Körperteil gegen den Schaltknüppel knallte. Ich kann nur sagen, es ist doch immer wieder schön, wenn der Schmerz nachlässt. Meine Werkstatt teilte mir dann mit, dass man ohne den amtlichen Zulassungsschein meines vierrädrigen Schätzchens dasselbe leider nicht beim TÜV überprüfen lassen könne. Ich hatte natürlich die Zulassung wie immer in meiner Brieftasche. Nur hatte ich besagte Brieftasche nicht wie immer bei mir. Sie lag geduldig auf meinem Küchentisch, wo sie seit längerer Zeit vergeblich darauf wartete, dass ich sie endlich einstecken würde. Also kam es zur zweiten Planänderung. Ich fuhr mit dem Bus nach Hause, um das benötigte Papier zu holen. Nachdem ich meine Brieftasche eingesteckt hatte, trat die dritte Planänderung in Kraft. Die elektronische Glocke über meiner Wohnungstür schlug an. Verwundert darüber, wer um diese frühe Zeit bei mir Einlass begehrte, öffnete ich Trottel arglos die Tür. Vor mir standen drei Männer. Zumindest hielt ich sie aufgrund ihrer Statur für männlich. An ihren Gesichtern konnte ich es nicht erkennen, denn diese waren gesetzeswidrig mit schwarzen Skimasken verhüllt. Sie hielten verschiedene Gegenstände in ihren Händen. Einer dieser Gegenstände war übrigens ein äußerst stabiler Baseballschläger. Sein Besitzer klopfte mich damit zärtlich auf meinen nicht so stabilen Kopf, bevor ich überhaupt in irgendeiner Form reagieren konnte. Wahrscheinlich sind dabei meine Augen aus ihren Höhlen gequollen, denn ein zweiter Mann drapierte mir hilfsbereit ein breites Klebeband darüber. Wahrscheinlich damit mir die Guckerchen nicht ganz herausfallen konnten. Aus irgendeinem Grund funktionierte mein Kopf nicht mehr so ganz richtig. Ohne zu überlegen fuhr ich meine rechte Faust aus. Einfach so ins Blaue. Das Auge des dritten Mannes nahm das wörtlich. Allerdings war jetzt der Kerl mit dem blauen Auge mir gegenüber nicht mehr freundlich gesinnt. Er lieh sich von seinem Kollegen den Baseballschläger aus. Ob er ihn wieder zurückgegeben hat, entzieht sich meiner Kenntnis, denn da schlief ich bereits tief und fest.

Glauben Sie mir, nicht nur von Wein, Bier oder Bourbon kann einem der Schädel brummen. Zwei Beulen tun es auch. Ich hätte gern mal die Ausbuchtungen abgetastet, um eine ungefähre Vorstellung von deren Größe zu bekommen, aber mir waren sozusagen die Hände hinter dem Rücken gebunden. Vor längerer Zeit hatte ich einmal den Spruch „Alles Scheiße, deine Elli" gehört. Ich glaube mich zu erinnern, das der Spruch im Text eines Liedes von den Clo-Schahs vorkam. Nun kannte ich außer einer gewissen Obdachlosen weiter keine Elli, aber im Moment schien mir trotzdem alles Scheiße zu sein. Da ich immer noch das Klebeband vor den Augen hatte, konnte ich meine Beine nicht sehen, spürte aber recht deutlich, dass sie in irgendeiner Form fixiert waren. Ich hörte auch keinerlei Geräusche. Sollte dennoch jemand anwesend sein, musste ich versuchen, die Situation zu beherrschen, um meine Gegner zu verwirren. Also sagte ich ziemlich laut: „He, ihr Pfeifen. Ich bin jetzt wieder wach. Glaubt ihr vielleicht, ihr kommt mit dieser Scheiße durch? Dazu müsstet ihr mich nämlich umbringen. Und das hättet ihr schon lange getan, wenn ihr Eier in der Hose hättet. Liege ich da richtig?" Und tatsächlich bekam ich eine unzweideutige Antwort: „Schnauze!". Ich kommentierte recht unverfroren: „Selber Schnauze!" In diesem Moment bewahrheitete sich das Sprichwort: „Aller guten Dinge sind drei!" Als Beweis hätte man meine Beulen zählen können.

Ich kam zu mir, weil ein hässlich grelles Licht in meine Augen drang. Diesmal waren meine Hände vor dem Körper gefesselt, während meine Brust und meine Beine durch solide Stricke mit einem harten Holzstuhl verheiratet waren. Glücklicherweise hatte ich kein Klebeband mehr vor den Augen. Somit konnte ich mich ungehindert im Raum umsehen, um eventuelle Möglichkeiten einer Gegenwehr, respektive einer Flucht, zu ermitteln. Vor mir saß ein Mann, der mich schamlos belächelte: „Guten Tag, Herr Großmaul, wieder unter den Lebenden? Wenn nicht noch der Boss mit der sprechen wollte, dann wärst du allerdings schon tot". Ich nahm mir vor, den Kumpel noch mehr zu provozieren. Wütende Menschen verlieren meist die Kontrolle. Also sagte ich überheblich: „Du spuckst doch auch nur so große Töne, weil ich gefesselt bin. Binde mich los, und dann schauen wir mal, wer hier das Großmaul ist!" Er stand langsam auf, und ich gewahrte in seiner Hand einen gewissen, länglichen Gegenstand, mit dem mein Kopf bereits dreimal Bekanntschaft geschlossen hatte. Der Mistkerl kam langsam auf mich zu: „Du Arsch glaubst doch nicht etwa, nur weil du unser Lager an die Bullen verraten hast, bist du ein großer Held? Der Boss hat zwar gesagt, dass er noch mit dir reden will. Aber nicht, in welchem gesundheitlichen Zustand du dich dabei befinden sollst". Das Folgende führte bei mir zu der festen Überzeugung, dass es einem Kopfschmerz völlig egal ist, ob er von drei oder von vier Beulen herrührt. Und ich weiß auch inzwischen, dass man selbst mit einer Commotio cerebri tief schlafen kann.

Irgendwo hatte ich dereinst gelesen, dass eine leichte Gehirnerschütterung nicht unbedingt behandelt werden muss. Gegen Kopfschmerzen helfen Schmerzmittel, wie Ibuprofen oder Paracetamol. In jedem Fall ist es aber ratsam, für einige Tage im Bettchen zu bleiben. Das war wahrscheinlich auch der Grund, warum ich gerade in einem solchen Bett lag. Allerdings kann es bei Gehirnerschütterungen zu kleineren Gedächtnislücken kommen. Wahrscheinlich war das auch bei mir der Fall. Ich konnte mich einfach nicht mehr erinnern, wie ich hierhergekommen war. Die Zimmerausstattung ließ mich vermuten, dass ich in einem Krankenbett lag. Lange brauchte ich mich nicht zu wundern, denn die Tür wurde geöffnet und ein weißbekittelter Arzt trat ein: „Na, wie geht es uns heute?" Ich hasse solche Formulierungen. Deshalb antwortete ich auch ziemlich patzig: „Wie es Ihnen geht, weiß ich nicht. Mir hingegen würde es viel besser gehen, wenn ich nicht hier sein müsste". Der Mediziner hob entschuldigend die Hände, und sagte leicht spöttelnd: „Tut mir leid, ich werde mich zukünftig präziser ausdrücken. Was Ihr Hiersein betrifft, so werden Sie in zwei Tagen entlassen, nachdem wir den Druckverband von Ihrem Kopf entfernt haben. Zwei, drei Tage später wird man auch von den Beulen nichts mehr sehen. Allerdings soll ich Ihnen mitteilen, dass man Sie am Tage Ihrer Entlassung mit der grünen Minna abholen wird. Die Polizei möchte noch ein Wörtchen mit Ihnen reden. Und jetzt sollten Sie vielleicht ein bisschen schlafen". Ich entgegnete mit viel Grimm in der Stimme: „Vielen Dank, aber ich war in letzter Zeit viel zu lange weggetreten!"

Die Kommissarin mit dem bandagierten Arm hielt mir ihre linke Hand entgegen: „Leider kann ich Ihnen zur Begrüßung nicht wie üblich die rechte Hand geben. Ich habe mir bei der Aktion das Handgelenk gebrochen. Aber nehmen Sie doch bitte Platz!" Nachdem wir uns gesetzt hatten, ließ ich meiner Neugier freien Lauf: „Bei welcher Aktion? Und wie bin ich in das Krankenhaus gekommen. Hat diese sogenannte Aktion damit zu tun? Haben Sie mich bei den Gangstern rausgeholt? Und warum haben die mich eigentlich am Leben gelassen?" Sie lächelte: „Eins nach dem anderen. Also nachdem Sie uns über das

Rauschgiftlager informiert hatten, teilte uns ein verdeckter Ermittler mit, dass Sie von der Bande entführt werden sollten. Man wollte herausfinden, ob Sie auch noch über die Kenntnis anderer Lagerstätten verfügen würden. Deshalb sind Sie noch am Leben, und deshalb haben wir Sie ohne Ihr Wissen überwacht. Aber als Sie dann Ihr Auto in der Werkstatt abgegeben hatten, waren meine Kollegen etwas unaufmerksam, weil keiner damit rechnete, dass Sie noch einmal nach Hause wollten. Leider kamen dadurch die Beamten etwas zu spät bei Ihrer Wohnung an. Aber zum Glück haben wir Sie ja dann doch noch gefunden, und konnten Sie ins Krankenhaus bringen. Ihre Widersacher haben wir so ganz nebenbei auch Hopsgenommen. Dazu müssen Sie natürlich später noch vor Gericht aussagen. Und jetzt werden Sie nach Hause gefahren, falls Sie es möchten".

Ich habe inzwischen zu meinem Seelenfrieden herausgefunden, was man nach einem Bourbon trinken sollte. Nämlich noch einen Bourbon.

Über den Autor

(Das interessiert doch keine Sau)

Bei meinen bisherigen Büchern war es immer so, dass ich zum Schluss zwei, drei Bemerkungen zu meiner Person unter der gängigen Überschrift ‚Über den Autor' gemacht habe. Diese Tradition wollte ich auch diesmal beibehalten. Neulich meinte aber mein Bruder (ja, ich habe einen Bruder, denn einer alleine kann nicht so doof sein): „Du könntest doch auch mal deine Biografie schreiben!" Meine Antwort darauf lautete: „Das interessiert doch keine Sau". Trotzdem habe ich aufgrund dieses Gesprächs beschlossen, hier ein paar Fakten über mein Leben niederzuschreiben. Keine Angst, ich bin aufgrund mangelnder Intelligenz nicht geeignet langatmige Romane zu verfassen. Ich werde es also kurz machen.

Es begann damit, dass ich geboren wurde. Obwohl ich dabei war, kann ich mich nicht mehr daran erinnern. Damals war halt mein Erinnerungsvermögen sehr dürftig und ich hatte auch weder Zähne noch Haare. Heute geht es mir ähnlich. Damals waren noch die Nachwehen des zweiten Weltkriegs zu spüren, und ich hatte teilweise nur Malzkaffee im Fläschchen, damit ich nicht immer vor Hunger so rumbrüllte. Diese Mangelernährung habe ich inzwischen kompensiert, was mein Bauch deutlich dokumentiert. Die Devise meiner Mutter lautete zu dieser Zeit, dass man ruhig in geflickten Klamotten herumlaufen kann, Hauptsache sie waren sauber. Glauben Sie mir, Sie wollen meine Kinderbilder nicht sehen. Später, als meine Mutter gestorben war, musste ich arme Sau selbst auf meine Kleidung achten. Mein Vater, der ein Bein im Krieg verloren hatte, kam mit meinem aufsässigen Verhalten gelegentlich an seine Grenzen. Im Alter von vierzehn Jahren meinte der Direktor meiner Schule mich strafversetzen zu müssen, damit auch andere Schulen uneingeschränkt von meinen Eskapaden profitieren konnten. Nachdem ich dann die Lehre als Werkzeugmacher abgeschlossen hatte, wurde ich widerwillig zur Armee eingezogen und fungierte dort als Fahrlehrer. Nach meiner Dienstzeit stellte mich die Firma ‚Zeiss' als Sonderfertiger ein. Vom kleinsten Objektiv für Planetarien bis hin zum Riesenobjektiv für Kameras, die so groß wie ein ganzes Zimmer waren, entstand alles unter meinen Händen. In meiner Freizeit betätigte ich mich damals als Amateurzauberer. Um das richtige Verständnis für den weiteren Verlauf zu vermitteln, muss ich an dieser Stelle erwähnen, dass ich zwar nicht in der DDR geboren wurde, aber vierzig Jahre innerhalb ihrer Grenzen gelebt habe. Es kam nämlich der Tag, an dem ich zum Abteilungsleiter gerufen wurde. Man teilte mir mit, dass ich gefälligst in die zivile Kampfgruppe der DDR einzutreten habe, ansonsten würde man auf höchster Ebene ein Auftrittsverbot für meine Zauberdarbietung erwirken. Aufmüpfig, wie ich nun mal bin, lag innerhalb von fünf Minuten mein Kündigungsschreiben auf dem Tisch. Da ich aufgrund der Vernetzung der Organe der DDR sowieso keine Anstellung in einem anderen Betrieb gefunden hätte, ging ich zwangsläufig in die Selbstständigkeit. Als freischaffender Humorist mit Hauptaugenmerk auf humoristische Magie. Manchmal haben die Leute sogar gelacht. Ich hatte inzwischen geheiratet, und anfangs Schwierigkeiten meine Familie zu ernähren. Das besserte sich mit dem Grad meiner Bekanntheit, und ich konnte auch zwei Söhne durch ergebnisorientierte Aktivitäten in die Welt setzen lassen. Als ich dachte, ich hätte es endlich geschafft, brach die DDR zusammen und alle meine Engagements wurden gecancelt, gefolgt von meiner Scheidung. Um nicht noch einmal als sogenannter Unterhaltungskünstler von vorn anfangen zu müssen, nahm ich eine Stellung im Landratsamt meines Heimatortes an. Später wechselte ich dort vom Sozialarbeiter zum Systemtechniker. Das Ganze wurde gekrönt von meinem stolzen Eintritt ins Rentenalter. Die dadurch erlangte Freizeit nutze ich einerseits zum Schreiben von kleinen Computerprogrammen, und andererseits zum Schreiben von Kurzgeschichten, mit denen ich arglistig meine Umwelt nerve. So, liebe Leserinnen und Leser, das dürfte jetzt wohl für die Rubrik ‚Über den Autor‘ genügen.